Aquí todos somos buena gente

Ashley
Flowers

Aquí todos somos buena gente

Ashley Flowers

Traducción de
Pilar de la Peña Minguell

Ediciones Destino
Colección Áncora y Delfín
Volumen 1668

Primera edición: octubre de 2024
ISBN: 978-84-233-6611-8
Depósito legal: B. 14.096-2024
Composición: Realización Planeta
Impresión y encuadernación: CPI Black Print

La lectura abre horizontes, iguala oportunidades y construye una sociedad mejor. La propiedad intelectual es clave
en la creación de contenidos culturales porque sostiene el ecosistema de quienes escriben y de nuestras librerías. Al
comprar este libro estarás contribuyendo a mantener dicho ecosistema vivo y en crecimiento. En **Grupo Planeta**
agradecemos que nos ayudes a apoyar así la autonomía creativa de autoras y autores para que puedan seguir
desempeñando su labor.
Dirígete a CEDRO (Centro Español de Derechos Reprográficos) si necesitas fotocopiar o escanear algún fragmento
de esta obra. Puedes contactar con CEDRO a través de la web www.conlicencia.com o por teléfono en el 91 702 19 70
/ 93 272 04 47.

A todos mis crime junkies

I
Krissy, 1994

Los residentes de Wakarusa, en Indiana, poseían la habilidad de tejer chismes más rápido de lo que una araña teje su tela. Cada vez que uno de los suyos hacía algo que no debía (como cuando a Abby Schmuckers la pillaron robando en el bazar, cuando el crío de los Becker dejó el club de voluntarios de la 4-H, cuando Jonah Schneider se quedó dormido en la iglesia y empezó a roncar...), la cadena de chismorreo de Wakarusa sacudía sus mandíbulas y masticaba tantísimo el dato que, cuando terminaba escupiéndolo, «la verdad» se había deformado y resultaba irreconocible, del todo distorsionada por «la anécdota». Y como los habitantes de Wakarusa eran devotos, cumplidores de la ley y temerosos de Dios (con D mayúscula), «la anécdota» siempre se adornaba de perlas de ternura con las que pulir sus bordes afilados: «Bendita sea, pobre, pero...», «Rezaré por ellos, porque ¿te has enterado de que...?», «Que Dios se apiade de sus almas...».

Incluso antes de que ocurriera todo, Krissy Jacobs ya entendía el poder de la rumorología de Wakarusa, razón por la que evitaba a toda costa caer en sus fauces. Iba a la iglesia cada domingo, vestía a su hija de rosa y a su hijo de azul, llevaba los zapatos adecuados y se aseguraba de que su marido tuviera las corbatas adecuadas. No era porque creyera que nada de eso importase, sino porque, sencillamente, tenía muchísimo que perder. Aquella vida (la familia, la granja y la casa) no era lo que ella quería, ni se le acercaba siquiera, pero era más de lo que había tenido nunca, así que se aferraba a ello con toda su alma.

El día en que todo se le escapó de las manos, Krissy se levantó al oír el despertador, a las cinco de la mañana, igual que lo había hecho todas las mañanas de su vida de esposa de granjero. Bajó de la cama con sigilo para no molestar a Billy, aunque el despertador sonara para él también. Luego salió del dormitorio a oscuras y bajó a la cocina por la antigua escalera de madera.

Vio la pintada de la pared antes de pisar siquiera el último peldaño, y se sobresaltó. Escritos con letras inmensas de color rojo sangre había tres mensajes espantosos: «QUE LE DEN A TU FAMILIA», «ESA ZORRA HA MUERTO» y «LO TENÉIS BIEN MERE-CIDO».

El corazón le aporreaba el pecho tanto que le dolía. Su primer pensamiento, extraño e inoportuno, fue que aquellas palabras resultaban muy... intrusivas allí, en sus paredes viejas pero de un blanco inmaculado, en aquella cocina que se caía a pedazos pero, aun así, seguía siendo preciosa. Aquellas palabras feas y agresivas no encajaban en la pintoresca Wakarusa, de Indiana, repleta de personas buenas y pías. Krissy sabía que, cuando el incidente llegara a oídos de sus convecinos, esas palabras marcarían a todos los miembros de su familia para toda la vida.

Se quedó plantada en el último escalón, temblando. Aunque todavía no había salido el sol y ella aún estaba atontada, tuvo claro que esas palabras auguraban algo terrible. «ESA ZORRA HA MUERTO», volvió a leer Krissy, y esa vez la vergüenza tiñó el pánico. Allí estaba pasando algo terrible y a ella solo se le ocurría pensar: «¿Qué van a decir los vecinos?».

2
Margot, 2019

Margot aparcó a la puerta de la casa de su tío Luke, apagó el motor y se dejó caer sobre el respaldo del asiento. Por la ventanilla del copiloto contempló la vivienda achaparrada estilo rancho de los años setenta y sintió un escalofrío. No había pasado la noche en Wakarusa, la localidad en la que se había criado, desde hacía veinte años, cuando ella tenía once.

La población natal de Margot se llamaba originalmente Salem, pero le habían cambiado el nombre en la década de 1850 para evitar la confusión con el Salem de Indiana. La etimología del nuevo nombre se había perdido en la historia, pero, según la sabiduría popular, el «Wakarusa» de los nativos americanos podía traducirse por «de barro hasta la rodilla». Tanto el nombre antiguo como el nuevo le parecían a Margot de una asombrosa idoneidad. El uno evocaba el asesinato de niñas inocentes y el otro insinuaba lo difícil que era salir de allí. Aunque, para Margot, el barro eran más bien arenas movedizas: cuanto más te resistías, más te hundías. Durante años había creído escapar y, sin embargo, allí estaba otra vez.

Pero no era el pueblo lo que le tenía el corazón desbocado en esos momentos, sino qué versión de su tío se iba a encontrar esa noche: la de verdad o la mala.

Inspiró hondo, agarró las bolsas del asiento de atrás y enfiló el caminito. En el rellano de la entrada de la casa de su tío había una bombilla que, encerrada en una jaula de alambre, alumbraba el espacio con una luz titilante y amarillenta. El repiqueteo de las polillas al chocar con ella le recordó los veranos de su infancia allí, días largos y calurosos de rodillas desolladas y pantorrillas arañadas en los maizales. Levantó un puño y llamó.

Al cabo de un momento, Margot oyó el chasquido de un cerrojo y luego el chirrido de una puerta que se abría despacio, apenas. Se le desmontó la falsa sonrisa.

—¿Tío Luke...?

Por la ranura oscura del umbral estudió los cambios que su tío había experimentado desde la última vez que lo había visto. Las arrugas de la cara parecían habérsele acentuado en los meses transcurridos y llevaba el pelo, aún negro, inusualmente despeinado. Una cosa que no había cambiado, sin embargo, era el pañuelo rojo del cuello, el que ella le había regalado en Navidad hacía veinticinco años y que aún se ponía a menudo.

Él la miró por encima.

—¿Rebecca...?

Margot tragó saliva. Aunque compartía algunas semejanzas superficiales con la difunta esposa de su tío, como el pelo castaño y la complexión media,

Margot estaba acostumbrada a que Luke la llamara por el nombre de la otra mujer, pero la fastidiaba igual.

—Soy Margot, ¿te acuerdas? Tu sobrina..., ¿la hija de Adam?

Esa era la parte que se le retorcía en el estómago. Con «la hija de Adam» no quedaba del todo claro que él, Luke, era más padre para ella de lo que lo había sido el suyo. Tampoco «sobrina» reflejaba que, detrás de su difunta esposa, Margot había sido su persona favorita y ella le correspondía. Pero era preferible empezar por poquito, avivarle la memoria, y el resto normalmente llegaba solo.

—Margot... —repitió su tío, como si pronunciase aquellas sílabas por primera vez.

—Ese es mi nombre, pero tú sueles llamarme «niña» —contestó Margot con alegría y serenidad.

Luke parpadeó una vez, dos veces, y entonces por fin pareció ver con claridad, como si alguien se hubiera acercado a quitarle con la mano las telarañas de los ojos.

—¡Niña! —Abrió del todo la puerta y le tendió los brazos—. ¡Madre mía, has venido! ¿Cómo has tardado tanto? —Margot forzó una risa mientras se precipitaba a los brazos abiertos de su tío, aunque se le había hecho un nudo en la garganta. No había conseguido habituarse al temor de terminar perdiéndolo para siempre—. Perdóname, niña —le dijo cuando se soltaron—. Con la edad se me olvidan las cosas —añadió quitándole importancia, como si olvidarte de tu familia fuera tan inocuo como perder las llaves; cierto bochorno, sin embargo, le ensombrecía la mirada.

—No pasa nada —contestó ella con un manotazo al aire.

—Bueno, ¿cómo te ha ido? Ay, trae, deja que te ayude con esas bolsas.

Margot iba a protestar, pero Luke ya estaba amontonándose las bolsas en los brazos. A sus cincuenta años, aunque la cabeza le fallara, parecía tan fuerte como siempre. Cuando él se dio la vuelta, ella echó un vistazo rápido a la casita de su tío y se le cayó el alma a los pies. Era la primera vez que pasaba por allí desde que la mujer de Luke, Rebecca, había muerto de cáncer de mama el año anterior. Se sintió muy culpable por no haber ido antes. Por todo el suelo del salón había torres inclinadas de periódicos; la mesita de centro estaba repleta de platos y vasos sucios, y, desde donde estaba, a la puerta de la casa, veía perfectamente la capa de polvo que cubría la librería de obra y el viejo televisor. La cocina, al fondo a la derecha, estaba peor aún. El fregadero y la encimera rebosaban de montañas de platos en tenguerengue, cuencos apilados sobre tazas y manchas de comida reseca por todas partes. La colección de frasquitos de pastillas amontonados junto al teléfono fijo era de lo más inquietante. Habría más de una docena, algunos vacíos, otros volcados. Uno grande estaba lleno de pastillas diversas, unas blancas redonditas mezcladas con otras alargadas de color verde claro. Margot ignoraba cuánto de aquello se debía a su enfermedad y cuánto al hecho de que acabara de enviudar.

—¡Jesús, cuántas cosas has traído, niña! —exclamó Luke, cargado con las bolsas—. Es como si pensaras mudarte aquí.

Margot lo miró para ver si bromeaba, porque, en efecto, se mudaba allí, pero solo detectó en sus ojos el brillo de la provocación, no el de la complicidad. Rio sin ganas.

—Ya me conoces —contestó ella—. Confiaba en poder instalarme en el despacho —añadió, señalando con la cabeza al final del pasillo, al ver que él no se movía.

—Claro, claro —dijo él, cayendo de pronto en la cuenta.

El despacho de sus tíos nunca se había usado mucho, porque los dos habían trabajado en South Bend, Luke como contable y Rebecca a tiempo parcial en un museo de arte. Durante los quince primeros años de su matrimonio, el cuarto estaba pintado de un amarillo alegre, con una cuna eternamente vacía en un rincón. Luego, cuando Rebecca cumplió los cuarenta y se dio por vencida, pintó las paredes de gris. Compraron un escritorio y un futón y, que Margot supiera, el cuarto solo lo usaba su tío, al que a veces le gustaba jugar al solitario en el ordenador antes de acostarse.

Volver a ver aquel cuarto le produjo a Margot una punzada en el pecho. Estaba claro que su tío, en momentos ocasionales de lucidez, había empezado a preparar la estancia para su visita, aunque daba la impresión de que había dejado la mayoría de las tareas a medio hacer. El futón estaba abierto y la sábana bajera ajustable enganchada en tres esquinas. Al lado, en el suelo, había dos almohadas sin funda. Tendría que buscar por allí una manta y un par de fundas de almohada.

—Perfecto. Gracias, tío Luke. —Vaciló un segundo—. Me he venido directa desde el trabajo, así que estoy muerta de hambre. ¿Tú has comido?

Después de evaluar el contenido de la nevera, casi todo condimentos y casi todos caducados, fue a por una pizza a la única pizzería de Wakarusa y se sentaron a la mesa de la cocina con un par de vasos de agua del grifo y sus porciones encima de trozos de papel de cocina en vez de platos, porque no había ninguno limpio. Con las llamadas telefónicas de los últimos meses, Margot había descubierto que las conversaciones con su tío iban mejor cuando era ella la que hablaba, así que fue haciendo comentarios entre bocados, mientras anhelaba aquellos días, no hacía mucho, en que, si estaban los dos en la misma habitación, su tío y ella podían charlar durante horas.

—Gracias otra vez por dejar que me aloje aquí —dijo Margot, mirándolo de reojo a la cara.

Lo que, en realidad, quería decir era: «¿Sabes a qué he venido? ¿Recuerdas tu diagnóstico? ¿Cómo lo llevas?». Pero cada vez que ella sacaba a colación la enfermedad de Luke, a él se le endurecía la voz. Margot detectaba la emoción que se escondía debajo: su tío estaba perdiendo la cabeza siendo aún jovencísimo y eso lo aterraba. Así que evitaba el tema. Cuando ella se autoinvitó a mudarse allí, le había dicho que necesitaba un cambio de aires y quería tenerlo más cerca, mencionando una «nueva flexibilidad laboral» inventada como ocasión aparentemente buena para hacerlo.

—De nada —contestó Luke mirando la pizza—. Sabes que aquí siempre eres bienvenida.

—Tú acuérdate de que estoy encantada de ayudar, así que si necesitas algo...

Luke sonrió, pero tenso.

—Gracias, niña. —Margot iba a decir algo más, pero él cambió de tema enseguida—. Oye, ¿qué tal Adam?, ¿y tu madre?

Margot reprimió un suspiro. Habían saltado de un asunto peliagudo a otro y no sabía cómo salir de allí. Hasta hacía seis meses, nunca había dudado en contarle a su tío la verdad, ni sobre su hermano ni sobre ninguna otra cosa, pero tras el diagnóstico parecía frágil y, por lo que ella había investigado, esa fragilidad podía dar lugar a cambios de humor y arrebatos. De momento, solo le había pasado unas cuantas veces por teléfono, pero le daba miedo que Luke perdiera los papeles.

—Pues...

—¿Sigue siendo un borracho que se niega a buscar ayuda profesional? —Margot soltó una carcajada de sorpresa—. A ver, que igual estoy perdiendo la cabeza, pero eso no se me olvida —dijo, y ella rio aún más.

No es que le hiciera gracia que su padre le tuviera más cariño al whisky que a su único hijo y a su única hija, pero aquel era el tío Luke al que ella echaba de menos. La única persona en un pueblo de gente falsa que siempre decía la verdad. La persona que le hacía sentirse comprendida sin que tuviera que esforzarse. La persona cuyo sentido del humor era idéntico al suyo, la que una vez la había hecho reír tanto mientras daba un sorbo al refresco que el líquido le había salido por la nariz. Además, la ausencia del afecto de su padre, o el de su madre, ya puestos, no era nueva para Margot. El hogar de su infancia había estado lleno de discusiones a voces, salpicadas de vasos que se estampaban contra las paredes. Por eso se llevaba tan bien con Luke. Todos los días, al salir de clase, se iba a casa de su tío en vez de a la suya. Los fines de semana se quedaba a dormir allí. Se habría mudado allí con Rebecca y con él, se lo ofrecieron muchas veces, pero a su madre le preocupaba lo que fuera a decir la gente.

Su reacción había sido similar hacía unas semanas, cuando Margot le dijo que volvía a Wakarusa.

—¿Qué le vas a decir a la gente cuando te pregunten por qué has vuelto? —le respondió su madre.

—¿A qué te refieres? Les voy a contar la verdad: que me quedo en casa de Luke para ayudar.

—Eso no es asunto de nadie, Margot. De todas formas, tu padre dice que no será para tanto. Luke es su hermano pequeño.

—¿Qué sabrá papá? ¿Cuándo fue la última vez que hablaron..., en 2010?

—Si tanto te preocupa, ¿por qué no contratas una enfermera o algo así? No querrás volver a ese pueblo triste en el que ocurrió aquello tan horrible...

Margot se apartó el teléfono de la oreja para mirar incrédula la pantalla.

—¿Una enfermera? ¿Con qué dinero?

—¡Ay, señor, Margot! ¡Mira que eres borde a veces! —Cuando volvió a hablar, lo hizo en un susurro como si todo aquello la avergonzara—. Tienes un trabajo. Algo se te ocurrirá.

Volviendo al presente, con Luke, Margot dijo:

—Y mamá está como siempre: desvariando.

Luke rio.

—¿Con qué desvaría Bethany esta vez?

—Por lo visto piensa que soy millonaria porque escribo para un periódico.

—Un momento..., ¿no eres millonaria? —Margot sonrió—. ¿Qué tal en el periódico, por cierto?

Margot agachó la mirada.

—Bien, sí. —Le fastidiaba ocultarle cosas a su tío, pero no soportaba la idea de hacerlo sentir culpable de algo que él no podía controlar. No podía contarle que hacía seis meses que su trabajo se veía resentido porque ella tenía la cabeza en Wakarusa, con él, en vez de en Indianápolis, con su trabajo. Tampoco podía contarle que su editora había accedido muy a regañadientes a que Margot teletrabajara—. De verdad —añadió, con más entusiasmo esa vez—. Me va fenomenal.

Pero, cuando levantó la vista, su tío la miraba raro. Sus ojos iban de la porción de pizza que tenía en la mano a la cara de Margot, llenos de extrañeza.

—¿Rebecca...?

Margot tragó saliva.

—Soy yo, tío Luke: tu sobrina Margot.

Él parpadeó un segundo, y luego relajó el gesto y asomó a su rostro una sonrisa.

—¡Niña! ¡Cuánto me alegro de que estés aquí!

—Sí —asintió ella—. Y yo.

Esa noche, después de que Luke se fuera a la cama, Margot lavó platos hasta despejar una de las pilas del fregadero, y después se sentó a la mesa de la cocina e hizo una lista. Debía hacerse una copia de la llave de la casa de su tío y organizarle las medicinas. Debía limpiar la cocina y el salón, y comprar papel higiénico y papel de cocina, porque, al parecer, casi no le quedaba de ninguno de los dos. Había leído en algún sitio que poner etiquetas en las cosas, como lo que había en los armaritos de la cocina, le ayudaría a moverse por la casa cuando le fallara la memoria, así que también quería hacer eso. Además, con todo el tiempo que le había robado la mudanza a Wakarusa, llevaba una semana de retraso en el trabajo y debía escribir unos cuantos artículos que no fueran una basura absoluta. Añadió a la lista: «Hacer tu trabajo». Luego, al final, puso una notita para acordarse de llamar al tipo que le iba a subarrendar el piso de Indianápolis. Le había parecido inquietantemente indeciso la última vez que hablaron, y necesitaba que se mudara ya y le hiciera el primer pago porque, de lo contrario, debería un mes entero de alquiler de un sitio en el que ya no vivía. Solo mirar la lista la agotaba, pero al día siguiente tendría más tiempo.

Sin embargo, al día siguiente, el pueblo entero estaba alborotado con lo ocurrido (la noticia había cruzado Wakarusa como una nube de tormenta) y no consiguió avanzar gran cosa.

Margot notó que algo no iba bien a la mañana siguiente en la farmacia. Había dejado a Luke hacía unos minutos tomándose un café y haciendo los crucigramas de un cuadernillo que ella le había traído de Indianápolis, porque había leído que podían ayudarlo a estar más lúcido. La campanilla de la puerta del establecimiento anunció su llegada, con lo que, aunque no había nadie al otro lado del mostrador cuando entró, dio por supuesto que el farmacéutico no tardaría en aparecer. Se quedó plantada junto al mostrador, paseando los dedos distraída por las bolsas de pastillas para la tos del expositor, mientras sonaba de fondo un televisor.

—¿Perdone...? —preguntó al ver que pasaba un minuto y no salía nadie—. ¿Hola...? —Esperó. Nada—. ¿Hooo-la...?

Por fin oyó movimiento en la parte trasera, y un hombre asomó la cabeza entre dos lineales.

—¡Ah! —dijo, poniéndose las gafas que llevaba colgadas del cuello con una cadenita. Se las instaló sobre el puente de la nariz, frunció los ojos y se acercó a toda prisa—. Perdona, que estaba viendo las noticias, ¿sabes? Qué horror lo que ha pasado, ¿verdad? —Pero, antes de que Margot pudiera responder, el hombre echó la cabeza bruscamente hacia atrás como si acabara de verla por primera vez—. No suelen venir desconocidos por aquí.

Margot sonrió.

—He venido a por las medicinas que tiene prescritas mi tío. —Se puso la mochila delante para poder sacar de uno de los bolsillos los dos frasquitos de color naranja. Antes había repasado el lío de frasquitos que Luke había acumulado y, para alivio suyo, había visto que la mayoría eran del mismo medicamento, de distinto mes. Los había organizado todos en tres recetas permanentes, y a dos de ellas ya les tocaba reposición. Una parecía una estatina; otra era para la tensión, y otra, para el azúcar en sangre.

—¿Quién es tu tío? —preguntó el farmacéutico.

—Luke Davies —contestó Margot, dejando los dos frasquitos en el mostrador.

El hombre enarcó muchísimo las cejas.

—¿Tú eres la sobrina de Luke y de Rebecca? O sea, que eres Margot.

Su expresión era más de curiosidad que de simpatía, pero ella le sonrió de todas formas.

—Esa soy yo.

—Siento mucho lo de tu tía, cielo. Ese cáncer fue fulminante. Y, madre mía, hace siglos que no veo a tus padres. Buena gente, eso sí, buena gente. ¿Cómo están?

A Margot se le tensó la sonrisa, pero solo un poco. Sabía que aquello iba a pasar desde el momento en que había tomado la decisión de volver. La mirada de incertidumbre respecto a Luke y Rebecca; la aduladora por sus padres. Sus progenitores habían sido los residentes perfectos de Wakarusa hasta que se fueron; algo que, de puertas afuera, se debió al trabajo interesantísimo que le habían ofrecido a su padre en Cincinnati, pero, en el fondo, era para que pudiera ingresar en un centro de desintoxicación. No solo no funcionó, sino que lo volvió un resentido y más cruel que antes.

—Están fenomenal —le dijo al farmacéutico—. ¿Podría aclararme un poco para qué son estos medicamentos? He oído hablar de las estatinas, pero ¿son para el corazón o para el colesterol?

Margot esperó un tiempo que le pareció excesivo para que el hombre rellenase dos simples frasquitos de pastillas y, cuando volvió, lo notó azorado y agobiado, y vio cómo fruncía el ceño distraído mientras le grapaba la bolsita blanca. Y luego, cuando se iba, se cruzó con una mujer, con el móvil bien pegado a la oreja. La señora iba tan absorta en su conversación que no pareció ver siquiera a Margot, pero justo antes de que la puerta de la farmacia se cerrara a su espalda, la oyó decir: «Ya, ya te lo he dicho. Los Jacobs son inocentes».

Margot volvió de pronto la cabeza para mirar a la mujer por el escaparate, extrañada. A lo mejor había oído mal. Probablemente tenía el nombre en la cabeza porque había regresado después de tanto tiempo. Era imposible estar en Wakarusa y no pensar en los Jacobs. Además, la mujer parecía nerviosa, y lo de los Jacobs había ocurrido hacía veinte años. Aun así, a Margot le dieron ganas de volver a entrar y preguntarle a la mujer de qué hablaba, pero la idea de participar por voluntad propia de la rumorología de aquel pueblo se lo impidió. Lo miraría en el móvil.

Ya en el coche, lo buscó en Google y no encontró nada, así que se lo quitó de la cabeza. De todas formas, ya tenía bastantes cosas en que pensar.

El resto del día se le fue limpiando. Fregó los platos, restregó la encimera y llenó un saco de basura con latas de refrescos, toallitas de papel usadas, envoltorios de comida... Cuando entró en el cuarto de su tío esa tarde, mientras él iba a dar un paseo, tuvo que taparse la nariz y la boca con la mano. Las sábanas olían a rancio y dejaban un hedor denso a ser humano mezclado con sudor y orina. Ni se molestó en lavarlas; las tiró y compró unas nuevas en el Walmart de la localidad próxima de Elkhart.

Estuvo tan distraída, de hecho, que se olvidó del incidente de la farmacia hasta que entró en Shorty's Bar & Grill esa noche a por algo de cenar para su tío y para ella. En algún momento tendría que poner fin a la dieta de pizza y hamburguesas de su tío, pero aún no había podido ir al súper, así que mientras tanto tendría que conformarse con comida para llevar.

El restaurante estaba abarrotado; las mesas, llenas de gente con las cabezas inclinadas, charlando animadamente. En la tele del rincón se emitía un canal de noticias, pero el alboroto colectivo ahogaba lo que fuera que decían los presentadores. Margot se acercó a la barra, atestada de clientes, e intentó llamar la atención de la camarera, pero la mujer estaba centrada en el tipo que tenía enfrente, con los brazos cruzados y los ojos muy abiertos, asintiendo con la cabeza mientras el otro hablaba gesticulando mucho con la cerveza en la mano.

—¡Justo lo que he pensado yo siempre! —le oyó decir.

—Perdona... —dijo Margot, haciéndole una seña a la camarera.

La mujer que estaba al otro lado de la barra se volvió a mirarla.

—Dame un segundo, Larry —le dijo al hombre, y se acercó a ella—. ¿Qué te pongo, cielo? —le preguntó a Margot.

Aparentaba cincuenta años, pero Margot sospechaba que tendría unos cuarenta pelados. Su piel era como cuero desgastado y su pelo tenía la consistencia de la paja.

—Hola. Quiero un pedido para llevar...

—¡La hostia! —exclamó la camarera tan de repente que sobresaltó a Margot—. ¡Un pedido para llevar para Margot! Porque eres Margot Davies...

Con el rabillo del ojo vio una hilera de cabezas volverse hacia ella. Hizo un esfuerzo por transformar la cara de susto en una sonrisa. El farmacéutico no había perdido el tiempo; hacía menos de siete horas que le había dicho quién era.

—Hola.

—¿Qué tal tus padres? ¡Uf, hace una eternidad que no veo a Adam y a Bethany! —Se puso de pronto mohína—. Los echo de menos. Dales recuerdos de parte de Linda.

Margot asintió.

—Claro, claro.

—¡Madre mía! —exclamó Linda. Luego bajó la voz una octava y añadió—: ¿Has venido por esto?

—Eeeh... —Margot meneó la cabeza—. ¿Que si he venido por qué?

—Pues por la noticia, claro. Eres periodista, ¿no?

—Sí... —La descolocaba de tal manera que aquella desconocida supiera tanto de ella que le estaba costando seguir la conversación—. ¿Qué noticia? ¿Qué está pasando?

Linda la miró espantada.

—¿Es que no lo sabes?

Se giró en busca de algo y, por fin, posó los ojos

en el mando de la tele, que había dejado al lado de un tarro abierto de guindas en conserva. Lo agarró y apuntó al televisor. En la pantalla fue rellenándose la barrita del volumen.

«... en un suceso reciente que ha tenido lugar en Nappanee, en Indiana —estaba diciendo un presentador. El nombre de la localidad le produjo una punzada en el pecho a Margot. Nappanee estaba a tiro de piedra de Wakarusa. Si cogía el coche ya, podía estar allí en menos de quince minutos—. A primera hora de esta mañana —continuó el presentador—, los padres de la niña de cinco años, Natalie Clark, han denunciado su desaparición. Según su madre, Samantha Clark, la niña ha desaparecido en un parque infantil muy concurrido de la zona. La señora Clark estaba dándole el pecho a su hijo pequeño, un bebé, cuando alzó la mirada para ver qué hacían Natalie y su otro hijo, y la niña ya no estaba.»

Apareció en pantalla una foto de la niña desaparecida, todo dientes y pelo castaño alborotado, y de pronto todo encajó: la cara de angustia del farmacéutico, la llamada telefónica de la mujer y su mención a los Jacobs... Margot, después de todo, no había oído mal. Y entonces supo lo que Linda le iba a decir incluso antes de que se volviera para decírselo.

—Ha ocurrido otra vez. Lo de January Jacobs. Su asesino ha vuelto.

3
Krissy, 1994

Krissy, del todo confundida, miró a Robby O'Neil. Sus rasgos le flotaban delante: aquellos ojitos negros, las mejillas sonrosadas, los labios brillantes. Aquel hombre, al que conocía de toda la vida, de pronto le resultaba un completo desconocido. Pero lo que más la confundía era qué hacía Robby O'Neil a la puerta de su casa.

Solo veinte minutos antes, cuando Krissy había bajado y había visto las palabras en la pared, había despertado a Billy con un alarido. Tanto él como Jace bajaron corriendo al oírla. La melliza de Jace, January, no.

Mientras Billy y ella registraban la casa en busca de su hija de seis años, aquellas palabras, «Esa zorra ha muerto», volvían intermitentemente a su cabeza. Al ver que January no estaba por ninguna parte, habían llamado a Emergencias. Así que tendría que haber sido la policía la que llamara a su puerta, no su antiguo colega de instituto. La presencia de Robby, a las cinco de la mañana de aquel día extraño y terrible, le daba a la situación, ya de por sí difícil, cierto aire insólito y surrealista. Krissy había ido desde párvulos hasta el instituto con Robby O'Neil, lo había visto superar a trancas y barrancas las presentaciones sobre actualidad en clase de Sociales y había oído a su amiga Martha hablar entusiasmada de lo maravilloso que era.

Jace, que estaba al lado de Krissy, enterró la cara en los pliegues de la bata de su madre, y ella le puso una mano en la espalda. Luego se la quitó. Antes de que le diera tiempo a decidir qué decirle a Robby, Billy se acercó por su espalda.

—Hola, Robby —le dijo, asomándose por la puerta para estrecharle la mano—. Gracias por venir.

Fue entonces, al reparar en el uniforme de Robby, cuando Krissy cayó en la cuenta de que su amigo era la policía. Claro, en algún rincón oscuro de su cerebro almacenaba ese dato (hacía años que Robby era agente de la policía de Wakarusa), pero parecía una broma de mal gusto que, después de llamar a la policía porque su única hija había desaparecido, eso fuera lo que le mandaran: a Robby «no sé ni leer la presentación» O'Neil.

—De nada —contestó Robby con una cara de preocupación exagerada, como si estuviera convencido de que el motivo de la llamada no era para tanto, pero se estuviese comportando como si fuera algo importante porque eran viejos amigos.

A Krissy se le encendió el rostro. Ella estaba al lado de Billy cuando le había dicho a la operadora de Emergencias que les habían entrado en casa y se habían llevado a su hija.

—Pasa, anda —le dijo Billy—. ¿Kris...? —añadió con una miradita—. ¿Te apartas para que Robby pueda entrar?

Krissy sintió una punzada de rabia hacia su marido. ¿Por qué cojones estaba tan tranquilo? Su hija, su January, había desaparecido, y él mientras intentando que su invitado se sintiera cómodo... Pero en el fondo era consciente de que Billy no lo hacía porque estuviera tranquilo, sino porque era cortés hasta un punto inimaginable. Sabía bien que, igual que ella, Billy era justo lo contrario de tranquilo. Cuando había bajado corriendo las escaleras esa mañana, al ver las frases garabateadas en la pared, se detuvo en seco como si hubiera chocado con una barrera invisible. Pasmado y horrorizado, había mirado a Krissy, inquisitivo. Y luego, cuando había llamado a la policía, le temblaba todo el cuerpo.

Billy cruzó el recibidor hasta la cocina; Robby lo siguió, y Krissy, con Jace aferrado a su bata, remató el desfile.

—Entonces, chicos, ¿no encontráis a January? —dijo Robby, todavía con ligereza, algo que enervó a Krissy.

—¡Se la han llevado! —le espetó—. Ha entrado alguien en casa.

Robby se giró lo justo para lanzarle una mirada. Parecía sorprendido, pero también confundido, como si Krissy no pudiera decir aquello en serio. A fin de cuentas, en Wakarusa nunca ocurría nada malo de verdad. Miró entonces a Jace.

—Pero el niño está bien, ¿no?

La pregunta era del todo inocente, pero a Krissy le cortó la respiración. No sabía qué hacer con su hijo mientras esperaban angustiados a que llegara la policía. Se le había pasado por la cabeza hacer como si no hubiera pasado nada, volver a meterlo en la cama, pero la sola idea le daba tanto miedo que le erizaba el vello. Su hija había desaparecido y, de pronto, a Krissy la aterraba perder de vista a su hijo. La criatura emanaba una especie de energía vibrante, como si fuera un campo de fuerza. ¿Qué pensaría que estaba ocurriendo?

Krissy miró a Robby a los ojos.

—Jace está perfectamente.

Entraron a la cocina y Krissy detectó el instante exacto en que Robby vio las palabras escritas en la pared y cayó en la cuenta de que había subestimado la situación. Igual que le había pasado a Billy, Robby abrió mucho los ojos y se le descolgó la mandíbula. Ella agachó la cabeza, incapaz de mirar. Ya sabía lo que iba a encontrar si lo hacía. Miró de reojo a Jace y lo vio apretar fuerte los ojos, con la carita medio enterrada en su bata.

Robby se aclaró la garganta.

—Creo que debería informar de esto a mi supervisor —dijo, soltándose la radio de la funda que llevaba al cinturón, y se apartó un poco para poder llamar, en voz baja pero apremiante. Cuando se volvió, les dedicó a Billy y a Krissy la mirada grave que ella había estado esperando—. Mi supervisor, Barker, llegará enseguida. —Tragó saliva ruidosamente y la nuez le dio un brinco—. Entretanto, ¿ya habéis buscado a January por la casa?

A Krissy le dieron ganas de gritar. ¿Pensaba que eran idiotas?

—Es lo primero que hemos hecho —dijo Billy antes de que ella pudiera contestar.

Robby asintió con la cabeza.

—Vale, vale. Eeeh... Bueno, vamos a registrarla otra vez todos juntos, ¿os parece? Puede que se os haya escapado algo en vuestro... —Se pensó bien la palabra—. En vuestro estado.

Billy le lanzó a Krissy una mirada sin llegar a enfrentarse a sus ojos, y ella se encogió de hombros.

—Vale —contestó.

Sabía que la niña no estaba en casa, no era que Billy y ella no la hubieran visto, como si estuviera jugando al escondite y no hubiera querido rendirse, pero Robby era el experto. No lo iba a contradecir.

Con Jace aún pegado como una lapa a Krissy, recorrieron los cuatro las estancias de la planta baja, deteniéndose en cada cuarto para que Robby pudiera abrir armarios y palpar almohadas, como si su hija de seis años pudiera caber detrás de una. No paraba de preguntarles si echaban algo en falta, y Billy y Krissy le respondían que no. Cuando volvieron a la cocina, donde estaban las escaleras de la primera planta, Robby puso los brazos en jarras y señaló con el mentón los escalones.

—¿Os importa que...?

—No, no, claro —contestó Billy sin dudarlo.

Robby subió primero, agarrándose bien a la barandilla con cada paso. Billy lo siguió y Krissy los siguió a los dos, cogiendo fuerte a Jace de la mano. Arriba, Robby continuó el registro, abriendo todas las puertas y los armarios con tanto entusiasmo que Krissy sospechaba que estaba interpretando alguna escena de valeroso rescate que imaginaba en su cabeza: abriría de golpe el armario de la ropa de cama y se encontraría a January hecha un ovillo, asustada y perdida en su propia casa, y entonces él sería el héroe gallardo; la cría, la víctima de nada que no pudiera arreglarse con una sopita de pollo y un baño caliente, y Krissy y Billy, los padres tontos y exagerados. ¡Cómo la cabreaba!

Pero, cuando llegaron a los cuartos de Jace y January, uno enfrente del otro, a Krissy empezó a latirle el corazón con una ferocidad tal que eclipsó el resto de sus emociones. Se quedó plantada entre las puertas, incapaz de asomarse a ninguna de las dos. Aquellos eran los cuartos en los que tendrían que haber estado sus niños, pero no estaban.

En cuanto Robby terminó de mirar debajo de las camas y levantar las mantas, bajaron de nuevo. Ya solo quedaba por ver el sótano.

—Por aquí es por donde... —empezó Billy, señalando la puerta del sótano, y se interrumpió con un trago de aire—. Por aquí es por donde..., eeeh..., creemos que puede que se haya colado alguien. Hay una ventana rota. Ahora la verás.

Robby asintió y asió el pomo de latón para abrir la puerta de par en par. Billy bajó con él, pero Krissy titubeó. Una cosa era que fuera por toda la casa con Jace, pero la sola idea de bajar allí con él le parecía excesiva. No consideraba seguro bajarlo a aquel sótano. Se lo llevó de la manita hasta la mesa de la cocina y lo subió a una de las sillas de madera. Tampoco quería dejarlo allí, pero se le aceleraba el corazón imaginando a Robby y a Billy solos en aquel sótano. Necesita ver lo que vieran ellos. Sí, ya había bajado cuando Billy y ella lo habían registrado todo, pero ¿y si se les había escapado algo?

—¿Jace...? —le dijo al niño, y le fastidió que le temblara la voz. Lo agarró de los hombros—. Mamá necesita que te quedes aquí sentadito un minuto sin moverte, ¿vale? Quiero que cierres los ojos y cuentes hasta cien y, cuando termines, ya habré vuelto. —El crío la miró de aquella forma extrañamente solemne en que a veces la miraba, un gesto que lo hacía parecer mucho mayor de seis años, y asintió despacio—. Quédate ahí.

La bombilla desnuda del sótano estaba encendida y daba a la estancia un tenue resplandor titilante. Krissy echó un vistazo a aquel espacio, atestado de cajas de trastos sin etiquetar: adornos de Navidad, ropa y juguetes que a los niños ya no les valían, libros de cuentas de la granja... Había un viejo sofá de cuadros y unos cuantos juguetes sueltos esparcidos por ahí: una cama elástica pequeña, un poste de plástico para lanzar aros repleto de gruesas anillas de múltiples colores... Robby tenía en la mano el Telesketch de Jace y le daba vueltas, distraído, entre las manos, con los ojos puestos en los fragmentos de cristal que había en el suelo. Uno de los tres ventanucos horizontales, el que estaba más cerca del pie de la escalera, estaba destrozado.

Sin el cuerpo calentito de Jace pegado al suyo, Krissy sintió frío y cruzó los brazos sobre el pecho. En algún rinconcito de su cabeza sabía que era verano en Indiana y que el frío no podía ser real.

—Bueno —dijo Robby—, ciertamente parece que alguien podría haberse colado por aquí.

Tocó con la punta del pie uno de los pedazos de cristal y Krissy lo observó espantada. Incluso ella, que no era más que un ama de casa, sabía que no había que tocar nada en la escena de un crimen. Había visto episodios de sobra de *Ley y orden* para saberlo.

—¿Mamá...?

La voz, tan aguda y tan suave en el espacio grande del sótano, la sobresaltó. Se giró bruscamente, con el corazón en la boca, y vio a Jace, plantado en medio de las escaleras, mirándola desde arriba con los ojos muy abiertos.

—¡Cielo santo! —Krissy se llevó una mano al pecho. Aunque la avergonzara admitirlo, tenía el corazón lleno de resentimiento hacia Jace por ser él y no su hermana melliza—. Jace, qué susto me has dado. ¿Qué pasa? Te he dicho que no te movieras de allí.

Los ojos de su pequeño empezaron a llenarse de lágrimas y el remordimiento empezó a culebrearle por dentro a Krissy.

—Tengo miedo —dijo el crío, con una vocecilla de campanita—. Me asustan los hombres de arriba.

Por lo visto, al oír hablar de una niña desaparecida, el supervisor de Robby, el sargento Barker, había llamado a la policía estatal, porque, cuando Billy, Robby y Krissy, con Jace cogido fuerte de la manita, volvieron a la cocina, su casa se había transformado. Todas las habitaciones estaban abarrotadas de hombres de uniforme y por la ventana de la cocina vio a uno bordear la casa a cierta distancia, desenrollando un rollo grueso de precinto amarillo que llevaba en las manos. Hasta el aire tenía un no sé qué distinto, tenso y crepitante.

De pronto vio a dos personas plantadas delante de ella, como si se hubieran materializado allí sin más. Una era un hombre con un pelo como de niño de colegio privado, repeinado y con la raya tan perfecta que parecía hecha con regla. Los músculos de los brazos casi reventaban la camisa de vestir. Sus ojos eran de un azul impresionante. La otra era una mujer de complexión media y pelo castaño suave y fino recogido en una coleta. El hombre tendría unos cuarenta y muchos; la mujer, diez o quince años menos. Eran las dos únicas personas que no llevaban uniforme y, a pesar de eso, o quizá por ello, a Krissy le dio la impresión de que eran los que estaban al mando. El hombre desprendía un aire de autoridad tan fuerte que era como si se lo pusiera con la colonia por las mañanas.

—Soy el inspector Max Townsend —dijo, tendiendo la mano, y estrechó la de Krissy y Billy cuando se presentaron—. Mi compañera, la inspectora Rhonda Lacks. Nos han dicho que su pequeña, January, ha desaparecido, ¿es así?

El inspector Townsend hablaba rápido y muy serio, y Krissy se sorprendió abriendo y cerrando la boca sin llegar a decir nada. Billy, a su lado, se aclaró la garganta.

—Sí, así es —contestó.

—Lamentamos muchísimo lo mal que lo están pasando —prosiguió el inspector—. Somos de la policía estatal de Indiana y nos vamos a ocupar del caso, ¿de acuerdo? Queremos garantizarles que haremos todo lo posible por devolverles a su hija sana y salva. La inspectora Lacks y yo tenemos mucha experiencia en estas situaciones. —Hizo una pausa y los miró a los ojos. Si lo que pretendía era tranquilizarlos, no lo estaba consiguiendo—. Empecemos por el principio. Vamos a necesitar una descripción de lo que January llevaba puesto cuando se acostó anoche. Luego me gustaría que me llevaran a su cuarto para que puedan ver si falta algo o alguna cosa no está en su sitio. Eso ayudará a nuestro equipo a saber lo que busca. ¿De acuerdo? Y ya que estamos, querríamos llevarnos algo de ella, preferiblemente ropa usada, para los perros rastreadores.

Esbozó una sonrisa solemne de ánimo y Krissy se llevó un dedo a la sien. Quería retener sus palabras, examinarlas todas y comprender lo que significaban, pero le revoloteaban alrededor en una nebulosa incomprensible. Era como si todo estuviera ocurriendo de pronto muy deprisa, como si formara parte de una película que avanzaba a toda velocidad.

—Entretanto —prosiguió el inspector Townsend—, creo que habría que sacar de aquí al hermanito. Les presento a la agente Patricia Jones —dijo señalando a una policía de uniforme que también había salido de la nada, como por arte de magia, una mujer alta con todo grande: las manos, el pecho y hasta las orejas—. Ella se va a quedar con el hermanito en uno de nuestros vehículos, ¿les parece?, para que se mantenga al margen de todo esto.

Krissy parpadeó. Le costó bastante entender que, cuando el inspector Townsend hablaba del «hermanito» se refería a Jace.

—Ah —dijo—. Preferiría que se quedara conmigo. Todo esto lo tiene... confundido. No quiero que se asuste más de lo que está.

La sonrisa comprensiva del inspector Townsend asomó a su rostro y desapareció tan rápido que Krissy no estaba segura de haberla visto de verdad.

—Lo entiendo, pero vamos a pedirles muchas cosas a usted y al papá en estos momentos y necesito que estén centrados, ¿vale? La agente Jones tiene tres críos. Su hijo estará en buenas manos.

La grandullona se agachó para ponerse a la altura de Jace.

—Hola, Jace —le dijo, y Krissy se preguntó cómo sabía su nombre. ¿Se lo habría dicho ella?—. Me llamo Patricia. ¿Te apetece una limonada? Además, creo que sé dónde puedo conseguir unas galletas.

Y, de pronto, Jace estaba cabeceando afirmativamente y la grandullona se lo estaba quitando de la mano a Krissy y apartándolo de ella. Al ver alejarse el cuerpecito de su hijo, Krissy sintió un miedo tan súbito e intenso que pensó que se iba a partir por la mitad.

—A ver... —dijo el inspector Townsend—. Cuando he entrado, he visto una salita muy acogedora junto al recibidor. Inspectora Lacks —añadió dirigiéndose a su compañera—, ¿por qué no va allí con los señores Jacobs y nos vemos en un momento? Luego podemos ir los cuatro juntos al cuarto de January.

El cabeceo seco del inspector Townsend hizo entender a Krissy que los estaba despachando y, cuando se volvió a mirar a su marido para salir de allí con él, observó que Robby aún estaba plantado detrás de ellos. Con el jaleo de la llegada de los inspectores, se había olvidado por completo de que estaba allí. La inspectora Lacks los condujo a la salita de la entrada y, mientras Krissy la seguía, se giró justo a tiempo para ver la mirada furiosa que el inspector Townsend le dedicaba a su antiguo compañero de instituto.

—Y a usted, agente... O'Neil, ¿verdad? —espetó, y su voz seca resonó por el pasillo—, parece que debemos agradecerle que se haya saltado todos los protocolos de criminalística habidos y por haber, así que va a tener que decirme todas las cosas de esta casa que ha tocado.

Al cabo de unos minutos, Krissy y Billy subieron las escaleras con los dos inspectores, pero, al llegar a la puerta del cuarto de su hija, ella se paró en seco, como si unas manos invisibles la retuvieran y le impidieran cruzar el umbral. Solo cuando oyó el firme «Usted primero» del inspector Townsend se obligó a hacerlo. Plantada en el cuarto de su hija, Krissy vio entrar a los inspectores y no le pasó inadvertida la mirada de comprensión que se lanzaron.

Echó un vistazo alrededor, tratando de ver lo que ellos. Reparó en la cama de January, con el edredón lila y las cortinas de gasa blanca que colgaban del dosel. Era justo la cama que Krissy había querido siempre de niña, pero estaba tan fuera de su alcance que jamás la había pedido. Miró de pronto el armario, repleto de tutús morados y rosas, leotardos minúsculos extendidos y colgando de las estanterías como tentáculos, la hilera de zapatitos de baile, zapatillas de color rosa al lado de los zapatos de charol negro para claqué. Echó un vistazo al corcho de la pared de enfrente, colgado encima de la librería, surcado de cintas rosas y adornado de medallas, diplomas y fotos de January a lo largo de los años, casi todas hechas antes o después de actuaciones de baile. No era difícil ver lo que veían los inspectores: aquella era una niña que lo tenía todo.

—Procuren no tocar nada —los instruyó el inspector desde el umbral de la puerta, donde aún seguía—, pero miren bien. ¿Les parece que falte algo o esté fuera de su sitio?

Krissy y Billy pasearon despacio por el dormitorio, pero a ella le resultaba imposible saber si alguna de aquellas cosas estaba en su sitio o no. ¿Los leotardos de January estaban enrollados el día anterior? ¿El tutú del cesto estaba colgado en la percha? ¿La foto enmarcada de la cómoda estaba de pie? Miró de reojo a Billy, que se había quedado inmóvil junto a la cómoda de January, con la mano apoyada en la esquina como si no pudiera sostener su propio peso. Solo tenía veinticinco años, pero, con aquellas ojeras y las arrugas prematuras de la frente, a Krissy le pareció que podría haber aparentado diez más.

—No sé —dijo Billy, agotado, al cabo de un rato—. No veo nada.

Krissy negó con la cabeza.

—No, yo tampoco.

Los dos inspectores asintieron y, como si aquello fuera una señal, empezaron a pasearse despacio por el cuarto. Su registro no se pareció en nada al de Robby: procuraron no tocar nada, se inclinaron con destreza sobre la cama para examinar el edredón, se acuclillaron para ver el fondo del armario... Cuando convergieron en el corcho, el inspector se acercó a él con las manos cogidas a la espalda, la nariz a escasos centímetros de la superficie repleta.

—Muchas medallas para una niña de seis años —dijo, volviéndose a mirar a Krissy.

—Es una niña muy entregada. Ha ido a clases casi desde que aprendió a andar.

Él asintió y volvió a mirar el tablón.

—Qué mona —comentó la inspectora Lacks, señalando una foto antigua de January. En ella tendría unos tres años, iba en camisón y tenía las manos por encima de la cabeza, imitando toscamente la quinta posición. Lacks miró entonces otra foto que Krissy no veía porque se la tapaba la espalda de la inspectora—. ¡Guau! Townsend, mira esto.

El inspector se volvió y Krissy vio cómo fijaba los ojos en la foto que su compañera le señalaba. Se miraron medio segundo, y Krissy detectó en aquella mirada algo que le dio mala espina, una especie de entendimiento.

El inspector Townsend se volvió hacia ellos.

—¿Les importa que nos llevemos esta? Vamos a necesitar unas fotos recientes de la niña.

—Llévense lo que necesiten —contestó Krissy, tensa, porque tenía la sensación de que había cambiado algo en el planteamiento de los inspectores, solo que no sabía el qué.

—Con esta nos vale de momento, pero luego les pediremos que elijan alguna más.

Se inclinó sobre el corcho y le quitó la chincheta a la foto. Después se volvió y sostuvo la foto en alto para que Billy y Krissy la vieran.

A ella se le cayó el alma a los pies. De pronto supo lo que estaban pensando los inspectores. En la foto, January posaba antes de su última actuación de baile. Llevaba un traje de dos piezas de tema náutico: una falda blanca rematada con cinta azul marino y pedrería plateada, y una blusa a juego con un lazo rojo en el centro del pecho. En la cabeza, un sombrero también a juego ladeado con gracia. Llevaba el pelo castaño rizado y fijado con laca; los ojos, agrandados como los de un dibujo animado por las pestañas postizas y la sombra azul; los labios, pintados de rojo intenso.

A Krissy se le encendieron las mejillas y no fue capaz de mirar a Townsend a los ojos.

—Esta es bastante reciente, ¿verdad? —preguntó, y aunque lo dijo con desenfado, Krissy le notó el tono burlón y la crítica que casi irradiaba de él.

—Ese espectáculo fue hace unos meses. Ahí tenía seis años, así que sí.

El inspector miró fijamente la foto.

—Seis, ¿no? —Soltó una risita y miró a su compañera—. Y yo que le habría echado dieciséis...

La acusación tácita cortó a Krissy como una navaja automática: ¡malos padres! O quizá, porque todo el mundo sabía que las madres siempre tenían un poco más de culpa que los padres: ¡mala madre! Recordó de pronto aquellas palabras garabateadas de mala manera en rojo vivo en la pared de la cocina, «LO TENÉIS BIEN MERECIDO», y en ese momento, Krissy sintió lo ciertas que eran en realidad.

4
Margot, 2019

El asesinato de January Jacobs, el suceso que puso en el mapa la localidad natal de Margot, tuvo lugar en plena noche de un caluroso mes de julio, en 1994. Por lo que se contaba, la noticia había causado una gran sensación y había corrido como la pólvora, provocando la fascinación morbosa de los estadounidenses más allá de su ubicación geográfica, extracción socioeconómica e inclinación política. De la noche a la mañana, los Jacobs se hicieron famosos. January se convirtió en la niña querida del país, y su escurridizo asesino en el delincuente más buscado. Pero el caso era enrevesado y pasaron meses sin que se produjera ni siquiera una detención. La investigación terminó enfriándose y el asesinato de January se convirtió en uno de los mayores misterios por resolver del país.

Sin embargo, mientras que lo de aquella criatura quizá no fuera más que otro suceso aleccionador o un episodio de pódcast para el resto del mundo, para Margot fue muy real. January y ella tenían la misma edad y vivían en la misma calle, la una enfrente de la otra. Aunque el recuerdo que Margot tenía de su más tierna infancia era escaso y difuso, aún le venían a la memoria instantes de días de verano en el jardín de los Jacobs cuando Luke y Rebecca trabajaban y January y ella fingían que eran caballos o jugaban al pillapilla en los maizales. Las dos niñas habían coexistido en aquellos años mágicos en que aún no había límites, en que sus cuerpecillos siempre estaban en contacto: tocándose el pelo cuando se hacían trencitas; juntando los dedos pringosos de forma complicada al tiempo que entonaban *«Here is the church, here is the steeple...»*; entrelazando las extremidades al caer al suelo muertas de risa...

Cuando a January se la llevaron de su casa, Margot estaba durmiendo a tan solo una treintena de metros de distancia, en la casa de enfrente. Luego sus padres le dijeron que su amiga no iba a volver y Luke le explicó que January había muerto, pero hasta que algo después un niño mayor le dijo en el recreo que a January la habían «asesinado», Margot no supo la verdad sobre la muerte de su vecina. Aunque debió de echarla muchísimo de menos, lo que mejor recordaba era el miedo. Margot empezó a imaginarse a un hombre sin rostro entre las dos casas y jugando al pinto, pinto, gorgorito con la ventana del dormitorio de January y la del suyo. Por las noches, tumbada en la cama, apretaba los puños tan fuerte que se hacía sangre con las uñas.

Y de pronto, con el rostro de Natalie Clark presente en todos los informativos, tuvo la sensación de que todo aquello volvía a ocurrir. Quizá la niña desaparecida no fuera de Wakarusa, pero Nappanee se encontraba a apenas unos kilómetros de distancia, así que como si lo fuera.

La mañana siguiente al día en que Margot oyó la noticia en Shorty's, estaba sentada a la mesa de la cocina de su tío, con el portátil abierto delante y una taza de café en la mano. Tendría que haber aprovechado aquel momento para ponerse al día con el correo del trabajo, pero, en cambio, estaba buscando información sobre la desaparición de Natalie.

Mientras hacía clic en la página de búsqueda, oyó el chirrido de una puerta al fondo del pasillo. Al cabo de un rato apareció su tío vestido con un pantalón de chándal y una camiseta vieja, el pelo oscuro alborotado, y los ojos hinchados y rojos. Margot cerró el portátil con un suave clic.

—Buenos días —le dijo—. ¿Cómo te encuentras?

La noche anterior, cuando Margot había vuelto de Shorty's, se había encontrado a Luke plantado en medio del salón, temblando. En cuanto lo vio, dejó en el suelo la bolsa del pedido y se acercó corriendo.

—¿Qué pasa? —le preguntó, poniéndole la mano con cautela en la espalda.

Al ver que no le producía rechazo, empezó a desplazarla en círculos, despacio, con suavidad. Aquella caricia se le hizo extraña (los Davies nunca habían sido de los que dan muestras físicas de afecto), pero había leído en un artículo de internet que podía ayudarlo a calmarse si sufría un episodio.

Luke arrugó la cara y miró a Margot como un crío, temblando bajo su mano mientras se le escapaban las lágrimas por las mejillas.

—Ya no está —le dijo con la voz rota—. Ella ya no está.

—Lo sé —contestó Margot—. Lo siento mucho.

Pero entonces fue cuando oyó el murmullo del televisor y, al mirarlo, vio que tenía puestas las noticias. Natalie Clark la miraba desde la pantalla, con aquella sonrisa grande y luminosa. Y a Margot no le quedó claro si su tío lloraba la pérdida de su esposa muerta o la de la niña desaparecida.

Esa mañana, plantado en el pasillo, Luke la miró fijamente, como si su voz lo hubiera sobresaltado, pero al verla esbozó una sonrisa.

—Niña... Buenos días.

Margot se relajó. No había previsto lo duro que iba a ser convivir con una persona a la que querías, pero que solo a veces te correspondía.

—He hecho caf...

Pero, antes de que le diera tiempo a terminar la frase, le vibró el móvil en la mesa y, al mirarlo, vio el nombre de su jefa en la pantalla.

—Perdona, que tengo que atender esta llamada. —Se levantó y se pegó el teléfono a la oreja—. Hola, Adrienne, ¿qué pasa?

—Hola, Margot. ¿Cómo está tu tío?

Margot echó un vistazo a Luke, que estaba abriendo armaritos, supuestamente en busca de una taza. Se acercó, le abrió el correcto y luego se retiró al salón.

—Eeeh..., sí, bien, gracias.

—Vale, vale —contestó la otra, aunque sonaba distraída—. Escucha, Margot, ¿estás al tanto del caso de Natalie Clark?

—Lo estaba investigando ahora.

Investigar era mucha palabra para la búsqueda preliminar que había hecho esa mañana, pero quería parecer más informada de lo que estaba. Trabajaba para la sección de sucesos del periódico y era su trabajo estar al día de noticias como esa. Que se hubiera enterado de la desaparición de Natalie por una camarera había sido un recordatorio descorazonador de que estaba perdiendo comba.

—Ah, vale. Bueno, escríbeme algo para mañana, ¿vale?

Margot se pellizcó el puente de la nariz. Sabía que debía compensar la flexibilidad que su jefa le había dado los últimos meses, pero tenía pensado ir al súper ese día. De hecho, lo único que Luke y ella tenían para desayunar eran unos cereales rancios y una leche casi cortada.

—Claro, no te preocupes.

—Genial. Cubre lo básico: las hipótesis policiales, las pruebas preliminares... Esta noche van a dar una rueda de prensa y he mirado dónde es. Estás al lado. Ah, y dale un poco de colorido local. Habla con la familia si puedes, y, si no, con alguien a quien se pueda considerar amigo íntimo...

—Oye, Adrienne —la interrumpió Margot con una risita—. ¡Que no soy nueva!

Y tanto que no: llevaba tres años ya en el periódico, cubriendo sucesos casi desde el principio.

—Ya, ya, pero este reportaje lo tienes que clavar, ¿vale?

A Margot se le aceleró el pulso. Su rendimiento en el periódico había empezado a verse afectado unos meses después de la muerte de su tía Rebecca, cuando la pena se le mezcló con la súbita certeza de lo mal que lo estaba pasando Luke, pero hasta hacía unas semanas, mientras se preparaba para la mudanza y ponía el trabajo en piloto automático, Adrienne no le había dicho nada.

—Vale, vale. Ya lo sé. Eso haré. Gracias, Adrienne.

Pensó que con eso bastaría, pero su jefa prosiguió:

—Escucha, creo que deberías saber que Edgar me habló de ti el otro día. Me dijo que había notado un bajón en tu trabajo, de productividad y de calidad.

Margot se apartó el móvil de la cara para gritar un «¡Joooder!» silencioso.

Edgar era el dueño del periódico, al que ella solo había visto una vez en la fiesta de Navidad de hacía tres años, pero tenía fama de ser implacable cuando se trataba de algo que ponía en peligro el bienestar de su negocio.

—... le hablé de tus circunstancias —estaba diciendo Adrienne cuando Margot se volvió a pegar el teléfono a la oreja—, pero quiere ver una mejora. Ya.

Margot inspiró hondo.

—Tenía pensado establecer un paralelismo entre el caso de Natalie Clark y el de January Jacobs —dijo—. Plantear la posibilidad de que estén relacionados.

Aquello se le había ido filtrando en la cabeza desde el momento en que Linda le había anunciado que el asesino de January había vuelto. Margot desconocía los detalles del caso de Natalie, pero quienquiera que se hubiera llevado a January y la hubiera asesinado seguía por ahí suelto.

Se hizo el silencio al otro lado de la línea y Margot dio por supuesto que Adrienne estaba cambiando de tercio, de simple jefa a redactora jefa.

—¿Hay paralelismos?

—Aparte de geográficos y de edad, aún no lo sé con certeza, pero dudo que me vaya a costar mucho investigarlo.

—Vale... Claro, un asesino en serie interesa más que un caso aislado. —Margot identificó la voz que su jefa ponía cuando pensaba en voz alta, la que usaba cuando convertía los sucesos reales en reportajes de mil palabras—. Pero no fuerces nada. No queremos otro Polly Limon.

Margot hizo una mueca. El de Polly Limon había sido su primer encargo en *IndyNow*, hacía tres años. El caso de aquella niña de siete años era como tantísimos otros. Una tarde de otoño, la pequeña había desaparecido del aparcamiento de un centro comercial de Dayton, en Ohio. Se había puesto en marcha el protocolo de desaparecidos hasta que cinco días después la encontraron muerta en una zanja, con indicios de abuso sexual. Margot estuvo semanas informando del caso y, aunque en sus artículos no vinculó en ningún momento la muerte de Polly a la de January, en la oficina no hablaba de otra cosa. Con los años, la muerte de su amiga de la infancia había pasado de mera fuente de tristeza y miedo a motivo de obsesión. Poco a poco, la niña que para ella había sido su amiga January se había convertido en «la célebre January Jacobs». Los recuerdos de sus juegos juntas habían sido reemplazados por datos sobre su asesinato. Por eso, cuando Polly Limon apareció muerta y la policía empezó a buscar a su asesino, Margot pensó de inmediato en el caso de su vecina.

«¡A Polly la encontraron en una zanja, igual que a January!», no paraba de decirle a Adrienne por entonces. La causa de la muerte había sido distinta, estrangulamiento frente a traumatismo causado por un objeto contundente, pero también había sufrido daños cerebrales. Además, aunque January no hubiera sufrido abusos sexuales, también había estado desaparecida mucho tiempo. La policía nunca había relacionado ambos casos, pero tampoco había apresado al asesino de Polly, con lo que no se había demostrado que la teoría de Margot fuera errónea. Aunque sabía a lo que se refería su jefa: no podía permitirse el lujo de obsesionarse con una noticia secundaria, y menos en esos momentos.

—Vale —dijo—, hoy veré si hay relación, pero me acercaré a Nappanee unas horas antes de la rueda de prensa, para poder hacer las entrevistas.

—Bien. Vale. —Adrienne titubeó y luego, al cabo de unos segundos, añadió—: Lo siento, Margot. Sé que tienes mucho lío ahora mismo.

—No te preocupes, de verdad —contestó Margot, intentando quitarle hierro al asunto—. Esta noche te mando el artículo.

Cuando colgaron, cerró los ojos e inspiró hondo y despacio tres veces.

Al volver a la cocina se encontró a Luke sentado

a la mesa, con una taza de café en la mano y el cuaderno nuevo de crucigramas delante.

—Caray, niña, me has enviciado con esto —le dijo él en cuanto entró, dando golpecitos con la goma del lápiz en la página. Luego levantó la vista—. ¿Va todo bien?

Ella asintió.

—Sí, cosas del trabajo. Oye..., ¿me harías un favor? —le dijo, volviendo a instalarse en su silla, enfrente de él—. ¿Podrías contarme lo que recuerdes del caso January?

Aunque lo habían hablado centenares de veces en todos aquellos años, Margot sabía que era un peligro preguntarle. No quería traerle malos recuerdos con la inestabilidad emocional que le generaba la enfermedad, pero en aquellos momentos, sentado a la mesa de la cocina, su tío parecía despejado y lúcido.

—¿Del caso January? —repitió él extrañado—. Hacía mucho que no me preguntabas por eso.

—Tengo que cubrir un caso parecido para el periódico —le explicó. Hacía tiempo que había descubierto que Luke tenía mejor memoria a largo plazo que a corto. Si no se acordaba del nombre de Natalie Clark, no quería hacerle sentirse mal ni despistado—. Seguramente no hay relación, pero se me ha ocurrido indagar un poco.

—¿Qué quieres saber?

—¿Qué recuerdas de Billy y Krissy en aquella época?

Margot se sabía al dedillo los pormenores del caso January, con lo que no necesitaba ayuda en ese aspecto. Sin embargo, aunque hubiera vivido enfrente de los Jacobs, por entonces la familia era un misterio para ella. Su recuerdo de Krissy, Billy y Jace era vago en el mejor de los casos, y después de que asesinaran a January, cuando Margot dejó de ir por su casa, perdieron el contacto casi por completo.

—Bueno, ya sabes que yo tampoco los conocía muy bien —contestó Luke encogiéndose de hombros—. No nos poníamos de acuerdo para que January y tú os vierais; tú te escapabas a su jardín. Y, aunque Krissy, Billy y yo estuviéramos en la misma clase, ya conoces este sitio: en el instituto había... camarillas.

Margot resopló.

—Me lo imagino.

—Aun así, a Krissy la conocía todo el mundo porque era una chica popular, alocada. A mí no me daban ni la hora. Billy era más reservado, supongo. Y, claro, era un Jacobs, que... ya sabes.

Margot asintió. Todo eso ya se lo había contado, pero, aunque no lo hubiera hecho, ella habría sabido a qué se refería. No hacía falta vivir enfrente de ellos para conocer la reputación de los Jacobs. Como casi todas las tierras de los alrededores de Wakarusa les pertenecían, eran los magnates agrícolas del pueblo. Todos los granjeros alimentaban a su ganado con lo que cosechaban los Jacobs. El gimnasio del instituto se llamaba Gimnasio Jacobs por uno de los antepasados de Billy. Aunque no fuera popular, era rico.

—¿Cómo terminaron casándose? ¿Salían juntos en el instituto?

Luke frunció los ojos.

—Puede... O igual empezaron a salir ese verano,

después de la graduación. Creo que los vi en fiestas y cosas así, pero, a ver, chica guapa y niño rico... No es que rompieran ningún molde precisamente.

Margot le hizo unas preguntas más, pero no había mucho que él no le hubiera contado ya antes y, al cabo de diez minutos, entendió que debía investigar por otros lados. Había dispuesto de años para preguntarle a Luke por los Jacobs, pero, siendo adulta, nunca había pasado tiempo de verdad en Wakarusa. Debía entrevistar a las personas con las que no había hablado hasta ahora.

—¿Crees que Billy querrá hablar conmigo?

Sabía que debía centrarse en el caso de Natalie Clark, pero una entrevista al padre de January le iba a venir muy bien.

A fin de cuentas, hablar con Krissy ya no era posible, porque se había suicidado hacía diez años. Su muerte había resultado algo sospechosa al principio (¿habría vuelto el asesino de January a por la madre?), pero la policía lo descartó de inmediato. Era el típico caso sin misterio. Krissy llevaba años tomando antidepresivos, ocurrió en su propia casa, llevaba en la mano la pistola con la que se había pegado un tiro en la sien. Además, le había dejado a Jace una nota cuyo contenido se filtró a la prensa en los días posteriores al hallazgo de su cadáver. Como tantos otros detalles del caso, Margot se la sabía de memoria: «Jace, lo lamento todo. Lo voy a arreglar». Por su parte, Jace se había largado de Wakarusa a los diecisiete y había vivido ajeno a todo desde entonces. O sea, que Billy era el único miembro de la familia con el que Margot podía hablar.

—Ah —contestó Luke, algo sorprendido—. Bueno, Billy ya no se relaciona con casi nadie, pero creo que todavía va a la iglesia, y obviamente tendrá que ir a los silos de grano y a la tienda. Igual te cuesta entrevistarlo, pero... merece la pena intentarlo —dijo encogiéndose de hombros.

Margot asintió con la cabeza.

—Oye, luego tengo que hacer unas cosas para este artículo. ¿Te importa que salga dentro de un rato?

—No necesito canguro, niña. Estoy bien.

Ella se mordió el carrillo. Se sentía culpable por abandonarlo, pero aún le resonaban en los oídos las palabras de Adrienne.

—¿Te apañas con el desayuno? Ya compraré algo para comer y cenar, pero me parece que ahora no hay mucha comida en la casa.

Luke rio, pero sus ojos revelaron un destello de frustración y Margot supo que lo estaba avergonzando.

—¿Cómo crees que me he estado alimentando antes de que tú vinieras? De todas formas, por las mañanas no suelo comer mucho. Si empiezo a pensar que me voy a desmayar, iré a..., iré a la tienda a por cereales.

Margot le estudió el semblante un segundo. Le daba la impresión de que aquella pausa era indicio de que había olvidado el nombre de Granny's Pantry, la tienda en la que llevaba cincuenta años comprando, pero, salvo por ese lapsus, su tío parecía lúcido. Y ella tenía que bordar aquel artículo.

—Vale, perdona. Sí, suena bien.

—¿Adónde vas?

—De momento, a ningún sitio. Aún tengo cosas que hacer aquí. —Como Adrienne le había dejado bien clarito, Natalie Clark era el centro del artículo, así que debía prepararse para la rueda de prensa y las entrevistas de Nappanee antes de perder ni un solo minuto más pensando en January Jacobs—. Pero luego iré a Shorty's, supongo. Quiero saber lo que piensan otros del caso January, ver si algo me suena parecido a este. ¿Crees que conseguiré que me cuenten algo?

Al oírlo, Luke soltó una carcajada.

—No hay nada que le guste más a la gente de este pueblo. Pero no olvides que en su día crucificaron a los Jacobs y puede que ahora vean las cosas de otra forma. Así que hablarán, sí, pero no te vas a creer ni una palabra de lo que te digan.

5
Krissy, 1994

Krissy ya no se sentía en casa. La luz del interior se le hacía intensa y estéril; el sonido de los flashes de las cámaras y el hablar entrecortado, extraños. Ni siquiera los objetos parecían pertenecerle ya, y casi le pidió permiso al inspector Townsend para sentarse en el sofá que llevaba en su salón desde antes de que ella se hubiera mudado allí hacía seis años.

—Gracias por hablar conmigo, señora Jacobs —le dijo Townsend en cuanto se instalaron el uno enfrente del otro.

Después de terminar con el cuarto de January, el inspector había separado a Krissy y a Billy para poder interrogarlos de uno en uno. Billy seguía sentado arriba, en el dormitorio de la niña, con la inspectora Lacks, mientras Krissy y Townsend habían vuelto a bajar a la salita de la entrada, y ella agradeció el cambio de decorado. Estar en el cuarto de su hija, rodeada de todas sus cosas, le había generado pánico y claustrofobia. Además, para alivio de Krissy, el inspector había cerrado la puerta doble de la salita y los había aislado del caos del otro lado. Tanto alboroto y tanta orden a voces la tenían hecha un manojo de nervios.

—¿Por qué no empezamos por esta mañana? —prosiguió el inspector—. Desde que se ha despertado. Cuénteme cómo ha sido todo...

Krissy inspiró hondo y una súbita fatiga permeó en el flujo constante de adrenalina que había sentido desde que se descubrió la desaparición de January. El día parecía transcurrir como a trompicones: a veces era como si se acelerara y otras era denso como la melaza.

—El despertador ha sonado a las cinco, como siempre —empezó, y luego le contó el resto de la mañana hasta el momento en que Billy y ella habían llamado a la policía: que había bajado a la cocina, había visto la pintada, había llamado a gritos a Billy, Jace había corrido a sus brazos y habían registrado la casa en busca de January.

Townsend garabateó algo en una libreta que tenía apoyada en la rodilla. Cuando terminó, la miró muy fijamente.

—¿Y ayer? Cuénteme también qué pasó ayer, sobre todo si se le ocurre algo extraño que haya sucedido en las últimas veinticuatro horas o así.

—Mmm...

Krissy intentó recordar lo que había hecho el día anterior. Al ver que no podía, probó a pensar en algún detalle suelto, como lo que llevaba puesto, el tiempo que hacía, lo que habían desayunado los niños..., pero tenía la cabeza llena de imágenes de su hija muerta y tirada por ahí. Al cabo de un momento, se cogió la cara con las manos y se presionó los ojos con los dedos.

—Sé que esto es difícil —dijo Townsend, comprensivo. Había suavizado el tono después de pecar de grosero al encontrar la foto de January con el traje de baile, pero Krissy sospechaba que era más por conveniencia que por sinceridad—. Le va la cabeza a mil, pero trate de centrarse. Ayer era sábado. ¿Recuerda lo que hizo ayer?

Krissy tomó aire.

—Vale. Sí. Fue un sábado normal. Billy trabajaba. Los niños hicieron sus tareas por la mañana. Hacen cositas en la granja, como dar de comer a las gallinas, recoger los huevos... A veces Billy deja que ayuden a darles el pienso a las vacas, cosas así. Por la tarde jugaron en casa. Yo cociné y cenamos. Después vimos la tele y los acosté. Con dos niños pequeños, eso lleva un rato.

Townsend frunció los ojos.

—Muy bien... Eso está mejor, pero ¿le importaría repasar el día otra vez, ahora con más detalle? Las veinticuatro horas previas a la desaparición de alguien son cruciales y, en una investigación como esta, no se sabe qué detalle en apariencia insignificante nos va a ayudar a resolver el caso.

—Ah —contestó ella, sintiéndose reprendida—. Ya... Claro...

Inspiró hondo y empezó desde el principio, esa vez con mucho más detalle.

—¿Y después de acostar a los niños...? —quiso saber el inspector.

Krissy se encogió de hombros.

—Me di un baño y me fui a la cama. Billy estaba abajo viendo la tele. Yo ya estaba dormida cuando subió.

—Ajá... —Dio unos golpecitos con la punta del bolígrafo en la hoja, que miraba fijamente como si quisiera resolver un problema matemático muy difícil. Sin embargo, cuando volvió a hablar, pasó a otra cosa—. ¿Y qué me dice de January? ¿Cómo es? Seguro que no le parece relevante, pero quiero hacerme una idea de la clase de niña que estamos buscando.

—No, si lo entiendo —respondió Krissy reflexiva—. January es...

Pero se le quebró la voz y no fue capaz de seguir: decir en voz alta el nombre de su hija había terminado por reventar la presa emocional que llevaba dentro. De algún modo, Krissy había seguido funcionando como un ser humano normal durante las últimas horas, poniendo un pie delante del otro, sentándose donde le decían, hablando con frases completas y lógicas, pero se había sentido como una marioneta que se movía a voluntad de otra persona.

Inhaló aire entrecortadamente. La súbita emoción hacía que le vibrara el rostro, como si sus rasgos se estuvieran deformando y fundiéndose entre ellos. Con los ojos nublados por las lágrimas, Krissy vio que el inspector Townsend se inclinaba hacia ella con un clínex en la mano. Siempre parecía que hacía eso: aparecer de pronto y ofrecerle cosas como salidas de la nada, igual que un mago de tres al cuarto. Se preguntó si sería algo que el inspector había logrado dominar con años de experiencia o si ella tendría el cerebro intermitente y solo registraba el tiempo en instantáneas dispersas. Aceptó el clínex y se limpió las lágrimas.

—Lo siento —dijo—. ¿Qué estaba diciendo...?

—Me iba a hablar de January, de cómo es.

—Ya... Sí. January es... Tiene mucha personalidad, le encanta ser el centro de atención, destacar. Va a clases de danza los martes y los jueves, y disfruta enseñándonos todos los movimientos que aprende. —Se encogió de hombros—. Es como yo a su edad. Yo también bailaba. —En cuanto lo dijo, se arrepintió. Era raro decir algo así en un interrogatorio sobre tu hija desaparecida. Al inspector, por lo visto, también se lo pareció, porque, justo antes de que corrigiera el gesto y fingiera normalidad, lo vio enarcar las cejas con una mezcla de sorpresa y desdén. Krissy continuó enseguida—. January se lleva muy bien con Jace. —De nuevo hubo en su voz una pizca de falsedad que rezó para que Townsend no detectara—. Son mellizos.

Él la estudió un segundo y luego dijo:

—Mellizos, ¿no? Ese debe de ser un vínculo muy especial...

Krissy se revolvió en el asiento. La estaba mirando muy atentamente.

—Lo es.

—Bueno, la agente Jones pasará el día con él. Si el crío dice algo, ella se ocupará de anotarlo. A veces, los hermanos, por pequeños que sean, saben más que los padres, y cualquier pista que encontremos en estos momentos será una pista que merezca la pena seguir.

Krissy se notó una especie de opresión en la caja torácica. Le fastidiaba meter a Jace en todo aquello, pero supuso que era inevitable.

—Claro.

—A propósito de pistas —dijo el inspector—, ¿tienen ustedes algún enemigo, alguien que pudiera tener algo contra su hija o su familia?

Krissy casi bufó.

—¿Enemigos? No. Esto es Wakarusa. Aquí todos nos llevamos... de maravilla.

—O sea, que no se le ocurre nadie que haya podido escribir esas palabras en la pared...

«Esas palabras», se dijo Krissy muy afectada. No sabía por qué, mientras hablaban se había olvidado de ellas. La única suposición lógica que podía hacerse era que, en efecto, las había escrito algún «enemigo». Krissy tomó aire para serenarse; aquella era su oportunidad de llevar al inspector por el buen camino. Todo lo demás era una distracción respecto a aquellas palabras.

—No se me ocurre nadie concreto —contestó—. Pero está claro que eso lo ha hecho algún psicópata, ¿no? ¿Un sociópata? A ver, no es de esas cosas que se oyen a diario en este pueblo. —Se devanó los sesos en busca de cualquier posible explicación—. ¿Y si es un asunto de envidias? La familia de Billy... Bueno, usted no es de por aquí, pero la familia de mi marido siempre ha sido como la realeza. En el instituto, a Billy lo llamábamos «el rey de Wakarusa». ¿Y si alguien nos tiene envidia por eso y quiere..., yo qué sé, hacernos pagar? En el pueblo, a la familia de Billy siempre se la ha tenido... en mucha estima. Su abuelo donó una barbaridad de dinero al pueblo. El gimnasio del instituto lleva su nombre. Además, compró casi todas las tierras de los alrededores y, al morir, se las dejó al padre de Billy.

—Entiendo —dijo Townsend—. ¿Y aún son del padre de Billy?

—Ah, no, los padres de Billy murieron en un accidente de tráfico cuando él tenía siete años. Él vivió con su abuela hasta que la pobre murió, hace unos años, y Billy lo heredó todo. —El inspector asintió con la cabeza y anotó algo—. Y, si eso es así —continuó Krissy, de pronto embalada—, seguramente pedirán un rescate y eso.

Townsend la miró a los ojos y dijo:

—Lo vamos a investigar, desde luego. Tenemos personal pendiente del teléfono, aunque nadie ha intentado contactar con nosotros todavía y, de momento, no hemos encontrado indicios de que nadie quiera exigir nada. Pero, como le digo, estaremos atentos. ¿Tiene alguna otra teoría?

Krissy se miró el regazo y observó que tenía las manos entrelazadas con fuerza.

—Yo... Bueno, ¿lo del baile...? Lo digo porque llevamos a la niña a competiciones. Ya sé que solo tiene seis años, pero son eventos profesionales: hay jueces, participantes de todo el estado... Habrá de setenta y cinco a cien personas en el público. Y January es buena. Usted mismo ha visto... todas esas medallas.

El inspector se inclinó hacia delante.

—¿Me está diciendo que podría ser un problema de competitividad, que alguien podría tener envidia del éxito de su hija?

—No sé..., o que hubiera alguien entre los asistentes que no pintase nada ahí... Uno de esos tíos...

No fue capaz de terminar la frase. Entre eso y la

foto de la niña con el traje de tema náutico, Krissy se sentía la peor madre del mundo. «Lo tenéis bien merecido.»

—Ah —contestó Townsend—. Entiendo. Piensa que las actuaciones podrían haber atraído la atención de algún indeseable...

Krissy subió un hombro, incapaz de mirarlo a los ojos, y le cayeron unos lagrimones al pantalón del pijama.

—No sé, pero ¿qué otra cosa podría justificar esas pintadas? Son... Nadie habla así en Wakarusa.

—Sí, ya me lo ha dicho antes. —Townsend, como buen mago que era, sacó de la nada otro clínex—. Le agradezco su exhaustividad, señora Jacobs. Le garantizo que vamos a investigar todas las pistas posibles. —Se dio una palmada en las rodillas—. La inspectora Lacks debe de estar terminando de interrogar a su marido, y creo que ha llegado el momento de sacarlos a los dos de aquí. ¿Quiere cambiarse de ropa? Luego, Lacks y yo les llevaremos a comisaría para tomarles las huellas y para otras cuestiones logísticas. La agente Jones acudirá allí con el hermanito. A lo mejor, con un cambio de aires, sacamos algo en claro.

En la comisaría de la policía estatal próxima a South Bend, un agente al que no habían visto aún les tomó las huellas a Krissy y a Billy, y luego les preparó sendas tazas de café y les pidió que se instalaran en unas sillas metálicas incómodas que había en el pasillo hasta que alguien los acompañase adonde quiera que tuvieran que ir después. Mientras estaban sentados, apareció por la puerta de la calle la agente Jones, con sus orejas y sus pechos grandes, y la manita de Jace engullida por la suya. Al ver a su hijo, Krissy se puso tan nerviosa que le faltó el aliento. Le dieron ganas de ocultarlo, de envolverlo bien y esconderlo. Pero solo pudo darle un abrazo rápido antes de que volvieran a llevárselo para «colorear un rato y hasta comerte otra galleta».

Poco después, Krissy volvió a encontrarse en un cuarto a solas con el inspector Townsend, sentada a una mesa desvencijada con él enfrente. En el centro de la mesa había una grabadora que ya ronroneaba.

—Quiero dedicar unos minutos a preguntarle por su relación con Billy —dijo.

—¿Mi relación con Billy? —repitió ella—. ¿Qué tiene eso que ver con la investigación?

—Bueno, como usted misma ha dicho, el que haya escrito esas palabras en la pared podría haberlo hecho por alguna rencilla personal.

—Ah. Ya. Claro.

Él le dedicó una de esas sonrisas planas suyas que a ella estaban empezando a repatearle.

—¿Cómo se conocieron?

Ella levantó un hombro.

—Pues como nos conocemos todos aquí: de toda la vida.

—Entiendo... ¿Y cómo empezaron a salir?

Entonces, Krissy cerró los ojos y se retrotrajo al verano de 1987.

Ese verano empezó con una fiesta. La semana anterior se había celebrado la graduación de secundaria, y a Dave, uno de los amigos de Krissy, se le había ocurrido organizar algo en el campo de fútbol del instituto. No era exactamente una fiesta, sino más bien unas cervezas con los colegas y lo que fuera la «sorpresa» que Dave les había prometido.

La llegada de Billy esa noche deleitó y sorprendió por igual a Krissy. Aunque ella lo había invitado ese mismo día cuando él estaba comprando pienso en el silo en el que ella trabajaba, no recordaba haberlo visto salir en los cuatro años que habían pasado juntos en el instituto.

—Bueno, bueno... —gritó ella por el campo de fútbol a oscuras, al verlo aparecer—. ¡Pero si es Billy Jacobs!

Los que estaban con ella se volvieron a mirar.

—Hola —dijo Billy al llegar al grupito.

Era un tío grande, más de metro ochenta probablemente y musculoso de trabajar en la granja de su familia, pero allí plantado, con las manos metidas hasta el fondo de los bolsillos de sus Levi's, Krissy lo vio pequeño e inseguro, casi infantil.

—No me puedo creer que hayas venido —le dijo, con los ojos muy abiertos y una sonrisa ancha—. No me puedo creer que yo haya sido la sirena que ha conseguido que Billy Jacobs se rebaje a pasar un rato con gentuza como nosotros.

Billy agachó la cabeza, vergonzoso, reprimiendo una sonrisa.

—Ay, Kris, ya le has hecho ruborizarse, mira —espetó Martha.

—¡Marth, no incomodes a nuestro invitado! —le soltó Krissy vacilona—. Toma —añadió volviéndose hacia él, y sosteniendo su lata de Natural Light con una mano, con la otra soltó una cerveza de la anilla de plástico de un pack de seis medio vacío. Se la dio a Billy y le pasó un brazo por los hombros—. Chicos —empezó, dirigiéndose al grupito—, ya conocéis todos a Billy Jacobs. Billy Jacobs, te presento a Martha —dijo, y señaló a Martha con su cerveza—. Zoo, Noah, Caleb y, por supuesto, el gilipollas de Dave.

Krissy sabía que Billy ya conocía a sus amigos, porque llevaban juntos toda la vida, pero, aun así, era poco más que un desconocido para ellos.

—Perdona —dijo Billy, algo extrañado—, ¿Zoo?

—Ah, a Katy la llamamos «Zoo» por su apellido, que es Zook.

—Ah, pero Noah es Noah, ¿no?

Krissy rio.

—Solo lo hacemos cuando nos peta. Es un apodo, Billy, no le des más vueltas. Y a ti, ¿cómo te llamamos?

A su lado, Dave frunció los ojos, estudiando exageradamente el rostro de Billy.

—Yo creo que Jacobs es Jacobs, ¿no te parece, Kris? —La miró—. Buen trabajo, por cierto: has conseguido que el maldito rey de Wakarusa venga a vandalizar el campo del instituto Northlake.

Dave alargó la mano y le revolvió el pelo a Krissy, y ella se apartó de su mano con un chillido y retiró el brazo que le había pasado por el cuello a Billy.

—¿Vandalizar el campo? —repitió, lanzándole una miradita a Dave.

Él sonrió.

—¡Sorpresa!

Krissy puso los ojos en blanco.

—Muy listo —dijo, pero en broma. ¿Qué más le daba a ella aquel instituto de mierda?

—He traído espráis de pintura —terció Caleb, agachándose a sacar algo de una bolsa de plástico.

—Bah... —contestó Dave—. Los espráis de pintura no molan. Se limpian demasiado fácil. —Metió la mano en otra bolsa que tenía a sus pies y sacó un bote de plástico de tamaño industrial—. Herbicida. De esa forma tendrán que replantar el campo entero.

Martha se tapó la boca con la mano.

—¡Madre mía, Dave, es la hostia!

Krissy observó que Billy, que seguía a su lado, se metía la mano aún más al fondo del bolsillo.

—¿Qué vais a escribir, chicos? —preguntó Martha.

Dave subió y bajó las cejas.

—No vamos a escribir nada. Vamos a dibujar.

—Una polla y unos huevos —propuso Caleb.

Rieron todos, y Krissy vio que Billy se obligaba a reír también. Le dieron ganas de cogerle la mano y apretársela, de decirle que no pasaba nada.

—¿Empiezas tú, Dave? —preguntó Caleb.

—¿Y privaros a vosotros de la diversión? —Sonriente, Dave le ofreció el bote de herbicida a Caleb, pero luego hizo una pausa, se volvió hacia Billy y, mirándolo a los ojos, le dijo—: ¿Cómo lo ves, Jacobs?, ¿haces los honores?

—Ah... —Billy rio, sin duda para disimular lo mal que lo estaba pasando—. Nah, déjalo. Pero gracias.

Dave hizo un gesto de asombro, echando la cabeza hacia atrás.

—¿Seguro? Sin presión, ¿eh? Si no quieres, no quieres. Pero es una buena oportunidad de hacerle a este sitio la última peineta.

Billy rio incómodo otra vez, meneando la cabeza.

—Me parece que yo no lo he odiado tanto como vosotros, tíos.

—Ah, ¿no? —respondió Dave, sereno e intrigado, casi pensativo—. ¿Este sitio que te arrebata todas tus peculiaridades para obligarte a parecer básicamente jodido? —Negó con la cabeza y soltó una risa triste—. Joder, si, en segundo, los profesores pensaban que era un adorador del diablo porque escuchaba a Nirvana. Y la gente aún llama «putilla» a Martha porque se acostó con Robby O'Neil hace dos años...

—¡Dave! —espetó Martha.

Dave la miró sorprendido.

—¿Qué? Es la puta verdad. Yo no pienso que seas una putilla. Haces lo que te sale del coño. Lo único que digo es que, en este puto pueblo, te ponen la etiqueta nada más nacer. ¿No te acuerdas de aquella vez que Joseph Pinter llamó a Kris «basura blanca» al enterarse de que su madre y ella vivían en una caravana? El señor Yacoubian estaba allí y no dijo nada... Es profesor y se hizo el loco porque Joseph Pinter tiene una valla pintada de blanco y Kris no.

Krissy notó que Billy la miraba y levantó la cabeza para mirarlo ella también. Él parpadeó unas cuantas veces y luego le tendió la mano a Dave.

—Claro —dijo—. ¿Por qué no?

Billy acababa de terminar de perfilar el huevo izquierdo, con el resto del grupo observando desde el suelo, cuando Krissy oyó las dos notas de la sirena de advertencia de un vehículo policial.

—¡Mierda! —exclamó Zoo, y de pronto se levantaron todos.

Martha soltó un chillido que terminó en risitas que se contagiaron a todo el grupo. Caleb, que para entonces ya tenía un buen pedo, quiso levantarse, pero se cayó de espaldas con un gruñido.

—¡Salid de aquí, tíos! —les advirtió Dave entre carcajadas.

Krissy buscó por la hierba sus Converse, que se había quitado de cualquier manera hacía un rato.

—Trae, Jacobs, dame eso —le oyó decir a Dave mientras cogía las zapatillas y se calzaba una.

Al levantar la mirada vio que Dave le tendía la mano a Billy. A su alrededor, Martha, Noah, Caleb y Zoo recogían sus cosas del suelo a toda prisa.

—¿Para qué lo quieres? —preguntó Billy ceñudo.

—Aún no se han bajado del coche siquiera —contestó Dave señalando con la cabeza el vehículo policial—. Me da tiempo a terminar.

Billy abrió la boca, pero al final no dijo nada, y de pronto Krissy entendió lo que Billy pensaba que había pasado. Creía que Dave, quizá ella también, quizá todos, le habían tendido una trampa porque querían ver caer en desgracia al rey de Wakarusa, ver su rostro plasmado en el periódico local como autor de lo que sin duda se consideraría «una broma ofensiva y de mal gusto».

—Ah, ya lo pillo —dijo Dave, que obviamente había llegado a la misma conclusión que ella—: has pensado que iba a dejar que cargaras con la culpa. —Le plantó una mano en el hombro a Billy y, con delicadeza, le arrebató el bote de herbicida que llevaba en la mano—. Igual soy un capullo, Jacobs, pero no esa clase de capullo.

Krissy terminó de calzarse la otra zapatilla y se apresuró a coger a Billy de la mano.

—Venga, Billy, vámonos —le dijo, tirando de él.

Al notar la mano de ella, Billy se extrañó, se volvió a mirarla y apretó la suya.

—Vamos.

Krissy, Billy y los otros corrieron a oscuras, dando tumbos, borrachos. Cada poco, uno de ellos soltaba una carcajada, contagiaba a otro y terminaban todos muertos de risa. Krissy y Billy se quedaron rezagados, pero, en vez de correr para darles alcance, ella le tiró del brazo y se lo llevó en otra dirección.

—Por aquí —le susurró, y él la siguió obediente en la oscuridad. El ruido de los otros pasos no tardó en desaparecer.

Cuando estuvieron a solas, Krissy y Billy aminoraron la marcha.

—¿Dónde estamos? —preguntó Billy.

—Al borde de la granja de los Dixon. Podemos escondernos en los maizales.

—Estamos en mayo. Aún no estarán bastante altos.

—Si nos tumbamos, sí —dijo ella riendo en voz baja. Luego añadió—: ¡Menudo granjero estás hecho!

Sin soltarle la mano, Krissy se adentró con él en el maizal, se arrodilló entre las plantas que le llegaban por la pantorrilla y se tumbó bocarriba entre dos hileras. Notó el suelo frío a través de la camiseta. Billy la imitó con torpeza, y cuando terminó de instalarse, no había entre ellos más que una hilera de maíz, unos centímetros de aire. Se quedaron allí tumbados, en silencio, conteniendo la respiración.

—Entonces... —empezó él al cabo de un momento—, ¿tienes pensado marcharte?

Krissy se volvió a mirarlo.

—¿Mmm...?

—Antes, en el silo, has dicho que te ibas.

—Ah, sí.

Esa tarde, cuando él había pasado por el silo mientras ella se pintaba las uñas al otro lado de la caja registradora, habían hablado un rato y Krissy le había mencionado sus planes para después del verano.

—¿Por qué?

—¿Por qué? —repitió ella, riendo—. ¿Tú qué crees? ¡Vivimos en Wakarusa, en Indiana!

—Ya. —Billy esbozó una sonrisa—. Y... ¿adónde vas?

—A Nueva York, a Manhattan. Voy a entrar en las Rockettes.

La sola idea ya la animaba.

—¿Qué son las Rockettes?

—¿Que qué son las Rockettes? —dijo ella incrédula—. Las mejores bailarinas de Nueva York, nada menos. Son famosas. Salen por la tele a todas horas. ¿En serio no has oído hablar nunca de ellas?

Billy negó con la cabeza.

—Pero tú, desde luego, eres lo bastante buena. Aún recuerdo lo bien que lo hiciste en el festival de octavo. Fue alucinante.

Krissy abrió mucho los ojos, sorprendida, y luego rio.

—Billy, ¡eso fue en octavo! Estas son bailarinas profesionales. —Aun así, el cumplido le calentó el pecho. No podía creer que recordara un baile suyo de hacía tanto tiempo—. Soy mucho mejor de lo que era en octavo. Me he gastado hasta el último centavo que he ganado en clases de baile. Y no voy precisamente a ese estudio de mala muerte para niños, sino a uno de South Bend, los martes y los jueves por la noche.

—No lo sabía.

—Sip —contestó ella, y volvió a contemplar las estrellas—. Ahora solo me queda ahorrar lo suficiente para el autobús y me largo. Bueno, para el autobús y para un piso, comida y todo lo demás. —Guardó silencio y se disolvió su sonrisa. Pensar en lo que le iba a costar salir de aquel pueblo siempre la abrumaba. Pero no quería preocuparse por eso, y menos en ese instante. Se giró hacia Billy, apoyando la cabeza en la mano—. De todas formas —prosiguió, procurando sonar animada otra vez—, te preguntaría si tú te vas a marchar, pero ya sé que no. Todo el mundo sabe que Billy Jacobs va a heredar y dirigir la granja familiar. —Dijo aquellas últimas palabras como el que dice «el trono real».

Billy sonrió, pero su sonrisa le pareció apagada y casi triste.

—No, ya, yo no me voy.

Krissy lo miró un segundo.

—Eh, Ígor. —Le dieron ganas de alargar la mano y deshacerle el frunce que se le había formado en el entrecejo. Y lo hizo—. No pienses en eso ahora.

Incluso a la suave luz de la luna, Krissy vio que se le encendían las mejillas con la caricia. Y, de pronto, supo que él quería besarla, que estaba a punto de hacerlo. Pero pasaron unos segundos y no lo hizo.

—Vale, ¿y en qué pienso, entonces? —contestó él.

—Piensa en... —Krissy apartó la mirada un momento y después volvió a mirarlo. No tenía claro si ella quería besarlo, pero ¿qué tenía de malo que los dos se distrajeran un poco? ¿Qué tenía de malo besar a aquel chico en un maizal a la luz de la luna?—. Piensa en esto —dijo, se inclinó hacia delante, arañándose la cara con las hojas del maíz, y ancló sus labios a los de él.

Krissy no podía saber entonces las consecuencias que tendría aquel beso. De haberlo sabido, jamás se lo habría dado; habría salido corriendo a toda velocidad en la dirección opuesta.

En comisaría, sentada frente al inspector Townsend el día en que su hija había desaparecido, el recuerdo le pareció surrealista a Krissy, como si, esa noche, Billy y ella no hubieran sido más que personajes de una escena, dos personas completamente distintas.

—¿Le importa que hagamos un descanso? —preguntó—. Necesito ir al baño.

Aunque, en el fondo, solo quería estar a solas un minuto. Había sentido el peso colectivo de montones de pares de ojos a lo largo del día y necesitaba dejar de notarse observada un momento, relajar los hombros, espirar.

Townsend la estudió un buen rato y, por fin, le dijo:

—Adelante.

Krissy se tomó su tiempo en el baño. Se lavó la cara con agua fría, pero no consiguió que desapareciera esa impresión de que las paredes la acorralaban. Así que, al volver, cuando vio una puerta de doble hoja que conducía al exterior, giró la cabeza para lanzarle una mirada furtiva y se acercó a ella a toda prisa.

Fuera, agradeció el aire caliente de julio, tan distinto del frío opresivo de la comisaría, y se lo bebió a tragos como si se estuviera ahogando. Se dejó caer contra el muro de ladrillo rojo, pero nada más hacerlo cayó en la cuenta de que, en realidad, no estaba sola. Un murmullo de voces dobló la esquina y, aunque hablaban bajito, Krissy habría reconocido el tono seco del inspector Townsend en cualquier lado.

—... creo que se está escondiendo —decía, y a Krissy se le encogió el pecho. Notó enseguida que hablaba de ella—. Está nerviosa, pero hay algo más. Pasa algo con esa familia, solo que no tengo claro lo que es.

—A mí me parece la familia cristiana perfecta —terció la segunda voz, la de la inspectora Lacks.

Townsend soltó una carcajada.

—Por eso. Siempre hay algo. Tendrías que haberla oído en la casa. Tiene como un centenar de teorías sobre quién se ha podido llevar a su hija.

—¿Y qué?

—Cuando alguien empieza a soltar tantas hipótesis de golpe, nueve de cada diez veces es porque no quiere que investiguemos otra cosa —oyó decir a Townsend—. Como el carterista de toda la vida, que agita una mano para que no veas que te está desplumando con la otra.

6
Margot, 2019

Cuando Margot llegó a la comisaría de la policía estatal, la rueda de prensa sobre la desaparición de Natalie Clark ya había empezado. Tiró de la puerta, se coló con sigilo y se sumó a la multitud de cámaras y equipos de informativos apostados al fondo de la sala. Al frente, detrás de un estrado, estaba la inspectora Rhonda Lacks, a la que Margot reconoció como una de los dos inspectores del homicidio de January. La separaba de Margot un océano de periodistas sentados en las butacas (donde ella tendría que haber estado), todos con la libreta en la mano. Se miró de reojo el reloj y maldijo por lo bajo. No solo había llegado tarde; la rueda de prensa iba ya por la mitad.

Se metió con disimulo entre dos operadores de cámara, procurando molestar lo mínimo posible, pero aún tenía el corazón desbocado de la carrera que se había echado por el aparcamiento y le ardía todo el cuerpo del calor que hacía fuera. Se agarró la camiseta con dos dedos y se sopló con disimulo en el escote, pero, al hacerlo, le dio un codazo sin querer al tío que tenía al lado. El hombre le lanzó una mirada asesina y ella le contesto con un «Perdona» mudo.

Cinco horas antes, Margot había salido de su cuarto en casa de Luke, lista para acercarse a Shorty's. Se había pasado hora y media preparándose para las entrevistas de Nappanee y se había reservado otras dos para hablar con los vecinos de Wakarusa. Pero al salir de su cuarto se detuvo en seco. Había algo raro en el ambiente. Demasiada quietud, demasiado silencio.

Dejó la mochila en el suelo y se acercó sin hacer ruido al dormitorio de Luke por si se estaba echando una siesta, pero la puerta estaba abierta; el interior, a oscuras, y el baño de la habitación, vacío. De nuevo en el pasillo, lo llamó, y su voz resonó con fuerza por la casa. No hubo respuesta. «¡Tío Luke!», volvió a llamarlo en vano. Pasó por delante del salón vacío y fue a la cocina, donde se sintió idiota cuando dio una vuelta completa, muy despacio. Después abrió la despensa.

Empezó a palpitarle el corazón a toda velocidad, pero ni siquiera sabía si el miedo era justificado. A fin de cuentas, Luke era un adulto que, como él mismo le había indicado esa mañana, había sobrevivido solo muchos meses. Aun así, largarse de casa sin despedirse siquiera era impropio de él. Se acercó a grandes zancadas a la puerta del garaje y la abrió de golpe; respiró aliviada al ver el viejo Pontiac de su tío cogiendo polvo. Al menos eso significaba que no podía andar muy lejos. Inspiró hondo, procurando calmar los nervios. Supuestamente, solo había ido a dar un paseo. Sin embargo, los dos últimos días que había pasado en Wakarusa le habían demostrado a Margot lo mal que podían ponerse las cosas. ¿Y si tenía un episodio estando en la calle? ¿Y si perdía la noción de dónde estaba o quién era y andaba deambulando por ahí, confundido y asustado?

Dio media vuelta y cruzó el pasillo para coger el móvil de la mochila. Pero, cuando lo llamó, le saltó el buzón de voz. Volvió a intentarlo una y otra vez, pero sonaba y sonaba.

—Mierda —susurró furiosa, frotándose la frente con los dedos.

Colgó, agarró las llaves de la mochila y fue corriendo a la puerta de la calle. Ya solo le quedaba ir a buscarlo.

Pero Luke no estaba ni en Granny's Pantry ni en la farmacia ni en Shorty's, y ninguna de las personas a las que preguntó en esos sitios lo había visto. Y, cuando miró el reloj y vio que llevaba casi una hora dando vueltas en el coche, le entró el pánico. ¿Cuánto podía haberse alejado su tío? ¿Debía coger la autopista y ampliar la búsqueda, o estaría en algún sitio en el que a ella no se le había ocurrido mirar? Sin salir del coche, en el aparcamiento de la entrada del súper, Margot trató de pensar en todos los sitios que su tío frecuentaba, pero, para desesperación suya, tenía la mente en blanco. Golpeó el volante con las manos abiertas. Conocía a Luke mejor que nadie en el mundo y, sin embargo, allí estaba, incapaz de encontrarlo en una de las localidades más pequeñas del país.

En el móvil, que había dejado en el asiento del copiloto, le entró una llamada. Margot inspiró entrecortadamente y, al girarse para cogerlo, le dio un brinco el corazón cuando vio el prefijo de Wakarusa. A lo mejor Luke la llamaba desde un teléfono prestado. Pero, cuando contestó, no reconoció la voz del otro lado de la línea.

—Hola —dijo un hombre—, ¿Margot Davies...?

—Sí...

—Sí, hola. Soy el agente Finch, de la comisaría de Wakarusa. La llamo porque tenemos aquí a su tío.

Margot cerró los ojos con fuerza, de alivio y de miedo. ¿Qué hacía Luke en comisaría?

—No lo entiendo. ¿Qué ha pasado? ¿Qué ha hecho?

—Ah, no, no se ha metido en ningún lío ni nada. Es que me lo he encontrado dando vueltas por ahí. Parecía... despistado.

Margot suspiró.

—Mierda.

—La llamo para ver si puede pasar a recogerlo y llevárselo a casa. Lo haría yo encantado, pero se niega a darme su dirección y, bueno, creo que reaccionará mejor con alguien a quien conozca.

—Sí. No. Gracias. Estoy ahí en cinco minutos.

La comisaría de Wakarusa encajaba a la perfección con el pueblo al que servía: era pequeña, provinciana y, a juzgar por el revestimiento de madera sintética de las paredes y por la moqueta verde deslustrada del vestíbulo, también estaba anclada en el pasado. La recepcionista anotó el nombre de Margot en un registro de visitas y luego cruzó una puerta que había a un lado del vestíbulo. Margot la siguió, con el corazón alborotado en el pecho. Habría querido prever de qué humor habría puesto aquel episodio a su tío para poder prepararse. ¿Estaría enfadado, triste...? ¿En qué año estaría? ¿La reconocería o la miraría como si fuera una extraña?

—Aquel es el agente Finch —le dijo la recepcionista, deteniéndose a mitad del pasillo y señalando con la cabeza a un joven de uniforme que estaba al fondo, apoyado en la pared. Tenía los brazos cruzados y la mirada puesta en algo que veía por la puerta de cristal que tenía al lado—. Ya se encarga él —añadió, haciéndole una seña con la mano al agente, y dejó a Margot allí sola.

El agente Finch asintió con la cabeza, se apartó de la pared y enfiló el pasillo a grandes zancadas para salir a su encuentro.

—Hola, Margot —dijo—. Gracias por venir.

Margot abrió la boca para preguntar dónde estaba su tío, pero no lo hizo.

—Ah, si eres tú —comentó en su lugar. Habían pasado veinte años desde la última vez que lo había visto, pero lo había reconocido enseguida. Pete Finch y ella habían ido juntos a clase, desde párvulos hasta quinto, y, aunque el instituto era relativamente grande y reunía a alumnos de Nappanee, Woodview y Wakarusa, el centro de primaria era solo para vecinos del pueblo. Como apenas eran unos veinticinco en clase, Margot habría reconocido a uno de sus compañeros en cualquier sitio.

Pete sonrió.

—¡Cuánto tiempo! Me dijeron que habías vuelto.

—Sí. Hola.

Aun habiendo pasado seis años encerrada en un aula con él, Margot no conocía en absoluto a la versión adulta de Pete. De niño era deportista y popular, mientras que ella, en los años posteriores a la muerte de January y con la relación cada vez más conflictiva de sus padres, se había vuelto introvertida. Mientras Pete jugaba al fútbol con los otros chicos en el recreo, Margot se pasaba los cuarenta y cinco minutos sola en un árbol, leyendo libros sobre niños que resolvían misterios. Suponía que los dos habrían interactuado bastante a lo largo de aquellos seis años, pero el único recuerdo real que le venía a la cabeza era el de aquel día en que Pete la había ayudado a recoger los libros del suelo cuando Bobby Dacey se los arrebató de los brazos de un manotazo.

—Me alegro de verte —dijo Margot, confiando en que aquella cortesía bastara para no parecer grosera. No podía pensar más que en su tío agazapado en una sala de comisaría, asustado y confundido. Para colmo, si no se lo llevaba a casa rápido, corría el riesgo de perderse por completo la rueda de prensa—. Gracias por traer a mi tío. ¿Está...?

—Está en esa sala de ahí —contestó Pete, señalando con el pulgar a su espalda—. Estaba esperando con él, pero me ha parecido que no le hacía mucha gracia.

—¿Cuánto tiempo lleva ahí?

—¿Media hora quizá? Me ha llevado un rato dar con tu número. Por lo visto, no se lo sabe. Al final me he dado cuenta de que llevaba el móvil en el bolsillo todo el tiempo y, cuando he conseguido que lo sacara, he visto que tenía un montón de llamadas tuyas.

Margot pensó en las veinte veces o así que había llamado a su tío en la última hora y la inquietó saber que llevaba el móvil encima todo el rato. Debía de andar más despistado aún de lo que ella pensaba.

—Sí, es que estaba preocupada —respondió—. ¿Puedo...? —preguntó mirando a la puerta que había detrás de Pete.

—Claro —contestó él, dando media vuelta, y se dirigieron los dos a la sala con la puerta de cristal.

Cuando la alcanzaron y Margot miró por el cristal, se le encogió el pecho. Su tío estaba junto a la pared del fondo, pero no de espaldas a esta, sino al revés. Tenía la cabeza gacha y la frente apoyada en la pared, acariciando suavemente la superficie con los dedos de una mano. El pañuelo rojo que ella le había regalado y que llevaba atado al cuello estaba mojado y sucio. Al verlo, le dieron ganas de llorar.

Inspiró hondo, agarró el pomo y lo giró. Esperaba que, con el ruido, Luke se volviese, pero se quedó donde estaba, inmóvil como si ni siquiera lo hubiera oído. Ella entró en la sala y bordeó despacio la mesita y las sillas que él tenía al lado.

—¿Tío Luke...? —le dijo con ternura, pero tampoco esa vez reaccionó ni se movió—. ¿Tío Luke...?

Nada.

Ella le puso una mano en el hombro, pero la caricia debió de sacarlo de la ensoñación en la que estuviera sumido, porque se giró bruscamente con el brazo en alto y le dio un manotazo sin querer en la comisura del labio. Margot retrocedió, llevándose una mano a la cara.

A su espalda, oyó que se abría de golpe la puerta.

—Margot...

Pero ella le hizo una seña a Pete sin girarse siquiera. Estaba claro que había sido sin querer y su tío estaba plantado delante de ella como un animalillo asustado, jadeando, mirándola con cara de sorpresa y de miedo.

Despacio, Margot se quitó la mano de la cara.

—¿Tío Luke...? Soy yo, Margot.

Luke la miró a los ojos y, al cabo de un rato largo, su respiración empezó a normalizarse y relajó los hombros.

—¡Niña! Yo no he hecho nada, te lo juro.

—Lo sé.

—Ese tío me ha traído a comisaría como si fuera un delincuente y yo no he hecho nada —espetó señalando furioso a Pete, pero sus gestos ya no eran bruscos ni aterrados.

—Lo sé —repitió ella—. Lo sé.

Luke inspiró hondo y, por fin, pareció que la paranoia lo abandonaba por completo.

—¿Me puedo ir a casa ya?

—Sí, claro —contestó ella cabeceando, con un nudo en la garganta—. Siento no haber estado más pendiente de ti.

No debió de oír lo último, porque se limitó a asentir.

—Bien, bien. —Vaciló—. Tengo que ir al baño.

—Vale, sí. —Margot se volvió hacia la puerta—. Pete, ¿nos dices dónde...?

—Sip —respondió el agente—. Al fondo del pasillo, a la izquierda —dijo, sosteniéndoles la puerta e indicándoles por dónde ir.

Margot lo vio enfilar el pasillo y meterse en el baño, y luego se giró hacia Pete.

—Lo siento —le dijo, sintiéndose un poco traidora. Luke no controlaba lo que decía o hacía. Las sustancias químicas del cerebro le fallaban—. La enfermedad a veces le hace comportarse como una persona completamente distinta.

—No te disculpes —la tranquilizó Pete—. Mi abuelo tenía demencia. Lo entiendo.

—¿Ha estado enfadado todo el tiempo? Mi tío, digo, no tu abuelo.

—No, se ha puesto nervioso cuando ya llevaba un rato en esa sala porque pensaba que lo había detenido, pero, cuando me lo he encontrado, solo estaba agobiado, como triste, quiero decir. Estaba llorando.

Margot tragó saliva para deshacerse el nudo de la garganta.

—¿Y no te ha dicho por qué estaba agobiado?

—No. No paraba de decir «Ella ya no está, ella ya no está»...

—Seguramente ya lo sabes, pero su mujer, mi tía, murió el año pasado. Entre eso y todo lo de la memoria..., está siendo complicado.

—Escucha... —le dijo Pete—. No quiero entrometerme ni nada de eso, pero, con mi abuelo, la cosa se puso muy chunga. Mi madre lo cuidó mientras pudo, pero le ocupaba todo el día y, aun así, se le hacía demasiado. ¿No has...? —Titubeó—. ¿No has pensado en meterlo en algún centro?

—Tiene veinte años menos que el más joven de los ancianos de cualquier residencia —espetó Margot—. No lo voy a meter en una.

Pete asintió, sin inmutarse al parecer.

—Ya... Entonces, igual deberías buscar un profesional que lo cuide. A mí ni me va ni me viene, claro, así que no trato de convencerte de nada, pero cuando mi abuelo empezó a escaparse de casa fue cuando la cosa se puso fea de verdad. Esta es la primera vez que veo a tu tío deambulando así por ahí, pero dudo que sea la última.

—Ya... —contestó ella, pero no fue capaz de mirarlo a los ojos—. Vale. Gracias. —Vio que se abría la puerta del fondo del pasillo. Salió Luke y miró alrededor. Margot le hizo una seña con la mano y él se acercó—. Por cierto —le dijo a Pete—, ¿dónde te lo has encontrado?

—Estaba en el césped del Community First, junto al cementerio.

Margot suspiró. De pronto entendía por qué Luke estaba llorando cuando Pete se lo había encontrado. Ese era el cementerio en el que estaba enterrada su tía. ¿Cómo no se le había ocurrido mirar ahí?

De vuelta en casa, Margot no paraba de mirarse nerviosa el reloj mientras hacía entrar a su tío en la vivienda y calentaba dos porciones de pizza del día anterior. En teoría, iba a ser la comida de Luke, pero ya era casi una cena temprana. Ella tendría que estar ya en Nappanee, trabajando en las entrevistas de su artículo, y la voz de su jefa le resonaba en la cabeza: «Este reportaje lo tienes que clavar».

—¿Tú no comes? —le preguntó Luke desde la mesa de la cocina, a la que estaba sentado.

—Tengo que salir un momentito. —El sentimiento de culpa la reconcomía—. ¿Estás...? ¿Te parece bien?

—Sí, niña, tranquila.

—¿Seguro? Porque, si me necesitas, me quedo.

—No, no. Seguramente me acostaré dentro de nada. No sé por qué, pero estoy cansadísimo.

Ella se lo quedó mirando un buen rato y luego asintió.

—Vale. Vuelvo dentro de dos horas. Como mucho.

Pero él ya estaba más pendiente de la pizza y a Margot no le quedó claro si la había oído o no.

En la rueda de prensa, Margot procuró centrarse en la inspectora Lacks, en vez de en el remordimiento que le producía haber abandonado a su tío enfermo solo una hora después de que lo recogiera la policía.

—Nos parece improbable —le estaba diciendo la inspectora a un periodista que se había puesto de pie en la tercera fila—. Una cría de cinco años no se escapa y, según su madre, Natalie no llevaba ninguna pertenencia encima mientras jugaba esa mañana. Por no hablar de que desapareció en un parque infantil abarrotado, mientras que los niños suelen escapar de casa. Además, a los Clark no se les ocurre ningún motivo para que la niña se fuera sola.

—¿Insinúa, entonces, que lo más probable es que se la llevaran a la fuerza?

—En estos momentos, nos parece la explicación más lógica —contestó la inspectora, y señaló a continuación con la cabeza otra mano levantada unas filas más atrás.

Se levantó un hombre de pelo moreno alborotado.

—Sí... Brian Smedley, del *Indiana Statesman*. ¿Qué recomiendan a otros padres de la zona? ¿Qué tienen que hacer para proteger a sus hijos?

—Esta es una zona en la que apenas hay delincuencia —respondió Lacks— y, por ahora, no hay razón para creer que no sea un suceso aislado. No obstante, si los padres oyen a sus hijos mencionar algún nombre nuevo o advierten la presencia de algún desconocido, o si alguien detecta alguna conducta rara o sospechosa, por favor, que llame a nuestro servicio de atención al ciudadano. Y, a modo de recordatorio, si alguien cree saber algo de la desaparición de Natalie, que llame, por favor. —Cantó el número de teléfono y exploró la sala—. Aún hay tiempo para alguna pregunta más. Alguien del fondo... ¿Sí...? —dijo, señalando con la cabeza a Margot, que había levantado la mano como un resorte.

—Hola —dijo—. Margot Davies, del *IndyNow*. Ha dicho que les parece un suceso aislado. ¿Se han planteado la posible relación con el caso de January Jacobs?

Al oír el nombre de la pequeña, todo el mundo se volvió a mirar a Margot. En el estrado, la inspectora Lacks parpadeó extrañada.

—Lo de January Jacobs fue hace casi veinticinco años —contestó después de un segundo—. En ese caso, el cadáver de la niña se halló solo unas horas después de que se denunciara su desaparición. La escena del crimen, en su domicilio, era... extensa. De momento, el caso de Natalie es distinto en casi todos los aspectos. Así que no, no nos parece que puedan estar relacionados.

Giró la cabeza para atender a otro periodista, pero Margot dijo:

—¿Hay pruebas suficientes para descartar por completo una conexión? A fin de cuentas, jamás se detuvo al asesino de January. ¿Tienen pensado investigarlo?

La inspectora miró de nuevo a Margot.

—No creemos que haya relación entre los dos casos —contestó con frialdad.

Había una certidumbre en la mirada de Lacks que Margot no acababa de comprender. ¿Cómo podía estar tan segura si no se había llegado a atrapar al asesino de January, si aún podía andar suelto por ahí? Era del todo normal que los inspectores ocultaran cosas a la población mientras investigaban, pero siempre eran francos al respecto; salpicaban sus discursos de «Sin comentarios» y «Aún no podemos revelar esa información». Pero aquello... aquello sonaba más a evasiva, y Margot tuvo el pálpito de que lo que la inspectora estuviera ocultando tenía más que ver con el caso de January que con el de Natalie. ¿Qué era lo que sabía y no estaba diciendo?

7
Margot, 2019

Margot estaba sentada en el futón desplegado en el despacho de su tío hablando por teléfono con una agencia de cuidadores cuando le entró otra llamada. Era la mañana siguiente a la rueda de prensa sobre Natalie Clark, y Margot, que había estado despierta hasta pasada la medianoche para poder enviar el artículo a tiempo al periódico, tenía el estómago revuelto de no haber dormido.

Miró la pantalla del móvil y se le aceleró el corazón. El nombre de su jefa nunca le había producido semejante nivel de ansiedad, pero, desde la llamada del día anterior, las palabras de Adrienne le habían estado resonando, amenazantes, en la cabeza. Y, aunque había procurado escribir una pieza convincente, sabía que no era el mejor de sus artículos.

—Perdone —le dijo a la mujer de la agencia, que estaba explicándole cómo podían personalizar las visitas de la cuidadora para que se ajustaran a los horarios de Margot—. Me ha surgido un imprevisto. Voy a tener que llamarla luego. —Cambió de llamada y volvió a pegarse el móvil a la oreja—. Hola, Adrienne.

—Hola, ¿cómo estás?

—Bien. —Pero solo con aquellas tres palabras Margot ya sabía que su jefa no llamaba para darle buenas noticias y no se veía con ánimos para alargar una charla de cortesía—. ¿Qué pasa?

Se hizo el silencio, y luego:

—Lo siento mucho, Margot. Edgar le ha echado un vistazo a tu artículo esta mañana y no le ha gustado.

Margot cerró los ojos.

—Sé que me ha quedado un poco tosco...

—No es eso. Te pedimos que cubrieras el caso de Natalie Clark y nos has hecho una retrospectiva del de January Jacobs.

—Pero me dijiste que establecer una relación entre ambos casos podía resultar interesante.

—También te dije que no forzaras nada. No citas a uno solo de los vecinos de Nappanee.

Margot se pellizcó el puente de la nariz y procuró respirar. No citaba a ninguno de los vecinos de Nappanee porque no había llegado a tiempo para entrevistar a ninguno. Pero se negaba a poner a su tío como excusa. Además, la razón por la que no había podido hacer su trabajo daba igual; la cosa era que no había podido.

—Y, para colmo de males, la conexión entre ambos casos se basa únicamente en una corazonada tuya —prosiguió Adrienne—. Hasta citas a la inspectora del caso diciendo que no hay base para semejante conjetura. Visto así, resulta algo acusatorio, como si insinuaras que la policía no está haciendo bien su trabajo.

—¿Y si fuera así? —espetó Margot—. ¿No nos corresponde a los periodistas cotejar y sopesar?

—Pues claro que sí —respondió Adrienne, hastiada—, pero no disponías de pruebas suficientes para demostrar nada, ni la relación entre los casos ni la negligencia policial. Te dimos quince horas. El encargo era un artículo muy concreto sobre la desaparición de Natalie Clark, no una obra especulativa sobre un caso de hace veinticinco años. —Suspiró—. No digo que no seas buena en lo tuyo, que lo eres, y tu intuición no suele fallar, pero creo que te ciega tu implicación personal en el caso de January Jacobs. No a todas las niñas desaparecidas en el Medio Oeste se las ha llevado el asesino de aquella otra cría.

Margot tuvo que inspirar hondo para poder responder.

—Tienes razón. Lo comprendo y... lo lamento. Debí prestar más atención a lo que me pedías. Lo haré mejor la próxima vez. Te lo prometo.

—Lo siento, Margot... Pensaba que lo habías entendido. No habrá próxima vez. —Margot se quedó de piedra. Quiso hablar, pero no le salió nada—. Lo siento —repitió Adrienne—. Pensaba que te había dejado claro ayer que, con esa pieza, Edgar te estaba poniendo a prueba. Te he defendido todo lo que he podido por aquí, pero también sé que ahora mismo tienes mucho lío en tu vida personal y, sinceramente, creo que esto es lo mejor para ti. Apártate un poco del trabajo, céntrate en lo de tu tío y vuelve a la vida real cuando estés preparada.

—¿Piensas que despedirme es lo mejor para mí?

—Ojalá pudiera hacer más, de verdad. Eres una periodista excelente y sabes que te aprecio mucho, pero... ya llevas unos meses así y el periódico no puede permitirse pagarle un sueldo a un redactor cuyo trabajo es irregular.

Una punzada de humillación atravesó la rabia de Margot.

—Ya —dijo, con tal nudo en la garganta que apenas se distinguió.

—Lo siento muchísimo...

Pero Margot ya había tenido bastante.

—Tengo que colgar.

—Yo... —Adrienne suspiró hondo—. Vale. Cuídate.

Cuando colgó, Margot tiró el móvil al otro lado de su cuarto, donde rebotó en el suelo enmoquetado. Agarró la almohada, se tapó la cara con ella y gritó.

No podía creer que aquello estuviera ocurriendo. Desde que era joven, incluso antes del instituto, había sentido la necesidad de entender las cosas, de investigarlas, diseccionarlas y convertirlas en algo comprensible. Y aunque *IndyNow* no tuviera presupuesto para la labor de investigación que ella quería hacer, y prefiriera el dinero rápido y los contenidos fáciles de digerir a hacerse preguntas e indagar, era un buen periódico y, hasta la fecha, siempre la habían apoyado.

Pero, más que la pérdida de la profesión a la que había dedicado toda su vida, le preocupaba la nómina. Si eso le hubiera sucedido hacía un año, habría sido devastador pero superable. Habría vivido de sus ahorros y de ramen hasta encontrar una solución. En estos momentos, sin embargo, no podía permitirse no trabajar, y menos si tenía que mantener a su tío además de a sí misma. Aunque la casa de Luke fuera propia, ella aún estaba pagando el alquiler de Indianápolis, hasta que el tipo al que se lo había subarrendado se mudara allí, y aún no le había confirmado la fecha. Entretanto, no quería usar la tarjeta de crédito de Luke mientras no tuviera claro el estado de sus finanzas. Así que estaba pagando las carísimas medicinas de él, la comida de los dos, todas las facturas cuando llegaban y, en breve, era probable que también un cuidador a domicilio cuyo precio le había dado taquicardia cuando lo había oído por teléfono. ¿Qué coño iba a hacer?

Una llamada a la puerta la sacó de sus pensamientos.

—¿Niña? —la llamó Luke—. ¿Puedo pasar?

Margot sacó la cabeza de debajo de la almohada.

—¡Un segundo!

Se secó rápidamente las lágrimas de la cara y, al hacerlo, notó que le escocían las palmas de las manos. Al mirárselas, se vio unas hendiduras de color rojo intenso entre las pequeñas cicatrices en forma de medialuna. Por lo visto, se había estado clavando las uñas en la piel. Bajó las manos y miró a otro lado. Hacía mucho que no le pasaba eso. Inspiró hondo, se metió el pelo por detrás de las orejas, se levantó y se acercó a la puerta.

Al abrirla, supo enseguida que algo no iba bien. El semblante de su tío revelaba claridad y lucidez, pero sus ojos eran de preocupación.

—Tendrías que ver una cosa...

Margot lo siguió al salón, donde la tele estaba encendida y puesta en las noticias. Dos presentadores, un hombre y una mujer, miraban a cámara.

«... encontrado a primera hora de esta mañana por un empleado de Billy Jacobs —estaba diciendo el hombre. A Margot le dio un vuelco el corazón al oír el nombre y, sin darse cuenta, se acercó un poco al televisor—. Al parecer, el señor Jacobs había ido a una convención de maquinaria agrícola estos últimos días y, al volver esta mañana, su empleado le dijo que debía ver algo: un mensaje escrito en el lateral de uno de los graneros de los Jacobs.»

Mientras decía eso, llenó la pantalla una fotografía de una escena que Margot conocía bien. Era la vista que ella tenía desde la ventana de su cuarto de la infancia: el gran granero rojo del jardín de enfrente. Solo que de pronto lo mancillaban las palabras garabateadas en él con un espray de pintura negra. Sintió un escalofrío al verlo.

—¡La hostia!

Margot se quedó mirando la foto de la tele, con el corazón tan acelerado que se lo notaba en las costillas. Se sentía paralizada, incapaz de moverse ni pensar. Por fin, al cabo de un rato, miró de reojo a su tío. ¿Cómo afectaría aquello a su estabilidad emocional ya frágil? La noticia de la desaparición de Natalie Clark, hacía dos días, ya le había hecho desmoronarse, y el nuevo suceso había ocurrido mucho más cerca de casa que lo de la pobre niña de Nappanee.

Margot soltó un suspiro de alivio al verlo. Parecía preocupado (tenía los brazos cruzados sobre el pecho, estaba cabizbajo de concentración y fruncía el ceño), pero lo tenía bajo control.

—Oye, tío Luke... —Él se volvió a mirarla—. Voy a ir un momento al súper.

Para sorpresa de Margot, su tío esbozó una sonrisa pícara.

—Al súper, ¿no? ¿Así es como llaman ahora a la escena del crimen?

A pesar de que todo se estaba descontrolando a su alrededor, a pesar de la rabia que le daba haberse quedado sin trabajo y de la angustia que bullía en su interior por aquellas palabras inquietantes del granero, Margot rio. La enfermedad de su tío estaba consiguiendo que lo apreciara más. Cada broma, cada destello del hombre que era antes constituía un pequeño tesoro que ella quería sostener en las manos. Y él tenía razón, claro. Puede que acabaran de despedirla de su empleo como periodista, pero aquello era un posible avance en una investigación de asesinato que tenía ya veinticinco años. Y había sucedido a poco más de un kilómetro de donde ella estaba en esos momentos. No habría podido mantenerse al margen aunque hubiera querido. Estaba condenada a toparse con el caso de January Jacobs, una y otra vez.

—Vale, me has pillado —dijo ella—. Igual me paso por la casa de los Jacobs a la vuelta. Pero voy al súper. De verdad. Aunque solo sea por un día, quiero hacer tres comidas completas que no sean precocinados del pub. ¿Te puedo..., te puedo dejar un rato solo?

Asomó a su mirada un inusual destello de fastidio.

—No necesito canguro, niña.

—Ya... —Era lo mismo que le había dicho el día anterior, solo unas horas antes de que Pete Finch se lo encontrara deambulando por la entrada del cementerio. Aunque en ese momento sí lo creía. En los días que llevaba allí, Margot había empezado a detectar sus ritmos y, por lo visto, era por las mañanas cuando estaba más lúcido—. Llevo el móvil —le dijo—. Llámame si me necesitas.

Fue a su cuarto a por la mochila, el móvil y las llaves, y se dirigió a la puerta de la calle. Al salir, echó un último vistazo a Luke, pero su tío ya estaba otra vez mirando embobado la tele con cara de preocupación.

Por la noche había habido una tormenta de verano, algo bastante insólito, y el pueblo aún estaba mojado, así que Margot condujo despacio. Según se acercaba a la calle en la que había vivido de niña, las palmas de las manos empezaron a hormiguearle de los nervios. La muerte de January teñía todos sus recuerdos de aquel lugar que, de pronto, volvía a ser la escena de un crimen. Las palabras que habían aparecido pintadas en el granero de los Jacobs de un día para otro resonaban en su cabeza.

Al entrar en la calle, la alivió comprobar que no se había convertido en un circo mediático. Había un puñado de equipos básicos de informativos, pero no era, ni mucho menos, la marabunta que ella había visto hacía veinticinco años. Seguramente todos los periodistas en un radio de treinta kilómetros se encontraban en Nappanee, demasiado empeñados en perseguir a la familia de Natalie Clark y a la inspectora Lacks para desviarse hasta Wakarusa por unas pintadas halladas en un granero.

Se detuvo a un lado de la calle y aparcó detrás de una furgoneta con una parabólica grande sujeta a la baca. Por la ventanilla del coche contempló el hogar de su infancia, la casita de dos plantas de enfrente, y cayó en la cuenta de que llevaba veinte años sin pasar por allí. En las raras ocasiones en que había hecho escapadas de un día a Wakarusa, solo iba a casa de sus tíos. A fin de cuentas, era en aquella casa, y no en la propia, donde había pasado casi toda su niñez. Miró entonces el ojo de buey de la parte superior, su antiguo cuarto, y por enésima vez imaginó a un hombre sin rostro plantado en mitad de la calle, mirando alternativamente la ventana de January y la suya para después tomar una decisión.

Mientras caminaba por la calzada, resbaladiza por la lluvia, hacia el camino de acceso a la vivienda de los Jacobs, Margot intentó echar un ojo al granero, pero la hilera de frondosos árboles verdes que punteaba a ambos lados del acceso era tan tupida que formaba una especie de muro. Billy debía de haberlos plantado tras la muerte de January, porque Margot no los recordaba de su infancia. Se había tendido un precinto policial amarillo cerrando el acceso a la casa y allí delante había dos agentes uniformados. Aunque los tenía de espaldas, pudo deducir que los dos eran hombres de pelo castaño y, como el resto de la población de Wakarusa, blancos. Al acercarse, vio que el más bajito le estaba contando algo al otro, pero, cuando oyó pasos, se volvieron los dos.

—La prensa no puede pasar de aquí —advirtió el bajito.

Pero Margot no lo estaba mirando a él.

—Hola —le dijo al otro agente.

Pete sonrió.

—Tenemos que dejar de vernos así. —Se volvió hacia su compañero y añadió—: Te presento a Margot Davies.

El bajito parecía unos años más joven que ellos dos, y era obvio que ni conocía ni le importaban los chismes de otras generaciones, porque la saludó sin ganas, se distrajo con algo que había a la espalda de Margot y, tras despedirse rápidamente con una cabezada, se acercó a lo que fuera.

—¿Te toca cubrir esto también? —preguntó Pete.

—Iba a hacerlo, pero parece que no me vais a dejar —contestó ella, lanzando una mirada rápida al precinto policial que cruzaba el acceso a la finca.

—Bueno, es la escena de un crimen y la tratamos como tal, pero, entre tú y yo, esto no va a estar aquí mucho tiempo. Creo que mi supervisor está siendo supercauto porque..., ya sabes, es la casa de los Jacobs.

Margot enarcó las cejas.

—¿Y ya está?, ¿solo estáis siendo «supercautos»?

—¿Frente a...?

—A ver... ¿Insinúas que la policía no piensa que esto esté relacionado con el asesinato de January? ¿No pensáis que la coincidencia significa que hay alguna conexión con la desaparición de Natalie Clark?

—Bueno, la policía de Wakarusa no tiene nada que ver con la investigación del caso de la niña de los Clark, pero la policía estatal ya ha emitido un comunicado aclarando que no hay relación. En lo que respecta al caso de January, no —dijo, encogiéndose de hombros—. Para nosotros, esto es vandalismo.

A Margot le vinieron a la cabeza aquellas pintadas hechas con espray y le lanzó a Pete una mirada de incredulidad.

—Pero ese mensaje..., ¿no te parece que quien lo haya escrito se refiere a Natalie? ¿Y por qué lo iba a escribir aquí si no se refería también a January?

—No te niego que eso fuese lo que pretendía ese capullo, pero, de momento, no hay motivo para pensar que sea otra cosa que una broma de mal gusto.

—¿Una broma de mal gusto? ¿A ti te parece que esto es una broma?

—Solo te traslado la postura oficial, nada más. —Ella se lo quedó mirando—. ¿Qué?

—Que no creo que este pueblo se lo vaya a tragar. La gente se os va a subir a la chepa. Estuve en Shorty's cinco minutos el otro día y sé que aquí todo el mundo piensa que quien haya secuestrado a Natalie Clark mató también a January. Te apuesto lo que quieras a que además piensan que la pintada del granero la ha hecho la misma persona. —Esa vez fue Pete el que se mostró escéptico—. ¿Qué? —dijo ella—. Los he oído hablar. Linda, la camarera, me dijo a la cara que piensa que el asesino de January ha vuelto. ¿Crees que mienten todos?

—No —contestó él sin alterarse—. Solo que..., bueno, los vecinos del pueblo están algo obsesionados con el recuerdo de January. No pueden evitar hablar de ello. Pero aquí, hace mucho, la gente se puso en contra de los Jacobs por lo que le ocurrió a January, y me parece que, en cuanto pase algo de tiempo, van a volver a las andadas.

Margot le estudió el rostro; la palabra *obsesionados* no le había sentado del todo bien.

—Una teoría interesante.

—¿Crees que me equivoco?

Ella meneó la cabeza.

—No sé lo que creo.

Pero al volverse hacia la casa que había sido su hogar, con la pintada del granero en la cabeza y el precinto policial agitado por el viento, Margot tuvo clara una cosa: aquello no era una broma de mal gusto.

En cuanto volvió al coche, sacó el móvil del bolsillo de la mochila, abrió la aplicación del banco y entró en su cuenta. Miró un buen rato la cifra del saldo disponible, intentando calcular lo que tardaría en volar ese dinero sin una nómina. Aunque tampoco era una cantidad exigua, porque había hecho todo lo posible por ir ahorrando con los años, con tanto gasto extra y sin ingresos no duraría mucho.

—Dos semanas —dijo en voz alta.

Se daría dos semanas para investigar y escribir aquel artículo. Si la noticia era un bombazo, como pensaba, firmarla le bastaría para recuperar su antiguo puesto. O, se dijo, de pronto entusiasmada, quizá le permitiera conseguir otro empleo en un periódico más grande, uno que valorara el trabajo concienzudo y apoyara a sus redactores. Dos semanas eran mucho más de lo que le habían concedido nunca en el *Indy-Now*, y si para entonces no lo tenía terminado, le pediría a Linda que le buscara un turno en Shorty's hasta que encontrase otra cosa. Si conseguía sacar a la luz aquella noticia, le daba igual lo que tuviera que hacer después, porque su instinto le decía que la policía estatal estaba equivocada, la policía local estaba equivocada, Pete estaba equivocado. En una localidad situada a poco más de diez kilómetros había desaparecido una niña, y, menos de veinticuatro horas después de la rueda de prensa sobre el caso, había aparecido un mensaje en el granero de los Jacobs. Quizá la edad de las dos víctimas y la proximidad de sus poblaciones natales pudiera considerarse coincidencia, pero la oportunidad de aquel mensaje no. Alguien estaba intentando relacionar a January Jacobs con Natalie Clark, y Margot iba a averiguar por qué.

Giró la llave de contacto y miró hacia el jardín de los Jacobs por última vez. Aunque la hilera de árboles solo le permitía distinguir el tejado a dos aguas del granero, en su cabeza veía con absoluta claridad aquella pintada hecha con espray: «No será la última».

8
Margot, 2019

Cuando Margot entró en Shorty's esa misma mañana de sábado, le costó reconocer en aquel local el establecimiento que había visitado hacia dos noches. A la luz del día pudo ver que todas las superficies, desde la moqueta deslustrada hasta el revestimiento de madera sintética de las paredes, estaban pringosas de cerveza. En el aire flotaban partículas de polvo. Y, lejos de ser el hervidero de actividad de la otra noche, se hallaba completamente desprovisto de clientes. Lo único que no había cambiado era Linda, que seguía al otro lado de la barra.

—Hola, Margot —le dijo la camarera. Detectó en sus ojos un brillo especial, que atribuyó a su estatus de recién llegada, porque, en Wakarusa, los recién llegados siempre eran una posible fuente de chismes—. ¿Has visto lo de la pintada del granero de los Jacobs?

Margot asintió.

—Sí.

—¡Qué horror!, ¿verdad?

—Pues sí. De hecho, he venido por eso. Quería hacer unas entrevistas, pero... —dijo mirando las mesas vacías. Hacía dos noches le había parecido que aquel era el típico sitio al que había que ir para enterarse de las cosas, al que la gente iba a hablar cuando había novedades, pero quizá se hubiera equivocado. Y de ser así, no iba a perder el tiempo sola en un restaurante y lejos de su tío. Se había pasado por su casa a ver cómo estaba después de ir a la finca de los Jacobs y lo había visto perfecto, solo que su desaparición del día anterior la había dejado tocada. Si quería terminar aquel artículo en el plazo autoimpuesto de dos semanas y a la vez ayudar a Luke con la casa, debía gestionar bien su tiempo—. ¿Dónde está todo el mundo?

—En la iglesia, cielo —contestó Linda, mirándola como si le hubiera hecho una pregunta tonta.

—¿En la iglesia? Pero si es sábado.

—Hay no sé qué evento al que van siempre, algo del Día de San Juan o no sé qué. Ahí es donde está todo el mundo. O igual debería decir que nadie se atreve a pasarse por un bar hasta que termina lo de la iglesia. —Se miró el reloj—. Pero pronto los tendremos aquí. Siempre vienen a beber después de esas cosas. Dentro de diez minutos no habrá quien pille mesa.

—Pues voy a coger una, entonces.

—Siéntate donde quieras —le dijo Linda, haciendo un barrido de la sala con el brazo.

Margot se dirigió al fondo del local y se instaló en una mesa emparedada entre una diana y un recorte en cartón de un botellín de Miller Lite que era más alto que ella. Linda terminó de meter servilletas y guindas en conserva en un cestito de plástico compartimentado, y se acercó a grandes zancadas. Le pasó a Margot una carta plastificada pringosa, pero esta la dejó en la mesa sin mirarla.

—Luego te encargo algo para llevar, para Luke y para mí —le dijo—. Ahora solo voy a tomar un café.

—¿Cómo está Luke, por cierto? —le dijo Linda—. La otra noche, con tanto lío, no pude preguntarte.

—Está bien —contestó Margot automáticamente. No tenía claro cuántas personas estaban al tanto del diagnóstico, pero la cara de curiosidad de Linda rayaba en la voracidad y Margot tuvo la súbita e incómoda sensación de estar de acuerdo con su madre: ¿a ellos qué cojones les importaba?—. Está fenomenal. El caso, Linda, es que he estado pensando en lo que me dijiste la otra noche, eso de que a Natalie Clark se la ha llevado la misma persona que asesinó a January... ¿En serio lo crees?

—Pues claro que sí. Esto no es tan grande como para que haya más de un secuestrador de niñas.

Margot se agachó a coger la libreta y el móvil de la mochila.

—¿Tienes unos minutos para hablar? ¿Y te importa que te grabe?

Linda enarcó muchísimo las cejas. Luego corrigió la expresión igual de rápido, se irguió y agachó la cabeza en un gesto magnánimo.

—En absoluto.

En cuestión de milésimas de segundo, había pasado de sorprenderse por que quisiera entrevistarla a ofrecerse muy digna a colaborar, como si hubiera estado todo el día esperando pacientemente a que alguien se lo pidiera.

—Gracias —dijo Margot, y sonrió al ver a Linda instalarse en la silla de enfrente—. Entonces, tú crees que la misma persona que asesinó a January se ha llevado a Natalie Clark. ¿Y qué te parece la pintada del granero de los Jacobs? ¿Tienes idea de quién la ha podido hacer?

—Lo ha hecho todo el mismo tío, ¿no? Asesina a una cría, se lleva a otra y ahora intenta aterrorizarnos, al pueblo entero. Eso es lo que dice todo el mundo, que es cosa del asesino de January, que ha vuelto.

—Hablemos del caso de January —terció Margot—. ¿Qué puedes contarme de los Jacobs? ¿Cómo eran por entonces?

—Bueno, antes de que ocurriera todo aquello, los Jacobs eran como la realeza por estos lares. Billy y Krissy eran unos diez años mayores que yo, así que no fui a clase con ellos ni nada, pero los conocía porque los conocía todo el mundo. Prácticamente eran los dueños del pueblo entero, y tanto Krissy como Billy eran muy atractivos, ya sabes, él con aquel pelo tan rubio y tanto músculo, y ella, bueno, ella era un bombón, simple y llanamente. —Linda profirió una especie de silbido gutural de énfasis—. Eran la típica familia americana, paseándose por ahí con aquellos dos mellizos adorables. Pobrecillo Jace, pero, en realidad, la joya del pueblo era January. Cada vez que ella se presentaba a una de aquellas competiciones, el estudio de baile hacía una pancarta y la colgaba en plena plaza del pueblo para desearle suerte. Cuando se la encontraron en aquella zanja —dijo, negando con la cabeza— un pedacito de todos nosotros murió con ella.

—¿Cómo fueron las cosas por aquí en los años posteriores al hallazgo? —preguntó Margot. Sabía por experiencia que las entrevistas iban mejor cuando el entrevistado marcaba el rumbo de la conversación, así que siguió encantada el hilo de los pensamientos de Linda adonde la llevaran.

—Al principio, todos nos volcamos con ellos de forma increíble. Les llevamos comida para un regimiento. El portal de su casa se convirtió en un altar a January: flores, globos, fotos enmarcadas de la cría... Yo le llevé un osito de peluche porque pensé que le vendría bien dondequiera que estuviese.

A Linda se le pusieron los ojos vidriosos. Las muertes prematuras tenían ese efecto en la gente. No solo les arrebataban la vida a las criaturas, sino también su futuro. Vivos podían hacerse mayores y convertirse en bailarines famosos y grandes periodistas. Muertos no eran más que potencial perdido.

—Pero el pueblo no tardó en volverse contra ellos —prosiguió Linda—. Y todo empezó cuando fueron a la tele. Krissy no..., a ver, yo lo siento, pero no se comportaba de forma normal, no parecía una madre apenada. Miraba al infinito y agarraba a Jace del hombro con muchísima fuerza. Y entonces la gente empezó a chismorrear. Krissy siempre había querido ser bailarina, eso no es ningún secreto, y su pequeña estaba ganando competiciones con seis años. Tenía más éxito del que su madre había tenido nunca ni tendría jamás. Al paso que iba, January podría haber sido famosa, y todos sabemos que la envidia es un móvil poderoso. Y fue entonces cuando los vecinos del pueblo dejaron de ser tan amables con ellos.

—Perdona, pero parece que pienses que fue Krissy quien asesinó a January —dijo Margot.

—¡Ah, no, no! —exclamó Linda espantada—. Yo no creo que Krissy asesinara a su pequeña. Solo te cuento lo que decía la gente por entonces. ¿No es eso lo que me has preguntado? Lo que sí pienso es que quienquiera que se ha llevado a Natalie Clark se llevó a January también. Es lo que siempre he pensado: que la asesinó algún... «intruso», algún hombre malo que pasaba por aquí. —Margot tuvo que hacer un esfuerzo por mantener una expresión de neutralidad. Era una versión revisionista más que torpe. Luke tenía razón la otra mañana: los vecinos del pueblo se habían vuelto contra los Jacobs y de pronto se sentían culpables—. A ver —continuó Linda—, ¿por qué iba a haber tantos cristales rotos si no? —Pese al cambio brusco de tema, Margot entendió a lo que se refería Linda: a la forma en que el intruso supuestamente había entrado en la vivienda de los Jacobs. Cuando la policía registró la casa la mañana de la desaparición de January, encontraron una de las ventanas del sótano hecha añicos y el suelo forrado de cristales—. Yo creo —dijo Linda— que un intruso rompió la ventana de un puñetazo, se coló en el sótano y se llevó a January de la cama. No sé qué habrá estado haciendo desde entonces, pero tiene toda la pinta de que ha vuelto.

Justo entonces se abrió la puerta del local y, al volverse las dos, vieron entrar a una familia de cuatro personas. Detrás de ellos iba un tropel. Linda no había exagerado con lo de la invasión de después del acto religioso.

—Vaya, ya vienen —dijo.

Margot asintió con la cabeza.

—Sí, claro. Gracias. —Linda se levantó, y ya iba camino del mostrador cuando Margot la llamó—. Oye, Linda, ¿te importaría correr la voz sobre lo que estoy haciendo? Diles que soy periodista y que, si alguien quiere hablar, estoy por aquí.

Linda sonrió y a Margot le quedó claro que se había metido a la camarera en el bolsillo. Por experiencia, sabía que todo el mundo buscaba lo mismo: alguien que lo escuchara mientras hablaba.

—Claro, cielo —contestó la otra, y justo antes de volver a su puesto, le guiñó un ojo a Margot.

Enseguida se corrió la voz de que la hija de los Davies, una periodista de Indianápolis, estaba en el pueblo haciendo entrevistas sobre los casos de Natalie Clark y January Jacobs. Y tal y como Linda le había adelantado, todos los vecinos parecían creer que el autor de ambos crímenes era la misma persona. En consecuencia, también pensaban que los Jacobs eran inocentes. En cuestión de veinticuatro horas, el sentimiento del pueblo parecía haber dado un giro de ciento ochenta grados. Pero también parecía que aquel cambio de opinión había sido tan rápido que a la gente le costaba seguir el ritmo. Como Linda, a la vez que verbalizaban su recién descubierto apoyo a los Jacobs, conseguían arrojar sospechas sobre ellos o, mejor dicho, sobre Krissy. Aunque tanto Luke como Pete le habían dicho que el pueblo se había vuelto en contra de la familia Jacobs al completo, a

Margot le parecía que casi toda su hostilidad se centraba de pronto en la madre de January.

—Krissy le tenía muchísima envidia a January, eso es innegable —le dijo una mujer a Margot—. Por lo del baile y por toda la atención que la gente le prestaba. Claro, por supuesto, no la creo capaz de asesinar por eso.

—Krissy tenía celos de January —coincidió el carnicero del pueblo—, pero no era por el baile. No llevaba bien que Billy quisiera a la niña más que a ella. Y antes, la gente sospechaba que eso tenía algo que ver con el asesinato, pero ahora, claro, ya sabemos que no.

—Billy y Krissy se casaron a los dieciocho años —le contó una mujer a la que Linda le presentó como su mejor amiga—. Y January y Jace no tardaron en nacer. Puede que pasaran nueve meses, pero no me sorprendería que hubieran sido menos. ¡Eran unos críos que habían tenido críos! Y Krissy no estaba preparada para llevar una familia. Por eso hay quienes piensan que, a lo mejor, ya sabes, asesinó a January para librarse de la maternidad, pero se acobardó antes de ir a por Jace.

—Krissy no estaba preparada para ser madre —le dijo la catequista—. Fíjate en Jace, siempre metido en líos. Dudo que eso tenga algo que ver con la muerte de la pobre January, pero me parece que deberías conocer todos los detalles.

Después de darle las gracias por su tiempo a la catequista, Margot terminó de anotar algunas cosas, se acercó a la barra a hacer el pedido de comida para llevar y salió un rato a la calle. La luz intensa del exterior contrastaba con el interior en penumbra del restaurante, y Margot se recostó en la fachada del edificio y se frotó los ojos. Al abrirlos de nuevo, le llamó la atención un movimiento, una figura al otro lado de la calle. Era una mujer de camiseta blanca y vaqueros holgados, de cuarenta y tantos años, con un pelo caoba de bote que le caía lacio y sucio por los hombros. La forma en que apartó a toda prisa la mirada de Margot le erizó el vello de los brazos. ¿La estaba vigilando?

Pero antes de que tuviera ocasión de hacer nada, se abrió la puerta de Shorty's y Linda asomó la cabeza.

—Margot... Ay, perdona, cielo, que no quería asustarte —le dijo al verle dar un respingo—. Solo vengo a decirte que ya tienes la comida lista.

—Gracias —contestó la otra precipitadamente, desesperada por volver a mirar al otro lado de la calle—. Enseguida voy.

Linda volvió adentro y Margot se giró hacia donde había pillado a aquella mujer vigilándola, pero había desaparecido.

9
Krissy, 1994

Krissy se paseaba nerviosa por la pequeña sala de comisaría mientras la inspectora Lacks, sentada junto a la mesa metálica desvencijada, fingía no vigilarla. Delante de la inspectora había dos cafés sin tocar, en vaso de poliespán, con unas servilletas manchadas enroscadas en la base, a modo de consuelo mientras esperaban.

Media hora antes, Krissy le había estado contando a Lacks su teoría más concreta sobre lo que le había ocurrido a January. Sabía, después de haber oído a Lacks y a Townsend hablando fuera, que debía centrarse solo en una y, cuando pensaba en la ventana rota del sótano y aquellas inquietantes pintadas de la cocina, la explicación más plausible que le venía a la cabeza era que había sido todo cosa de un intruso que tenía una relación personal con su hija, un tipo lascivo e inestable que se llevaba lo que quería, porque eso sería lo que ella pensaría si fuera la inspectora del caso. Hizo una lista mental de rostros, catalogando a todos los hombres que le habían producido cierto recelo en las competiciones de baile de January: un hombre que llevaba polos abotonados y veía las actuaciones con mirada lobuna; otro, delgado y calvo como un yonqui, que merodeaba los pasillos por los que revoloteaban las niñas entre actuaciones... Krissy quería que los detuvieran, que los interrogaran con una pistola eléctrica.

Sin embargo, a mitad del interrogatorio, Townsend las interrumpió para comunicarles que su equipo había encontrado el cadáver de una niña tirado en una zanja, a menos de tres kilómetros de su casa. El inspector acompañó a Billy al depósito para que identificara el cuerpo, pero Krissy era consciente de que aquello era un mero trámite. Sabía en lo más hondo de su ser que la niña era January. Claro que sí: vivían en una localidad de menos de dos mil habitantes y January era la única niña desaparecida.

Un súbito movimiento al otro lado de la ventana llamó la atención de Krissy, y esta vio al inspector Townsend y a Billy aparecer por la doble puerta de cristal de la comisaría. En cuanto vio a su marido, con los ojos enrojecidos y el cuerpo como desmadejado, supo enseguida que no se equivocaba.

Y, aun así, cuando se lo confirmaron sintió como si le hubieran pegado un tiro en el estómago. Por su mente comenzaron a dar tumbos un montón de ideas inconexas. «No es mi hija» y «¿Dónde está Jace?» y «Tengo que comportarme como esperan que lo haga». Luego, Townsend y Billy estaban en la sala con ellas y el inspector movía la boca, pero Krissy no conseguía distinguir lo que decía. El cuerpo le vibraba; se le nublaba y oscurecía la visión. De pronto, los dos inspectores estaban a su lado: Townsend buscándole una silla y Lacks agarrándola de los codos e instándola a sentarse en ella. En cuanto los inspectores se distrajeron, Krissy alzó la vista para mirar a su marido y vio que él la miraba con... ¿qué...? ¿Miedo? ¿Asco? Sintió un hormigueo en la espalda, que desapareció enseguida. Se dejó caer en la silla y enterró la cara en las manos.

—Señora Jacobs, señor Jacobs —oyó decir a Townsend. Krissy parpadeó y cayó en la cuenta de que había pasado un rato. Billy estaba sentado a su lado, y enfrente tenían dos vasos sin tocar de algo que parecía una infusión. Su cuerpo, observó, estaba algo más firme. Se obligó a mirar al inspector—. Lamentamos mucho su pérdida —continuó, mirando alternativamente a Krissy y a Billy.

Ninguno de los dos dijo nada ni lo miró.

—Con este hallazgo —prosiguió, muy serio, como si encontrar el cadáver de su hija en una zanja fuera, en efecto, un mero «hallazgo»—, la investigación ha dado, como supondrán, un giro. Vamos a contar con la colaboración de algunos inspectores de la estatal, pero Lacks y yo seguiremos llevando el caso aquí. Haremos todo lo que esté en nuestra mano para encontrar a quien haya hecho esto. —Hizo una pausa para que sus palabras calaran en ellos—. Vamos a necesitar toda su cooperación en las próximas semanas o así, pero, por ahora... —Se miró el reloj—. Ha sido un día muy largo para los dos. La inspectora Lacks les acompañará a su casa para que cojan lo que necesiten y después les llevará al hotel donde pasarán la noche, ¿de acuerdo?

Krissy lo miró extrañada. Como todo lo que estaba pasando ese día, aquel momento llegó demasiado deprisa. Acababan de encontrar el cadáver de January en una zanja ¿y le estaban diciendo que cogiera unas cuantas cosas de casa? Por lo visto, Billy estaba tan perdido como ella, porque, frotándose una sien, dijo:

—No entiendo. ¿Que cojamos lo que necesitemos...?

Townsend lo miró.

—Su casa es la escena de un crimen, señor Jacobs. Aceleraremos el procedimiento todo lo posible, pero ustedes tres no podrán alojarse allí hasta mañana como mínimo.

Cuando el inspector dijo «ustedes tres», Krissy se acordó de Jace. El miedo le rebanó el estómago. ¿Qué iba a hacer el pobre cuando le dijeran que su hermana melliza había muerto?

—¿Dónde está Jace?

—Sigue con la agente Jones —contestó Lacks—. ¿Quieren verlo ahora?

—No. —Krissy se dio cuenta de que, a lo mejor, lo había dicho muy rápido, porque todas las cabezas de la sala se volvieron hacia ella—. No se lo quiero decir aún. Creo que sería preferible que se lo contáramos en el hotel. Lejos de..., lejos de todo esto —dijo, mirando alrededor.

La inspectora Lacks asintió.

—Claro. Preparen las cosas del niño también, y le diré a la agente Jones que acuda al hotel. ¿Les parece bien?

Mentalmente, Krissy alargó la mano y le dio un bofetón a Lacks. «No, inspectora —le dieron ganas de gritarle—. Mi hija está muerta. Nada me parece bien. Nada me va a volver a parecer bien en la vida.»

Mientras intentaba digerir la imposibilidad de lo que estaba ocurriendo, Krissy tuvo la extraña sensación de que los últimos siete años de su vida no habían sido más que un sueño febril, que tomaría aire y volvería a tener dieciocho años, regresaría al verano del 87, antes de que todo cambiara, antes de que todo se estropeara tanto.

Con Billy y Dave a su lado, Krissy pasó el verano de después del instituto en una nebulosa de noches de juerga. Se pasaron todo junio y julio yendo por ahí en el coche de Dave, robando packs de seis cervezas en gasolineras y quedando con sus compañeros del instituto para beber cerveza caliente en graneros abandonados a las afueras del pueblo. En ocasiones, cuando no había otros planes, Krissy se colaba en la granja de Billy y se lo hacían en el henil o se bañaban desnudos en el estanque bajo las estrellas.

Pero en agosto, Krissy se hizo la prueba y todo cambió.

—Y... ¿cómo estás? —le dijo Billy, y Krissy le notó los nervios en la voz. Hacía cuatro días que ella le había dado la noticia, y estaban los dos sentados en el banco que había junto al estanque, a la luz de la luna llena—. ¿Tienes vértigos matinales?

Krissy se volvió bruscamente hacia él.

—Querrás decir vómitos matinales.

—Sí, eso.

Ella miró de nuevo al estanque y estudió sus aguas oscuras.

—Billy, no sé qué hacer.

—¿Con qué?

Ella titubeó. Las palabras que tenía que decir le pesaban como piedras en la boca.

—Con el dinero. No sé qué hacer con el dinero.

—Ah, eso —contestó él aliviado—. No te preocupes por eso, Krissy. Estate tranquila.

Ella giró la cabeza para mirarlo bien a la cara.

—¿En serio?

Él levantó un hombro.

—Pues claro. A ver, igual puedes ayudar un poco con los libros o algo... —Ella frunció el ceño. «¿Con los libros?» Pero antes de que pudiera decir nada, él remató—: Pero no hace falta, por supuesto. —Y rio un poco—. No pasa nada. Puedes hacer lo que quieras.

Krissy le sostuvo la mirada y buscó en ella aquella vacilación primera, pero Billy sonreía, contento y tranquilo. Ella exhaló, relajó los hombros y apoyó la cabeza en una mano.

—Gracias —le dijo con un hilo de voz—. He... he estado ahorrando todo el verano, pero no me llega. No me llega para esto y para Nueva York.

A su lado, Billy se agarrotó y, cuando volvió a hablar, pareció que escogiera cuidadosamente sus palabras.

—Bueno, Kris, la única razón por la que tendríamos dinero es la granja. —Ella abrió los ojos despacio y fue levantando la cabeza de la mano—. Me refiero a que ya sabes que yo quería ir a Nueva York, pero no me puedo marchar, al menos de momento. Pero te prometo que, si nos quedamos aquí, cuidaré de ti. Y algún día iremos a Nueva York. Nos alojaremos en un hotel caro y veremos a las Rockettes.

—¿Qué me estás contando, Billy? —dijo ella al cabo de un momento.

—Pues... ¿A qué te refieres? Te estoy hablando de nuestro futuro. No quiero que te agobies ahora con el dinero. Ya lo arreglaremos. No pasa nada.

Ella meneó la cabeza.

—Un momento... ¿Me estás diciendo que quieres que tengamos el bebé? ¿Te quieres... casar?

Billy le lanzó una miradita.

—Pues... sí. ¡Estás embarazada, Kris!

Y, de pronto, él empezó a hurgarse en el bolsillo de los Levi's y Krissy lo observaba con el corazón desbocado. Billy se levantó del banco, se volvió hacia ella e hincó ceremonioso una rodilla en el suelo. Levantó la mano y ella vio que sujetaba con dos dedos gruesos y callosos un delicado anillo. En el centro de la alianza había un diamantito cuadrado. Krissy tuvo la súbita sensación de verse atrapada en un tornado, demasiado rápido y fuerte para escapar de él.

—Krissy Winter —dijo Billy, tragando saliva—, ¿me harías el honor de ser mi mujer?

El diamante brillaba a la luz de la luna, y Krissy se lo quedó mirando un buen rato. Sabía que el anillo era una soga que la ataría para siempre a aquel hombre al que de pronto caía en la cuenta de que apenas conocía, pero también era un pasaporte a muchas otras cosas. Aquel anillo podría abrirle el mundo de formas que solo había imaginado. Significaría que, por primera vez en su vida, podría dejar de preocuparse por el dinero, que podría dejar de pelear tantísimo por todo. Significaría que, por primera vez en su vida, podría respirar tranquila.

Justo antes de abrir la boca y decir que sí, Krissy se hizo una promesa para sus adentros: si Billy no había entendido que a lo que ella había ido allí esa noche era a pedirle dinero para abortar, ella no se lo iba a aclarar, ni tampoco le diría lo otro. El coste de aquel matrimonio, lo sabía, sería guardar aquellos secretos. Solo esperaba que mereciera la pena.

Cuando Krissy siguió a Billy y a la inspectora Lacks al interior de su casa, recordó aquel momento junto al estanque, el momento que lo cambió todo. Durante siete años había sido fiel a la promesa que se había hecho y se había guardado esos secretos para sí. De pronto, las apuestas eran más altas y tenía mucho más que esconder.

Billy, la inspectora y ella serpentearon por la casa, esquivando a los desconocidos que hacían fotos y etiquetaban pruebas, inclinados sobre portafolios de clip y acuclillados junto al suelo, todo eficiencia y meticulosidad con aquellas manos enguantadas. Cuando ellos tres pasaban por delante, los técnicos forenses levantaban la vista y luego la bajaban, con una inexpresividad inquietante, como si hubieran sido entrenados para fingir que los habitantes de la casa eran invisibles. Krissy se sentía como un fantasma.

Entraron en la cocina, pasaron por delante de la pintada de la pared y subieron la escalera, Billy como un perrillo faldero detrás de Lacks. Al llegar arriba, Krissy miró de reojo a su marido, pero él le esquivó la mirada. ¿Qué estaría pensando? ¿Qué se estaría cociendo en su cabeza?

—A ver, vamos a hacer esto rápido para que puedan salir de aquí cuanto antes —dijo Lacks. Echó un vistazo al pasillo y a las puertas abiertas, posando la mirada en un agente próximo que estaba pegando notas adhesivas de color naranja por el cuarto de January—. ¡Tommy!, ¿me echas una mano?

El agente de uniforme, que estaba acuclillado a la altura del tocador de January, se volvió a mirarlos.

—Claro, inspectora —contestó, y, levantándose, se acercó enseguida.

Sería solo unos años mayor que Krissy, con cicatrices de acné en las mejillas; tenía la misma cara de desapego que los demás y su contacto visual era plano e insensible. Krissy estaba harta de que toda aquella gente tratara la muerte de su hija como si fuera algo de lo más normal.

—Tommy —dijo Lacks—, ¿por qué no acompañas al señor Jacobs mientras prepara una bolsa con sus cosas y las de su mujer? Yo me llevo a la señora Jacobs a por algunas pertenencias de su hijo.

Billy miró a la inspectora aterrado.

—No sé qué coger para mi mujer —espetó, como si Krissy no estuviera allí a su lado.

Lacks le dio una palmada suave en el hombro.

—Algo se le ocurrirá. Solo procure no tocar nada que no deba.

Aquella forma de despacharlo sin duda lo puso más nervioso, pero tragó saliva, asintió y siguió al joven agente por el pasillo hasta su dormitorio.

Krissy, Lacks y él entraron, salieron y se plantaron en el Hillside Inn de Nappanee, cargados con sus pequeñas bolsas de viaje, en menos de media hora. Al ver el hotel, Krissy notó que le burbujeaba una carcajada amarga en la garganta. El exterior estaba pintado de rojo, con vigas transversales de madera blanca que lo hacían parecer un granero descomunal y de forma extravagante; por mucho que se esforzara, hiciera lo que hiciese, parecía condenada a la vida agrícola.

Ya dentro, mientras la inspectora Lacks los registraba en recepción, Krissy tomó nota de algunos detalles. De la pared colgaban dos relojes: uno en el que ponía «Nappanee» y otro que decía, inexplicablemente, «Francia». En el mostrador de recepción había un tiesto de arcilla lleno de bolis baratos que llevaban flores de plástico sujetas con celo en los extremos. Al lado había un granero rojo pequeñito.

Lacks les dio una tarjeta de plástico a cada uno y los llevó a la habitación, en la segunda planta, donde se detuvo delante de una puerta con números de latón que rezaba «218». Krissy notó que Billy la observaba, pero, cuando se volvió, él miró a otro lado. ¿Por qué hacía eso todo el rato?

—Me he asegurado de que hay una cama supletoria para Jace —les dijo Lacks.

Billy asintió.

—Gracias.

—Townsend y yo nos pondremos en contacto con ustedes mañana, pero llámennos con toda tranquilidad si necesitan algo o se les ocurre alguna cosa.

Billy le dedicó a la inspectora una sonrisa sumisa y luego, como si no pudiera evitarlo, volvió a lanzarle a Krissy una mirada que ella no supo interpretar. ¿Era miedo lo que veía en sus ojos? ¿Paranoia, quizá? ¿Ocultaba su expresión algún mensaje o intentaba encontrar alguno en la de ella?

—Gracias, inspectora Lacks —dijo él—. Les agradecemos mucho todo lo que han hecho por nosotros.

Krissy solo quería que se callaran los dos. Tenía ganas de dar puñetazos, de pegar, de hacer pedazos algo con sus propias manos.

—Quiero advertirles a los dos que mañana va a ser un día un poco... caótico —avisó Lacks—. Para entonces, la prensa ya estará al tanto de todo y...

Pero Krissy ya había tenido suficiente. La mirada de Billy y la voz de Lacks eran como uñas que le arañaban la piel.

—Inspectora —la interrumpió, tensa—, mi hija ha muerto hoy. Tengo la casa abarrotada de desconocidos y llevo horas sin ver a mi hijo de seis años. No puedo procesar lo que me está diciendo, así que ¿sería tan amable de largarse?

Lacks no cambió de expresión, y no pareció inmutarse por aquel arrebato.

Billy, por otro lado, empezó a disculparse.

—Perdone, inspectora —tartamudeó—. Mi mujer está disgustada. No pretendía ser grosera.

Lacks le sonrió sin ganas.

—No hace falta que se disculpe. Ha sido un día muy largo para los dos. Procuren dormir. Me temo que mañana va a ser igual de malo.

Dicho eso, se despidió con una cabezada y dio media vuelta.

Krissy necesitó cuatro intentos para meter la tarjeta por la ranura, pero por fin abrió y entró dando tumbos. En cuanto estuvieron los dos dentro, Billy la agarró del hombro, clavándole los dedos, y la obligó a mirarlo.

—Krissy, ¿qué cojones? —le espetó con la voz temblona—. No deberías hacer eso.

Ella se zafó, fue al otro extremo de la habitación y tiró en la cama la mochila de los Power Rangers que había hecho para Jace.

—¿El qué? —replicó.

—No deberías ser grosera con una inspectora que está investigando el asesinato de nuestra hija.

—¡Joder, Billy! ¿Qué pasa? ¿Te crees que por hacerles la pelota les vas a caer mejor?

A él le temblaba el cuerpo entero.

—Lo único que digo es que no nos conviene darles munición, ni motivos para que nos investiguen más de lo que nos han investigado ya.

Krissy echó la cabeza bruscamente hacia atrás.

—Billy —le dijo despacio—, ¿de qué estás hablando?

Billy se descolgó la bolsa de viaje del hombro y la dejó caer al suelo. Luego se acuclilló, abrió la cremallera y hurgó dentro, furioso.

—Hablo... ¡de ESTO! —contestó, sacando algo—. Me lo he encontrado en el cesto de la ropa sucia. Menos mal que lo he visto antes de que lo viera la policía.

Krissy frunció los ojos confundida. Billy sujetaba con la mano un gurruño de algo azulón: la bata de ella, vio de pronto, la que llevaba esa mañana y se había quitado antes de que llegara la policía. Billy agarraba con fuerza la manga y Krissy distinguió algo en el borde, una raya roja. De pintura en espray, no de sangre.

Miró enseguida a su marido y él a ella, con una mezcla de pánico y asco.

—¿QUÉ HAS HECHO?

10
Margot, 2019

El primer día entero del plazo que Margot se había impuesto era domingo y, por primera vez en veinte años, iba a ir a la iglesia.

Después de hacer unas entrevistas en Shorty's la tarde anterior, al día siguiente había hecho todo lo posible por empezar la investigación con buen pie. En primer lugar, no tenía ni tiempo ni dinero para seguir yendo a por comida para llevar a todas horas, así que, como se había prometido, hizo una escapada a Granny's Pantry y se abasteció de muesli, leche, café, lasaña congelada, manzanas, mantequilla de cacahuete, fiambre y queso en lonchas para sándwiches..., todo lo que se le ocurrió que sería fácil de preparar.

También decidió que lo de contratar un cuidador por horas podía esperar. La insinuación de Pete había sido bastante inocua, pero solo buscarlo en Google y llamar a una agencia la había hecho sentirse muy culpable. Luke y ella no necesitaban ayuda. Estaban bien juntos, ellos dos contra el mundo. Aparte de que, sin nómina a la vista, contratando un cuidador se iba a fundir los ahorros en cuestión de semanas. Tendría que hacer malabares: ayudar en casa e investigar la noticia al mismo tiempo.

Esa noche, mientras Luke se adormilaba delante de la tele y ella le hacía la colada (de ropa y de sábanas), pensó en qué pasos iba a dar en la investigación. Habiendo tantos medios preocupados por el caso de Natalie Clark, Margot sabía que no podría meterle mano a esa historia, sobre todo en esos momentos en que ya no disponía de credenciales que legitimaran sus preguntas. Así que decidió abordar la noticia desde un ángulo distinto, centrarse en el caso de January, y las personas con las que más le interesaba hablar eran Billy, Jace y el inspector Townsend, las más próximas al suceso. No tardó en enterarse de que el inspector llevaba un año jubilado, y la policía estatal de South Bend le dio a Margot su móvil sin recelos ni preguntas. Tampoco Townsend puso pegas a la entrevista; al contrario, accedió a que se vieran al día siguiente por la tarde, y a Margot le dio la impresión de que no sabía muy bien qué hacer con tanto tiempo libre.

Los otros dos, en cambio, fueron mucho más esquivos. A Jace no hubo forma de localizarlo en internet y no se le ocurría cómo ponerse en contacto con Billy, cuyo jardín se había convertido en una escena del crimen precintada y que, según Luke, se había mostrado reservadísimo desde la muerte de Krissy, hacía diez años. Pero esa noche, mientras preparaba un salteado para la cena, le vino a la cabeza algo que le había dicho su tío: «Billy ya no se relaciona con casi nadie, pero creo que todavía va a la iglesia».

Así que, a la mañana siguiente, Margot hurgó en el revoltijo de ropa que aún no había sacado de la maleta y se sacó el conjunto más chulo que pudo: una falda cruzada gris, una camiseta blanca que se metió por dentro y unas sandalias de piel. Se puso los pendientes de arito de oro y un poco de rímel, y dio el trabajo por concluido. Como poco, confiaba en que la gente pudiera decir que se había esforzado.

—¡Qué guapa te has puesto! —le dijo Luke cuando salió de su cuarto. Él estaba sentado a la mesa de la cocina con un café y su cuaderno de crucigramas.

Margot sonrió.

—Voy a la iglesia. ¿Te vienes?

Luke la miró espantado y luego soltó una carcajada. Cuando recuperó el resuello, se pasó un dedo por debajo de los ojos y la miró.

—Un momento..., ¿me lo estás diciendo en serio?

Margot rio.

—Me voy temprano para poder comprar una empanada en Granny's. Quiero camelarme a Billy Jacobs, a ver si consigo que hable conmigo.

—Ah, ya veo —contestó él, dándole un sorbo al café—. Tienes una buena... —Titubeó, buscando la expresión correcta, y al final remató la frase con «integridad periodística», aunque Margot supuso que había querido decir «instinto periodístico»—. Deduzco que esto es para el trabajo...

Margot agachó la mirada, fingiendo que se ajustaba la cinturilla de la falda.

—Sip.

Tenía la impresión de haber mentido más a Luke en los últimos días de lo que lo había hecho en toda su vida, pero, cuando Pete le dijo en comisaría que nunca se había encontrado a su tío deambulando por las calles hasta hacía dos días, Margot se había dado cuenta de que el repentino bajón de Luke probablemente era culpa de ella. Su tío llevaba meses viviendo solo, sin ayuda, pero también sin provocaciones. Desde que ella se había mudado allí, no hablaba de otra cosa que de la desaparición de una niña y del asesinato de otra.

Debía recordar que él estaba más sensible, que era más inestable. Debía dejar de hablar de crímenes sin resolver y, desde luego, no hacía falta que le contara que la habían despedido.

—Es para un artículo en el que estoy trabajando —respondió—. Así que deséame suerte.

—No la necesitas, niña —le dijo él con un guiño—. Tienes talento de sobra.

Margot salió por la puerta doble de la iglesia a la luz intensa y cegadora del sol. El sonido apagado de los himnos finales interpretados al órgano reverberaba a su espalda mientras ella parpadeaba furiosamente, tratando de adaptar la vista. Cuando por fin pudo ver con claridad, divisó la figura de Billy Jacobs, que se alejaba aprisa por la acera, con las manos en los bolsillos del pantalón del traje y la cabeza gacha.

Margot había llegado a la iglesia diez minutos

antes de que empezara la misa y le sorprendió la cantidad de gente a la que conocía. Vio a casi todos los que había entrevistado en Shorty's, salvo a Linda, que seguro que estaba trabajando, más un puñado de antiguos amigos de sus padres y a uno de sus profesores de primaria; todos la saludaron sonrientes e intrigados. Billy, en cambio, había llegado solo unos minutos antes del comienzo de la ceremonia, cuando Margot y el resto de la congregación se habían instalado ya en los bancos. Después, en cuanto el órgano empezó a sonar y las señoras se colgaron el bolso del hombro y buscaron con la vista a sus amigas, Margot vio que Billy se levantaba y salía con discreción por la puerta. Lo siguió.

—¡Señor Jacobs! —lo llamó, bajando aprisa los escalones que llevaban a la acera. Pero Billy siguió andando rápido en dirección contraria—. ¡Señor Jacobs! ¡Billy!

Por fin se detuvo, vaciló un segundo y se giró. Margot apretó el paso para darle alcance.

—Hola, soy Marg...

—Sé quién eres —la interrumpió él sin resquemor—. Eres la hija de los Davies.

Ella sonrió.

—Eso es. Me crie en la casa de enfrente. Era amiga de January. —A él se le ablandó la mirada al oír el nombre de su hija—. Ahora soy periodista —continuó Margot, y hasta que no lo dijo en voz alta no cayó en la cuenta de que eso ya no era cierto—. Me gustaría hablar, si tiene un minuto.

Pero, al saber que era periodista, Billy se había vuelto a cerrar.

—No sé nada de esa pintada de mi granero. Ni siquiera me la encontré yo; fue uno de mis empleados.

—No pasa nada. También estoy investigando el caso de Natalie Clark, intentando averiguar si hay alguna relación con el de January.

—Natalie Clark...

El nombre parecía significar bien poco para él, pero Margot sabía que lo había oído, porque se había hablado de la niña desaparecida en el sermón de esa mañana. El reverendo había aprovechado la desaparición para hablar de la fe en los momentos difíciles y de la naturaleza inescrutable de los caminos del Señor. Desde su sitio al fondo de la iglesia, Margot había prestado poca atención, paseando la mirada por las cabezas de los feligreses, preguntándose si alguna de ellas ocultaba el cerebro de un secuestrador, de un asesino.

—Ojalá pudiera ayudarte más —le dijo Billy—, pero no sé nada de Natalie Clark.

—No, no esperaba que supiera nada, pero, si estuviera dispuesto a hablar del caso de January, me ayudaría a entender si hay algo que conecte ambos sucesos.

Billy se hundió las manos aún más en los bolsillos y miró a la espalda de Margot, como si confiara en encontrar a alguien que lo librara de aquella conversación.

—Escucha, Margot, no te ofendas, pero no he tenido buenas experiencias con la prensa en el pasado. No es nada personal, solo que no creo que deba hablar con vosotros.

Margot asintió.

—Lo entiendo..., pero los periodistas de entonces no le conocían ni conocían a su familia. Solo pretendían vender la noticia. —Hizo una pausa—. Yo conocía a January. Recuerdo haber jugado en su jardín, haber merendado en su cocina. No tengo intenciones ocultas, se lo prometo. Solo quiero entender lo que le pasó a mi amiga.

A lo mejor tendría que haberle parecido mal aprovecharse de esa circunstancia, pero todo lo que había dicho era cierto. Y, aunque sabía que probablemente a Billy seguía pesándole la muerte de January y que revivirla le resultaría doloroso, había habido avances en aquel caso de hacía veinticinco años. Si reavivarle el recuerdo ayudaba a encontrar al asesino de su hija, ¿no tenía cierta obligación de hacerlo?

—Ahora tiene una oportunidad de aclarar las cosas —prosiguió—. Y si al final todo se queda en nada, como poco será agradable sentarse a charlar un rato con alguien que la conocía. —Le sostuvo la mirada. Por la cara que ponía, supo que estaba a punto de ceder—. ¡Ah! —añadió, descolgándose la mochila de un hombro para ponérsela por delante. Hurgó con una mano y, poco después, sacó la caja que había comprado antes en Granny's Pantry—. Y he traído tarta de manzana.

Billy se mostró sorprendido. Miró la tarta y luego a Margot; luego soltó una risita entrecortada, como si la tuviera oxidada por falta de práctica.

—Venga, vale —claudicó—, pero aquí no. Vamos a casa.

La casa de los Jacobs ya no era la bulliciosa escena del crimen que había sido el día anterior. Los pocos periodistas que habían cubierto la noticia de la pintada del granero habían desaparecido, igual que Pete, su compañero, y el precinto amarillo que impedía el acceso a la vivienda. Margot aparcó delante, subió con Billy los escalones del porche y después, por primera vez como adulta, cruzó el umbral del hogar de los Jacobs.

Fue como entrar en un recuerdo. Margot había pasado numerosas tardes de verano corriendo por aquellas habitaciones y se maravilló de lo poco que había cambiado todo, como si la casa fuera una cápsula del tiempo de 1994. Las sillas del salón tenían la misma tapicería de flores de entonces, y los suelos seguían siendo de madera. Según recorría aquellas estancias, los detalles hacía tiempo olvidados de la casa empezaron a venirle a la mente: que el lado derecho de la escalera crujía más que el izquierdo; que uno de los pomos de la barandilla parecía una cara; que, si te metías debajo de la mesa del comedor y mirabas el revés, podías ver las iniciales de January y las suyas talladas en la madera...

Margot siguió a Billy a la cocina y, mientras él recalentaba el café y sacaba platos y tenedores para la tarta, ella no pudo evitar imaginarse la estancia como había estado aquella mañana de julio de hacía veinticinco años. «Esa zorra ha muerto» pintado con espray de un rojo chillón en las paredes blancas. ¿Quién había escrito ese mensaje? ¿La misma persona que había dejado la pintada del granero?

—Perdona lo de antes —le dijo Billy mientras cortaba dos porciones de tarta y las ponía en unos platitos de porcelana—. No pretendía ser grosero, es que... hace mucho tiempo que no me quedan amigos en este pueblo.

—Lo entiendo —contestó Margot, aceptando una de las porciones—. Sobre todo ahora, con la pintada del granero.

—Mmm... —Billy asintió pensativo mientras dejaba las tazas en la mesa, delante de ellos, y se sentaba en la silla de enfrente de Margot.

Ella bebió un trago de café.

—Sé que me ha dicho que no sabe nada al respecto, pero ¿tiene alguna sospecha de quién podría haber escrito eso?

Billy soltó un suspiro.

—La verdad, Margot, es que di por supuesto que habrían sido unos adolescentes. De hecho, la policía me ha dicho hoy mismo que cree que no ha sido más que una broma de mal gusto.

—¿En serio?

Sabía por Pete que aquella era la hipótesis de la policía, pero no estaba al tanto de que hubiera emitido ya su veredicto oficial.

Billy levantó un hombro.

—Mis amigos y yo también hacíamos esas tonterías. —Se perdió en algún recuerdo y se le pusieron los ojos vidriosos, pero, después de un momento, su mirada volvió a endurecerse—. Bueno, nunca hicimos nada tan cruel como la pintada que me han hecho a mí en el granero, pero ya te digo que en este pueblo no me tienen mucho cariño. Ya no.

Margot sabía que era cierto, pero también había observado antes que, cuando Billy se había sentado en el banco de la iglesia al principio de la misa, algunos de los feligreses lo habían mirado y habían cabeceado a modo de saludo, tenso pero cortés, y, para sorpresa de ella, él les había devuelto el gesto. Puede que no cayera muy bien, pero no era el paria que Krissy había sido.

—¿Le importa que hablemos de cómo era su vida entonces? —dijo ella—. ¿Antes de la muerte de January?

—¿Qué quieres saber?

Margot se encogió de hombros, como si no se hubiera preparado todas las preguntas que tenía.

—¿Cómo era su familia? Yo también los conocía a todos, claro, pero no tan bien como usted. Obviamente. Y, bueno, yo tenía seis años. —No era lo más relevante que quería preguntarle, pero intentaba relajarlo, que estuviera cómodo y hablara. Comió un bocado de tarta y luego, como si se le hubiera ocurrido de repente, dijo—: Ah, no le importa que grabe esto, ¿verdad?

Billy enarcó las cejas sorprendido, pero luego negó con la cabeza.

—No, no hay problema.

—Gracias. —Margot sacó el móvil y empezó a grabar; después añadió—: ¿Por qué no empieza por January?

A Billy se le iluminó el rostro.

—Pues January era... Era una polvorilla, ¿sabes? Siempre contenta y feliz. En cuanto yo entraba por la puerta, venía hacia mí y me enroscaba los bracitos en las piernas. —De pronto se le llenaron los ojos de lágrimas, carraspeó y se las limpió con el dorso de la mano—. Ella era el pegamento que nos mantenía unidos. Sin ella estábamos un poco perdidos, porque siempre era tan buena...

Margot sonrió. Ella lo sabía bien. La mayoría de sus recuerdos de la vecina de enfrente eran destellos borrosos, meras instantáneas, pero el más claro de todos era el de su bondad.

Aún lo tenía fresco en la memoria: árboles y una luz moteada, en el patio de la escuela quizá o en el jardín trasero de algún vecino. En aquel recuerdo, ella estaba sentada, con las rodillas debajo del mentón y la espalda apoyada en un árbol. Algo que ya no recordaba la había asustado y, de pronto, January estaba a su lado, poniéndole algo en la palma de la mano. Al bajar la vista, descubrió que era un trozo de tela rasgada, de un par de centímetros y de color azul claro, con un copo de nieve estampado en el centro.

—Cuando tengo miedo —le dijo January—, estrujo esto y me hace valiente.

Así que Margot lo probó, pero no le funcionó, y January le dijo que no lo había hecho bien, que tenía que volver a hacerlo, pero esa vez con más fuerza. Margot lo estrujó de nuevo, clavándose las uñas en la palma de la mano, arrugando el copo de nieve entre los dedos, y esa vez sí lo sintió. Esa vez la hizo valiente.

No fue mucho después de aquello, semanas o puede que incluso días, cuando January murió y Margot se enteró por aquella otra niña en el recreo de que a su amiga la habían «asesinado». Esa noche, en la cama, cogió el copito de nieve de la mesilla y lo estrujó tan fuerte que se hizo sangre con las uñas.

—¿Observó algún cambio en su hija? —preguntó, acariciándose la mano con el pulgar y notándose aquellas cicatrices minúsculas que eran como braille—. En los días o semanas previos a su muerte, digo.

—¿Como qué?

—Pues en su comportamiento, su estado de ánimo, sus hábitos, las cosas que le gustaban y las que no..., lo que fuera.

Billy lo pensó sin cambiar de expresión. Luego, después de un buen rato, se pasó una mano por la cara.

—Lo siento. Es que fue hace muchísimo. Si January cambió algo antes, no me acuerdo. En mi memoria, ella siempre fue una niña feliz, siempre sonriente.

—¿Y qué me dice de Jace? —inquirió Margot—. ¿Cómo era por entonces?

—Jace era... —Billy la miró a los ojos un segundo—. Era un niño callado, tímido.

Margot se lo quedó mirando. También ella recordaba a Jace serio y observador, pero el vecino de enfrente tenía otro lado, y se preguntó cuánto sabía su padre de eso y cuánto estaría dispuesto a contarle.

El recuerdo más claro que Margot tenía de Jace, a diferencia del de January, era de algo que había ocurrido un día en el recreo cuando estaban en quinto. Ella estaba leyendo en su rincón favorito, acurrucada en la Y de un gran roble escondido en la parte más baja del patio. Era un sitio tranquilo al que no solía ir nadie, pero ese día, mientras leía, oyó el chasquido de una rama al partirse y, al levantar la vista del libro, vio a Jace. Tras la muerte de January, cuatro años antes, Margot había dejado de ir a su casa y la relación que hubiera podido tener con aquel niño había desaparecido. Como él iba mirando al suelo, no la vio en el árbol y ella no lo llamó, no le anunció su presencia en absoluto. En cambio, observó cómo pasaba por debajo de la rama a la que ella se había subido y se agachaba para dejar algo en el suelo. Cuando se incorporó, Margot vio que se trataba de un pajarillo muerto, un gorrión o quizá un saltaparedes. Conteniendo la respiración, vio cómo Jace pisaba el pecho del pajarillo con la puntera del zapato. Apretó cada vez más hasta que, por fin, Margot vio que se le hinchaba la cabeza y los ojos negros se le salían de las cuencas.

—A Jace le iban mucho las cosas artísticas —dijo Billy—. Nunca le interesaron la granja ni los deportes ni nada. Y luego, cuando se hizo mayor, empezó a meterse en líos. Nada demasiado grave, cosas de chavales. Era un buen crío, pero lo pasó muy mal con lo de su hermana. Bueno, como todos. —Titubeó—. Sobre todo Kris. Pero supongo que eso ya lo sabes —dijo, mirándola un segundo.

—Lo sé, sí —contestó Margot. El país entero sabía lo del suicidio de Krissy Jacobs—. Lo siento. Fue usted quien se la encontró, ¿verdad?

Billy tragó saliva y asintió, muy tenso.

—Había estado todo el fin de semana en una

convención, y cuando entré por la puerta... —Apretó el puño y se lo llevó a la boca.

—¿Fue entonces cuando se la encontró?, ¿a la entrada?

Eso Margot no lo sabía, y le pareció raro. Casi todos los suicidas buscaban un sitio privado: un dormitorio, un baño, el coche...

Billy asintió de nuevo.

—Después de lo de January, Krissy... Bueno, para ella fue un infierno. Creo que, al final, no lo pudo soportar.

—¿Cree que...? —Margot titubeó. No había forma delicada de preguntar lo que estaba a punto de preguntar—. ¿Cree que pudo deberse al remordimiento?

Billy se la quedó mirando como embobado un buen rato, hasta que por fin lo entendió.

—Ay, Dios, no me lo digas: has estado hablando con la gente del pueblo. —Meneó la cabeza, y cuando volvió a hablar, el tono le había cambiado—. Mi mujer no mató a nuestra hija. Krissy quería a January. Puede que no fuera la madre perfecta, pero... —Inspiró hondo—. Pero la quería. Jamás le habría hecho daño.

—¿Por qué no era perfecta?

—¿Qué? No, no me refería a eso —dijo Billy, de pronto nervioso—. Krissy era una madre estupenda. Siempre se implicó muchísimo en los bailes de la niña y esas cosas. La animaba a que lo hiciera bien. No la mató. No lo habría..., no habría podido hacer algo así.

Margot le estudió la cara. Parecía que sus emociones en relación con la muerte de January eran auténticas, pero las preguntas sobre Krissy lo habían agitado, y las que le había hecho sobre Jace lo habían vuelto esquivo, vago. Aunque hacía más de diez años que no veía a ninguno de los dos, a Margot le pareció que Billy Jacobs aún intentaba proteger a su mujer y a su hijo. Puede que le hubiera dicho la verdad sobre su familia, pero no se lo había contado todo.

—Además, créeme —prosiguió él antes de que ella lo presionara—, he pensado en quién pudo hacerlo todos los días desde que ocurrió.

—¿Y...? —dijo Margot—. ¿Alguna idea?

—Lo que he pensado siempre, lo único que tiene sentido, es que fuera algún... hombre. Algún rarito que le hubiera echado el ojo en el parque infantil o en alguna de sus actuaciones y..., yo qué sé, igual no vas demasiado desencaminada con ese artículo, Margot. A lo mejor quien se ha llevado a esa niña, Natalie Clark, se llevó también a mi January.

Margot se quedó otra media hora o así para preguntarle a Billy por los detalles del caso de su hija, pero todo lo que le dijo eran cosas que ella ya sabía, y cada vez que ella redirigía la conversación hacia Jace o Krissy, él le repetía que eran un buen hijo y una buena madre, como un político defendiendo la línea del partido. Al final, los dos remataron los cafés y se terminaron la tarta de manzana, y ella le dio las gracias por el rato que le había dedicado.

—Ah, una última cosa —dijo ella cuando Billy la

acompañó a la puerta de la calle—. ¿Le importaría que echase un vistazo a su granero?

—No, claro —contestó Billy—. La policía ha terminado esta mañana, así que no creo que vayas a desbaratar nada. Te acompaño si quieres.

—Ah, no, no te preocupes. Me pilla de camino y se me ha ocurrido ir a echar un vistazo.

—Adelante. —La miró de reojo, indeciso—. Te recuerdo de entonces, ¿sabes? Me acuerdo de que siempre andabais las dos por ahí juntas. Y ahora, mírate, tan mayor...

A Billy se le llenaron de pronto los ojos de lágrimas y se clavó los nudillos en ellos, riendo abochornado.

Margot sonrió, todo compasión. Aunque sus repercusiones se habían ido notando a lo largo de los años, aquella noche de julio de hacía veinticinco años se lo había robado todo a aquel hombre: primero a su hija, luego a su hijo y, por último, a su mujer.

—Gracias por su tiempo.

Billy dio una cabezada de asentimiento.

—Ven cuando quieras.

El granero de los Jacobs era uno de esos industriales, separados de la vivienda por un campo amarillento desarbolado y con poca vegetación. Margot se acercó, notándose el sol intenso del verano en la piel. Por la foto que había visto en los medios, sabía que la pintada la habían hecho en la pared del fondo, pero, al doblar la esquina, se desinfló. Ya no estaba. En la pared roja no había más que un manchurrón negro.

—Mierda —dijo.

Avanzó despacio junto al lateral del granero, explorando los tablones de madera en busca de algo, lo que fuera, pero no quedaba nada. Miró al suelo y, bajo sus pies, había montones de huellas de zapatos distintas. No había forma de saber cuáles, si es que era alguna, pertenecían al autor de la pintada.

«No será la última.» Margot se repetía mentalmente aquellas palabras una y otra vez, igual que las circunstancias que las rodeaban. Natalie Clark había desaparecido tan solo unos días antes de que apareciera la pintada en el granero de January Jacobs, lo que significaba que quienquiera que lo hubiese hecho relacionaba sin duda a las dos chicas. La única conclusión lógica, por lo tanto, era que el asesino de January y el secuestrador de Natalie eran la misma persona, aunque las palabras en sí siguieran resultando ambiguas. El autor de los hechos podría haber querido decir que January Jacobs no sería la última asesinada ni Natalie Clark sería la última secuestrada, aunque Margot tenía la leve sospecha de que se refería a las dos cosas. En cualquier caso, Wakarusa no era un lugar seguro para las niñas en esos momentos. Pero la mayor pregunta que se planteaba era quién habría escrito aquello: ¿el asesino u otra persona?

Margot se ahuecó la camiseta con dos dedos e intentó abanicarse la piel con ella mientras volvía la esquina en dirección a la doble puerta grande, que estaba cerrada, pero sin la llave echada. El interior del granero estaba abarrotado de cosas: tractores, cortacéspedes, un banco de trabajo repleto de herramientas... Le iba a llevar horas, días, revisar todo aquello. Pero ¿qué esperaba? Tampoco es que el autor de la pintada la hubiera firmado y la policía no lo hubiera visto. ¿Habría sido aquello una broma de mal gusto de un puñado de adolescentes? Era posible, supuso, pero ella sabía muy en el fondo que eso no era cierto. Estaba convencida de que había alguien por ahí que intentaba transmitir un mensaje a los vecinos de aquella pequeña localidad, y a Margot le preocupaba lo que pudiera suceder si no le hacían caso.

Volvía a pie al coche cuando se detuvo en seco. Allí, bajo el limpiaparabrisas y aleteando con la brisa, había un papelito. Margot miró alrededor, pero no vio a nadie y el corazón empezó a latirle un poco más rápido. Se acercó y sacó una hoja arrancada de un cuaderno y la nota que había escrita a mano. La leyó y, a pesar de los casi cuarenta grados, un escalofrío le recorrió la espalda. Una vez más, miró alrededor por si veía a quien le había dejado eso allí, pero la calle estaba desierta.

No podía haber sido Billy, eso lo tenía claro. Tendría que haber pasado por delante de ella tanto a la ida como a la vuelta. Y, aunque a ella le hubiera pasado inadvertido, el caminito era de gravilla, con lo que habría oído los pasos. De pronto, Margot recordó a aquella mujer de pelo caoba que había visto a la entrada de Shorty's, la que pensaba que la había estado vigilando. Con todo lo que había ocurrido en los últimos días, aquel instante se le había borrado de la mente. Y, de todos modos, entonces le había parecido que estaba siendo paranoica. De pronto le resultaba siniestro.

Plantada al lado del coche, Margot apretó los puños instintivamente y aquellas palabras le latieron en la piel y le martillearon el cerebro: «Aquí no estás a salvo».

11
Margot, 2019

Margot se quedó junto a la portezuela del coche, con el corazón alborotado y el papelito bien sujeto en la mano. Volvió a mirar alrededor en busca de la persona que le había dejado aquello en el parabrisas, pero la calle en la que se había criado estaba desierta; las casas, tranquilas y a oscuras.

Con parsimonia, metió la llave en la cerradura, subió al coche y se instaló al volante. Si quien le había dejado la nota la estaba observando, no quería que viera lo afectada que estaba. Pero en cuanto estuvo a salvo en el interior del vehículo echó el seguro, apretó el puño, se permitió uno, dos, tres segundos el pinchazo reconfortante de las uñas clavadas en la piel y luego se obligó a parar.

«Aquí no estás a salvo.» El significado de aquellas palabras era obvio; lo que Margot no entendía era la intención. ¿Intentaban protegerla o amenazarla? Y lo que es más: ¿quién había escrito aquello? Repasó mentalmente la lista de los que sabían que estaba trabajando en ese artículo, pero, de haberla anotado en el cuaderno, le habría ocupado dos páginas enteras. Había entrevistado ya a casi la mitad del pueblo. Resultaba inquietante estar tan expuesta.

Le vibró el móvil en la mochila y dio un respingo. Abrió la cremallera, lo sacó y miró la pantalla: Hank Brewer, su antiguo casero.

—Hola, Hank —contestó Margot cerrando los ojos.

—Hola, Margot. ¿Te llamo cn mal momento? Suenas... preocupada.

Ella miró el papelito que aún llevaba en la mano.

—No, tranquilo, ¿qué pasa?

—Te llamo por el alquiler de julio. ¿Me lo puedes mandar cuando tengas un rato?

—Ah... Eeeh... No entiendo. ¿No te...? —Hizo memoria para recordar el nombre del subarrendador que había encontrado por internet—. ¿No te ha pagado James?

Se hizo el silencio.

—No me ha pagado nadie desde que me llegó tu cheque del último mes. Ni nadie me ha dicho que quisiera dejar el piso ni cogerlo ni nada. ¿Estás segura de que el tío al que encontraste lo quería?

A Margot se le descolgaron los hombros.

—Pensaba que sí. —Llamar al subarrendador estaba en su lista de tareas pendientes, justo debajo de hacer una copia de la llave de la casa de Luke, y no había hecho ninguna de las dos cosas. Con la chapuza del artículo sobre Natalie Clark, el despido y la pintada del granero, aquellas le parecían tareas que podían esperar. Por lo visto, se equivocaba—. Luego lo llamo. ¿Me das unos días para averiguar qué está pasando?

—Te doy hasta el miércoles para que me mandes el dinero, ¿vale? Mientras llegue, me da igual de dónde venga. Así tienes más tiempo para encontrar un subarrendador para agosto. Sé que tienes... lío con tus cosas y tampoco soy tan insensible, pero firmaste un contrato hasta octubre.

«Ah, ¿así es como funciona el alquiler de pisos?», le dieron ganas de decir, pero prefirió contestar:

—Tendrás el dinero para el miércoles.

Colgó y golpeó el volante con las manos abiertas.

—¡Joder!

Su cuerpo irradiaba ansiedad. Primero la puta nota y luego aquello. Miró el reloj del salpicadero. Sabía que debía denunciar la nota a la policía, y lo haría... en algún momento. Pero debía estar en South Bend para entrevistar al antiguo inspector Townsend en media hora y, más que nunca, necesitaba que aquel artículo fuera noticia, una que le permitiera conseguir trabajo.

Inspiró hondo y guardó el papelito en el bolsillo delantero de la mochila, cerró la cremallera y giró la llave de contacto. De camino a South Bend, llamó al subarrendador, James, y luego a Luke para ver cómo iba, pero ninguno de los dos le cogió el teléfono.

La casa del exinspector Max Townsend era una vivienda antigua tipo rancho perdida en las afueras de South Bend y, en cuanto Margot entró, vio que era el domicilio de un hombre soltero. Los muebles eran oscuros; los sillones, de cuero, sin intento aparente de coherencia ni esquema alguno de diseño. Las paredes estaban desnudas y el único guiño a la decoración era el montón de fotos enmarcadas que forraban todas las superficies planas, todas ellas protagonizadas por la misma chica a lo largo de unos veinte años de su vida.

—¿Su hija? —preguntó Margot mirando a lo alto del mueble de la tele, donde había expuesto un puñado de fotos.

En un marco negro, la chica aparentaba siete años, rubia y de ojos azules, sonriente, vestida con su equipación de fútbol, con un balón debajo del brazo. A su lado había una de ella con Townsend, en una playa, sonriente y con la piel sonrosada.

Townsend le siguió la mirada a Margot y le dedicó una sonrisa complicada.

—Jess.

—Muy mona —dijo ella—. Gracias otra vez por quedar conmigo.

Él sonrió y le señaló el sofá de cuero marrón para que se sentara. Townsend ocupó uno de los sillones, también de cuero marrón, uno que, aunque en ese momento no estaba reclinado, era evidente que podía hacerlo. Plantó un tobillo en la rodilla opuesta y entrelazó los dedos sobre el vientre, que no se había expandido durante su año de jubilación. De hecho, parecía que no había cambiado nada con respecto a las fotos y los vídeos que Margot había visto de la investigación de hacía tantos años. Seguía siendo un tipo grande y ancho de espaldas con unos ojos azulísimos y un pelo canoso perfecto. La única diferencia era que tenía más arrugas en la cara y más profundas.

—No hay de qué. —Lo dijo con sequedad, pero, aun así, por la forma en que la miró, Margot tuvo la sensación de que agradecía la oportunidad de volver a ser inspector, aunque solo fuera para una entrevista—. Me ha dicho por teléfono que quería hablar del caso de January Jacobs, ¿no?

Margot se agachó a sacar el móvil del bolsillo de la mochila, y rozó sin querer la nota con los dedos. Cuando se incorporó, le enseñó el móvil a Townsend.

—¿Le importa que...?

Él negó con la cabeza.

—En absoluto.

Ella abrió la aplicación de la grabadora, pulsó el botón rojo y dijo:

—También estoy investigando el caso de Natalie Clark y la pintada que apareció ayer en el granero de los Jacobs. ¿Está al tanto?

—Lo he oído, pero no tengo claro que lo de Natalie Clark esté relacionado con los otros dos sucesos.

—Bueno, yo tampoco tengo la certeza, pero hay similitudes entre el caso de Natalie y el de January. Como sabrá seguramente, Nappanee y Wakarusa están a poco más de diez kilómetros de distancia y es como si fueran la misma localidad. Natalie tiene cinco años; January acababa de cumplir seis cuando murió. Y la pintada del granero ha aparecido solo unos días después del secuestro de Natalie. Yo creo que el autor de la pintada, sea quien sea, se proponía relacionar los dos casos. Y eso es lo que estoy investigando.

—Entiendo —contestó Townsend—. Pues en eso sí la puedo ayudar: no hay relación.

Ella lo miró extrañada. Lo decía con la misma rotundidad con que había hablado la inspectora Lacks en la rueda de prensa y, de pronto, las palabras de la exjefa de Margot se entremezclaron de forma incómoda con las de Townsend en su cabeza: «Te ciega tu implicación personal en el caso de January Jacobs».

—Mmm... —Meneó la cabeza—. Perdone, pero ¿cómo puede estar tan seguro?

Era la misma pregunta que le había hecho a su antigua compañera, pero Margot sabía que lo tenía más fácil con él que con ella. Las normas que gobernaban la policía eran raras: cualquier miembro del cuerpo en activo estaba sometido a una política estricta sobre lo que podía o no decir respecto a casos abiertos, pero en cuanto un policía se jubilaba, se eximía también de esas restricciones. Townsend podía contarle lo que quisiera.

—Para empezar, los casos son muy distintos —contestó él—. Por lo que he visto de la investigación de la niña de los Clark, es un caso clarísimo de secuestro. Se trata de una niña a la que se llevaron de un parque infantil. Los pervertidos asquerosos lo hacen a todas horas. El de January, en cambio, no podría ser más distinto. El lugar de los hechos fue su propio domicilio, y el delito, mucho más personal. Esa escena, la de la pintada en la cocina de los Jacobs, indica que el asesinato de January fue por odio, y el odio es algo muy personal, lo que indica que la asesinó alguien que la conocía.

«Fue por odio.» Margot nunca se lo había planteado así, pero cayó en la cuenta de que Townsend tenía razón. Una cría con la cabeza destrozada a golpes, el cadáver abandonado en una zanja y una pintada furiosa en la pared.

—Pero supongamos que a January la secuestraron exactamente igual que a Natalie —dijo ella—. Pongamos que se resistió a su secuestrador. ¿No es posible que esa persona reaccionara mal? ¿No podría ser que le fastidiara que la víctima no cooperase y le estampara la cabeza contra algo hasta que lo hizo? January era lo más parecido a una figura pública que una niña de seis años puede ser. Debía de llamar mucho la atención a los pervertidos asquerosos, que se obsesionarían con ella. Una obsesión puede convertirse en un odio de ese tipo, sobre todo con una mente inestable.

Townsend asintió con la cabeza.

—Eso es cierto.

—Lo que significa que nada de lo que ha dicho demuestra que el asesino de January y el secuestrador de Natalie no sean la misma persona. No de forma inequívoca. Así que, ¿cómo puede estar tan seguro?

—Porque mi equipo y yo resolvimos el caso de January Jacobs hace veinticinco años.

Margot lo miró extrañada. Eso sí que no se lo esperaba. Abrió la boca y la cerró enseguida.

—Perdone, ¿cómo ha dicho?

Townsend le dedicó una sonrisita burlona.

—Pues lo que ha oído. Por eso puedo asegurarle que los casos no están relacionados. La persona que asesinó a January no podría haber secuestrado a Natalie Clark, porque esa persona está muerta.

Margot se quedó helada, desconcertada. Las palabras de Townsend le resonaban en la cabeza. «El odio es algo muy personal. La mató alguien que la conocía.» Volvió a pensar en Billy, que con tanto empeño había insistido en que su mujer quería a la niña. Pensó en aquellas entrevistas que había hecho en Shorty's y en todos los vecinos que le habían dicho que a January la envidiaba su propia madre. Recordó la nota de suicidio repleta de remordimiento que Billy había encontrado junto al cadáver de su mujer: «Lo lamento todo». Pero, sobre todo, había una sola persona a la que el exinspector pudiera estar refiriéndose, una sola persona relacionada con el caso que hubiera muerto.

—Krissy —dijo Margot en poco más que un susurro.

Townsend cabeceó afirmativamente.

—Bingo.

12
Margot, 2019

Margot, sentada enfrente del inspector, se quedó pasmada. ¿Krissy Jacobs había asesinado a January? ¿Era posible? No era ni mucho menos la primera vez que se lo había planteado, pero una cosa era oír aquel rumor disparatado en Shorty's, en boca de un puñado de prejuiciosos y desinformados, y otra muy distinta oírsela al inspector principal del caso de January. Margot se retrotrajo a su infancia e intentó recordar la cara de la madre de Jace y January. Sabía el aspecto que tenía Krissy por todas las fotos y los vídeos que había visto en internet, pero no tenía recuerdos propios concretos de la mujer de la casa de enfrente. Para ella había sido como cualquier otra madre, un rostro adulto que aparecía de vez en cuando para decirles a los mellizos que era la hora de cenar o llevarles la merienda.

—Pero ¿cómo...? —Se interrumpió mientras meneaba la cabeza—. ¿Cómo lo sabe? ¿Cómo lo resolvió?

—Las huellas dactilares de Krissy Jacobs estaban por toda aquella primera escena del crimen, de forma literal y figurada.

A lo largo de los años, Margot había leído y releído todos los artículos que existían sobre el caso January. Sabía que, durante la investigación inicial, los inspectores habían localizado, escondido en el granero de los Jacobs, el espray que se había usado para hacer la pintada. Cuando habían procesado las huellas del cesto de la ropa sucia, la mayoría eran de Krissy.

—Pero encontrar unas huellas en un espray de pintura y por su propia cocina... Pinta mal, sí, pero no es precisamente una prueba irrefutable.

—No, no lo es —contestó Townsend—. Pero eso no es todo, ni mucho menos. Yo sospeché de ella desde el primer momento. Ya actuaba de forma rara cuando la conocimos, y no rara de apenada o angustiada, sino de sospechosa. Estaba claro que nos ocultaba algo. Al principio, no sabíamos qué era. En las investigaciones, a veces la gente miente sobre gilipolleces porque cree que se va a meter en un lío, por drogas, infidelidades... Así que los primeros días yo creía que igual era adicta a los somníferos o andaba retozando con el vecino de al lado. Pero luego encontramos las huellas y entonces empecé a considerarla sospechosa. Cuando hallamos el cadáver de January, usamos perros detectores en las dos escenas del crimen y en áreas colindantes por ver si podían detectar algún rastro de descomposición, algo que nos revelara dónde había estado el cuerpo. Después de eso, quedó bastante claro que Krissy era la persona que buscábamos.

—¿Y eso por qué? —preguntó Margot.

—Los perros señalaron el maletero de su coche.

Lo registramos y los técnicos forenses encontraron fibras del camisón que January llevaba la noche de su muerte —contestó, dedicándole a Margot una mirada significativa—. Krissy llevó el cadáver de su hija en el maletero esa noche.

—¡Madre mía! —exclamó Margot con una exhalación. Aquella revelación fue como una patada en el pecho. Luego, después de un segundo, añadió—: Pero no lo entiendo. ¿Por qué lo hizo? ¿Qué móvil tenía?

—No hace falta un móvil para demostrar un homicidio. Basta con las pruebas.

Aunque aquello podía ser cierto a la hora de resolver un delito, Margot era periodista. Lo suyo eran las noticias, y los protagonistas de las noticias necesitaban un móvil. Y, por más que intentaba ponerse en la piel de Krissy, no conseguía entender sus motivos.

—¿Tiene alguna hipótesis?

Townsend se encogió de hombros.

—Krissy Jacobs era lista. Era ambiciosa y le gustaba llamar la atención. Quedaba patente a los cinco minutos de conocerla que era... distinta de la mayoría de la gente del pueblo. Ella sentía que se estaba echando a perder allí. Y yo creo que se volvió loca. No sé qué fue lo que finalmente la hizo saltar, pero sí que se había volcado con el baile de su hija, celosa y controladora. Y eso por no hablar de su relación con Billy. Lo disimulaban muy bien de cara a la galería, pero, en el fondo, había problemas. La verdad, no me habría extrañado que lo hiciera para fastidiarlo.

Se inclinó hacia delante y apoyó los antebrazos en las rodillas.

—Cuesta entenderlo —prosiguió—, pero existen personas así. La gente imagina que este tipo de delitos los cometen desconocidos. Piense en Ted Bundy, en el Hijo de Sam... —Margot pensó en sí misma de cría, unos días después de enterarse del asesinato de January. Recordó su cuerpecito hecho un ovillo en la oscuridad, apretando fuerte los puños hasta hacerse sangre con las uñas imaginando al asesino de su amiga al otro lado de la ventana—. Y esa gente anda por ahí —continuó Townsend—. No me interprete mal, pero la mayoría de las veces, los crímenes los cometen personas que conocían a las víctimas.

Todo lo que decía tenía sentido, y, aun así, había algo en su teoría que no cuadraba. Estaba incompleta. Y Margot no pudo evitar la sensación de que sus palabras escondían algún prejuicio profundamente arraigado. No es que ella no creyera a las mujeres capaces de depravación, pero decir que Krissy era culpable porque era distinta... Margot pensó en el nombre original de Wakarusa, Salem, y en todas aquellas mujeres quemadas en la hoguera.

—Y por eso sé que el secuestrador de Natalie Clark y el asesino de January no son la misma persona —concluyó Townsend—. Y en cuanto a la pintada del granero, creo que la policía local ha acertado esta vez: es probable que la hayan hecho unos macarrillas, aprovechando el legado del pueblo y con la intención de exaltar a la gente tras la desaparición de otra niña. Para los vecinos de Wakarusa, oír hablar de lo que le ocurrió a January es como un rito de iniciación —dijo meneando la cabeza—. Usted me dijo por teléfono que es de aquí, ¿no? —Ella asintió—. Entonces, sabrá que aquel asesinato forma parte del ADN del pueblo. No es de extrañar que los críos se obsesionen con eso. En vez de hacer una pintada en un pasadizo subterráneo, la hacen en el granero de los Jacobs, y, en vez de pintar unos genitales, imitan las frases originales de las paredes de aquella cocina.

Margot pensó en lo que le había dicho Pete el día anterior: «Los vecinos del pueblo están algo obsesionados con el recuerdo de January. No pueden evitar hablar de ello». Era cierto: ese era uno de los motivos por los que la habían despedido, pero ¿podía ser que la pintada del granero fuera solo eso? Y entonces ¿qué pasaba con la notita que le habían dejado en el coche? ¿Debía creer que también era cosa de un adolescente?

Se agachó, sacó el papelito de la mochila y se lo pasó a Townsend.

—Me la he encontrado en el coche antes. Supongo que porque estoy investigando el asunto.

Townsend sostuvo con delicadeza el papelito, que parecía insustancial entre sus dedos gruesos. Resultaba increíble que algo tan pequeño pudiera engendrar tanto miedo.

—¿Cuándo se la ha encontrado?

—Hace media hora, antes de venir aquí. Iba a subirme al coche y la he visto en el parabrisas.

—¿Y lo tenía aparcado a la entrada de la casa en la que se aloja?

Margot negó con la cabeza.

—Estaba delante de la finca de los Jacobs. Yo había estado hablando con Billy.

—¿Y cree que se la han puesto porque está investigando el asesinato de January?

—Pues sí. O el caso de Natalie o la pintada del granero. O los tres.

—Mmm... —Townsend contempló ceñudo la notita. Al cabo de un rato, le dio la vuelta y estudió el reverso sosteniéndolo a la luz—. Bueno —dijo por fin—, siento que le haya pasado esto. Debe de ser inquietante. Pero..., pensándolo con lógica, hay muchos periodistas cubriendo la desaparición de Natalie Clark. No tiene sentido que venga alguien del pueblo de al lado a por la única representante de la prensa que no le está prestando toda su atención, y tampoco creo que Krissy Jacobs ande por ahí repartiendo advertencias a las personas que se acercan demasiado a la verdad. Así que, en mi opinión, lo más posible es que, en efecto, la haya escrito la misma persona que hizo la pintada del granero. Quizá anduviera merodeando por la finca de los Jacobs y le haya parecido un blanco fácil. Yo creo que no sabe ni quién es usted ni qué hace aquí. En cualquier caso —añadió, devolviéndole la notita—, debería denunciarlo a la policía. Ayudaría a detener a quien sea que está aterrorizando al pueblo.

Margot le cogió la notita y volvió a guardársela en la mochila, sintiéndose algo decepcionada. Aunque le habría encantado estar equivocada respecto a que alguien la seguía y de pronto la amenazaba, no creía estarlo, solo que no servía de nada discutirlo.

—Aun así, sigo sin entenderlo —dijo al cabo de un rato—. Lo del caso January. Si con aquellas pruebas tenía tan claro que la asesina era Krissy, ¿por qué no la detuvo?

Townsend soltó un suspiro largo. Saltaba a la vista que Krissy Jacobs era la asignatura pendiente del inspector.

—Quería hacerlo. Lo intenté. Pero era un caso supermediático y tampoco era pan comido, y eso era mala combinación. Además, el fiscal no quiso entrar al trapo. Estaba empeñado en que el caso era demasiado complejo, que iba a necesitar más de lo que había encontrado para que un jurado condenara a una madre por asesinar a su propia hija. —Le sonrió con tristeza—. Básicamente Krissy Jacobs distorsionó tantísimo la escena del crimen que nadie entendía una mierda. Y por eso se libró.

13
Margot, 2019

Margot se quedó mirando al agente de policía que tenía sentado enfrente.

—¿Y ya está?

El agente, Schneider, ¿o era Schmidt?, levantó extrañado la vista del papel en el que estaba escribiendo.

—Mmm... —Ladeó los ojos un instante y volvió a mirar al frente—. ¿Sí?

Margot había ido en coche directa desde South Bend hasta la comisaría de Wakarusa, a denunciar la notita que se había encontrado en el parabrisas. Y, aunque estaba deseando volver a casa porque le angustiaba dejar a su tío solo tanto tiempo, el proceso de denuncia había sido disparatadamente rápido. El agente Schneider/Schmidt (como iba de paisano, no llevaba el nombre en la pechera) le había hecho las mismas preguntas que Townsend y había anotado sus respuestas en una libreta. Cuando le había preguntado si tenía alguna idea sobre quién podía haberle escrito la notita, había apuntado su descripción de la mujer de pelo caoba a la que había visto vigilándola a la puerta de Shorty's. Y, sin embargo, después, cuando le dijo que harían todo lo posible por encontrar al culpable, sonaba desenfadado, casi vacilón.

—Mire —le dijo Margot, procurando no alterarse—, esta persona... —Señaló la nota, alojada ya en el rincón de una bolsa zip de plástico—. Yo creo que me está amenazando porque le asusta lo que pueda escribir. Dudo que se trate de un simple caso de vandalismo y mala sombra. Me parece que no quiere que cuente esta historia. Eso debería preocuparles.

Schneider/Schmidt asintió despacio.

—Sí, pero, si no quiere que una periodista cuente la historia, ¿para qué hace lo del granero? Tan pronto está llamando la atención como amenazando a los que se la prestan. Lo veo un tanto... desorganizado.

—¡Yo qué sé! —espetó Margot irritada—. A lo mejor no es la misma persona.

El agente asintió de nuevo, pero lo hizo con indulgencia, condescendiente.

—Estamos investigando la pintada del granero, señorita Davies, e investigaremos esta nota también —dijo señalando el papelito con la cabeza—. Eso se lo garantizo.

—¿Y la mujer que le he descrito?, ¿van a intentar encontrarla?

Schneider/Schmidt frunció los ojos y miró las anotaciones que tenía delante.

—La mujer de... pelo caoba —dijo titubeando—. ¿Qué es caoba, por cierto?

Margot lo miró pasmada.

—Una mezcla de rojo y castaño.

—Ajá. ¡Qué bonito! ¿Y a esa mujer solo la ha visto esa vez?

Ella inspiró muy hondo.

—Sí.

—Le voy a ser sincero, señorita Davies: una mujer de mediana edad no encaja en el perfil de persona que podría hacer una pintada en un granero. Además, si solo la ha visto una vez, es muy posible que no la estuviera siguiendo. Quizá solo se toparon la una con la otra.

A Margot le estaban dando ganas de gritar. Y no era porque no la estuvieran tomando en serio, sino porque probablemente el agente tenía toda la puta razón. En aquella conversación, era ella la que sonaba irracional, no Schneider/Schmidt. ¿Se estaba comportando como una auténtica paranoica? ¿Eran todos aquellos mensajes parte de la broma de mal gusto de algún adolescente? ¿Era la mujer del pelo caoba solo alguien que salía del edificio frente a cuya puerta estaba, por casualidad, Margot? O peor aún: ¿estaba perdiendo un tiempo valiosísimo intentando servirse de la pintada del granero para relacionar a January y a Natalie cuando, en realidad, no había relación alguna?

Se levantó despacio, apoyó las manos en la mesa y forzó una sonrisa de cortesía.

—Gracias por su tiempo.

Iba ya de camino hacia la doble puerta de entrada a la comisaría cuando oyó que la llamaban.

—¿Qué? —espetó, girándose de pronto. Pete Finch, que iba corriendo hacia ella, se detuvo en seco, atónito—. Ay —dijo Margot, muerta de vergüenza—, Pete, hola, y perdona.

—¿Estás bien?

—Perfectamente. Es que ha sido un día muy largo.

—¿Qué haces aquí?

Ella se lo contó.

—Uf, qué mierda —le dijo él cuando terminó—. No me extraña que estés alterada.

Pero, en el fondo, no era solo aquella nota lo que tenía a Margot tan irascible. Era todo. Era que la hubieran despedido y la llamada que le había hecho su antiguo casero. Era preguntarse cómo iba a pagar el piso en el que ya no vivía, y todo lo demás. Era ver la cara de Natalie en las noticias cada vez que pasaba por delante de un televisor y el *déjà vu* que le producía de cuando ella había informado de lo de Polly Limon hacía tres años. Era el presentimiento de que iba a ocurrir algo que nadie más veía y el temor paralizante y contradictorio a que quizá fuera ella la ciega. Era estar de vuelta en aquel pueblo claustrofóbico y cuidar de su tío, su persona favorita en el mundo, que iba perdiendo la cabeza poco a poco.

—Le echaré un vistazo al informe, ¿vale? —estaba diciendo Pete cuando ella volvió a la realidad—. Y procuraré estar atento por si veo a la mujer.

Margot sonrió sin ganas.

—¿Por qué eres tan amable conmigo?

—A ver, es mi trabajo.

Ella enarcó las cejas.

—Eres más diligente que el otro tío.

—Bueno, digamos que te debía una.

—¿Me debías una? ¿Por qué?

Él agachó la cabeza.

—No me hagas decirlo, anda.

—¿De qué hablas?

—Tercero... El recreo... —Ella lo miró extrañada—. Un momento, ¿en serio no te acuerdas?

—Que no me acuerdo ¿de qué?

—Joder, ya me estoy arrepintiendo de habértelo dicho. —Pete rio, peinándose el pelo con la mano—. Pues de ese día, en tercero, cuando estábamos en el recreo y fui a esa parte del patio a la que no iba nadie, ¿te acuerdas? ¿Esa donde había tantos árboles y que estaba más abajo que el resto? —Margot cabeceó—. Bajé allí porque un rato antes yo estaba con un puñado de críos y Jordan Klein dijo algo que hizo que me partiera de risa... No recuerdo qué era, pero sí que me reí tanto que se me escapó un poco el pis.

—No fastidies.

—Sí. Como es lógico, me moría de vergüenza y no quería que lo viera nadie, así que me tapé la entrepierna con las manos y me escabullí al sitio más cercano que encontré y que no estuviera abarrotado de críos. No podía ir al baño porque habría tenido que pasar por delante de aquella jaula grande de color rojo donde solía reunirse todo el mundo. El caso es que yo estaba en el lado más apartado de aquel árbol grande, escondiéndome del resto del patio, cuando de pronto apareciste tú.

Margot lo miró confundida, mientras sus palabras iban resucitando aquel recuerdo olvidado.

—Es cierto. Ahora me acuerdo.

Como de costumbre, ella estaba leyendo en su árbol favorito cuando oyó pasos.

—Yo intentaba que tú no te dieras cuenta —prosiguió él—, pero supongo que ya lo sabías, porque me agarraste del brazo y me llevaste a rastras a una fuente que no usaba nunca nadie y empezaste a salpicarnos agua a los dos. ¿Te acuerdas de cuando estaban de moda las peleas de agua?, ¿que, de vez en cuando, un par de críos intentaban ver cuál de los dos empapaba más al otro?

Ella rio.

—Sí, qué raro.

Pete sonrió.

—Me propusiste que dijéramos eso a todo el mundo cuando nos preguntaran. En vez de ser el pringado que se había hecho pis en los pantalones, fui el guay que se había metido en una pelea de agua con una chica. No me puedo creer que no te acordaras. A mí me traumatizó mucho. O casi me traumatizó, más bien.

Margot pensó en cuando ella estaba asustada y se sentía sola, y January se le había acercado con el copo de nieve de tela en la mano. «Cuando tengo miedo, estrujo esto y me hace valiente.»

—Supongo que cada cual recuerda sus cosas.

—Bueno, pues ya está. Se acabó lo de hablar de cuando me hice pis encima. —Se metió las manos en los bolsillos—. ¿Qué tal tu tío?

—Ah, bien, bien —contestó ella, y se preguntó si sería cierto.

Había conseguido hablar con Luke cuando volvía de la entrevista con Townsend y, por suerte, parecía estar la mar de bien. Luke no había sido capaz de decirle si había comido, y había sido vago respecto a lo que había estado haciendo todo el día, pero también estaba emocionalmente estable, ni furioso ni triste ni confundido. Y, cuando ella le recordó que había embutido y queso en la nevera, y pan junto al tostador, lo oyó trastear por la cocina. Antes de que colgaran al cabo de unos minutos, él le había dicho que igual se echaba una siesta. Y eso había sido hacía una hora o así. En su estado, la cosa podría haber cambiado por completo.

—Debería volver con él —confesó ella—, pero ya que estás aquí... ¿Estás al tanto del caso de January?

Pete la miró extrañadísimo.

—Uf..., más o menos. A ver, viviendo aquí, es algo de lo que oyes hablar a todas horas, pero lo cierto es que nunca he visto el expediente.

Margot se miró el reloj. Se debatía entre el deseo de volver a casa a ver cómo estaba Luke y la necesidad de analizar lo que Townsend acababa de contarle.

Durante el trayecto de media hora de vuelta de Wakarusa, no había sido capaz de quitarse de la cabeza la cara que había puesto el exinspector mientras le explicaba por qué no había podido detener a Krissy. A pesar de que los agentes de la ley jubilados no debían atenerse a ninguna norma, a pesar de que mientras lo entrevistaba se había mostrado muy franco, la forma en que la había mirado en aquel instante le había producido a Margot la sensación de que no le estaba contando toda la verdad. ¿Se lo estaba imaginando, aquel destello en la mirada, secretista, raro? Siempre se había enorgullecido de saber calar a la gente, pero parecía que su vida empezara a desmoronarse, que su confianza comenzara a escurrírsele. Además, ¿por qué iba a sentir Townsend, un inspector jubilado, la necesidad de ocultarle algo?

Margot se mordió el carrillo. Se hacía tarde, pero tenía delante a un agente de policía de Wakarusa que pensaba que le debía un favor, y una pregunta que la reconcomía por dentro.

—¿Dispones de unos minutos? —le dijo—. Quiero consultarte una cosa.

Se sentaron los dos en un banco de la calle, a media manzana de la comisaría, y Margot le contó a Pete todo lo que Townsend acababa de contarle a ella. Por sus reacciones, dedujo que ya lo había oído todo antes.

—Bueno, no te ha *mentido* cuando te ha contado por qué el caso no llegó a juicio, por qué no pudieron detenerla —comentó Pete cuando ella terminó de hablar—. No exactamente. Lo que pasa es que tampoco te ha contado toda la verdad. Claro que no me sorprende. Esa es justo la razón por la que la policía de Wakarusa está a malas con él, bueno, con toda la policía estatal, en realidad.

—¿A malas con la...? ¿Por qué?

—Los veteranos siempre dicen que la policía estatal se plantó como si tal cosa en el pueblo, sin saber nada de este sitio ni de sus residentes, y emitió un juicio instantáneo sobre lo ocurrido con January. Muchos piensan que Townsend estaba tan cegado por su teoría de que Krissy era la asesina que pasó por alto detalles que no encajaban en sus propios argumentos.

—¿Qué detalles?

—Mmm... —Pete frunció el ceño como intentando recordar—. Supongo que solo conozco uno en concreto, pero el rumor que corre por aquí es que hubo una prueba en particular que le impidió a Townsend venderle el caso al fiscal, porque enturbiaba su versión de lo ocurrido aquella noche y desviaba la culpa de Krissy.

—¿Qué prueba?

Pete vaciló.

—¿Te lo puedo contar extraoficialmente?

—Claro.

—Vale, pues para entenderlo tienes que recordar lo que declararon Krissy y Billy esa noche. ¿Te acuerdas de que dijeron que habían dormido todos de un tirón, incluido Jace? —Margot asintió—. Krissy tenía por costumbre tomar somníferos antes de irse a la cama y Billy dijo que él siempre dormía profundamente, con lo que era difícil que pudieran hablar más que por sí mismos, pero dijeron algo así como que Jace dormía muy bien, que rara vez se despertaba por las noches y que, si lo hacía, los llamaba a uno de los dos. Bueno, pues declararon que esa noche no los había llamado, con lo que, como es obvio, no se había despertado. —Pete meneó la cabeza—. El caso es que insistieron mucho.

—Vale...

—Según un informe de la estatal, confiscaron el pijama que llevaba el crío esa noche y se lo llevaron a la Científica para que lo analizara. Encontraron sangre. Era reciente, estaba concentrada y coincidía con el tipo de January. Siendo mellizos, seguramente tenían el mismo tipo de sangre; claro que eso no podía darse por supuesto. Sin embargo, Jace no tenía cortes ni heridas, y January tenía una hemorragia interna brutal. Cuando es en la cabeza, como en su caso, la sangre suele «escaparse» por los oídos y la nariz. Y, luego, claro, tenía sangre también en la nuca, que fue donde le atizaron. Vamos, que la sangre del pijama de Jace era de la hermana.

Margot lo escuchó hipnotizada. Había estudiado el caso muchas veces a lo largo de los años y jamás había oído nada de aquello.

—No sé si te acuerdas —continuó Pete—, pero ni Krissy ni Billy declararon en ningún momento que January hubiera sangrado antes de irse a la cama, lo que significa que la sangre del pijama de Jace era de después, lo que implica a su vez que Jace estuvo levantado esa noche y que vio, o hizo, mucho más de lo que sus padres estaban dispuestos a confesar.

A Margot le vino a la cabeza aquel antiguo recuerdo de Jace, y de pronto volvía a tener diez años, estaba sentada en lo alto de aquel roble, mirando desde arriba al niño de la casa de enfrente. Vio cómo le pisaba el pecho al pajarillo muerto con la puntera del zapato, apretando cada vez más hasta que se le hinchó la cabeza. Años después, en la universidad, Margot había cursado una asignatura de Psicología y había aprendido el amplio abanico de efectos que la pena podía tener en un individuo. Había recordado entonces aquel pajarillo muerto y entendido por fin el extraño comportamiento de Jace. Tras perder a su melliza, había empezado a obsesionarse con la muerte en su empeño por comprender lo que le había ocurrido a su hermana. Pero, de pronto, Margot se preguntó si se habría equivocado. ¿Se estaría gestando en el interior de aquel niño alguna otra cosa, algo más oscuro?

—Lo que se dice por ahí —continuó Pete— es que Townsend barrió esa prueba debajo de la alfombra porque le fastidiaba su acusación contra Krissy. Y, por lo que me has contado, parece que aún no está dispuesto a reconocerlo. —Se miró el reloj—. Uf, perdona que abrevie, pero me tengo que ir.

—Ah —dijo Margot. Se sentía como envuelta en niebla, con todo lo que él acababa de contarle girando como un tornado a su alrededor—. Sí, claro, claro.

Pete se dio una palmada en las rodillas y se puso en pie.

—Espero haberte ayudado.

—Sí, gracias.

Él ya se iba cuando se giró de pronto.

—Por cierto, le echaré un vistazo a ese informe e intentaré averiguar quién te ha dejado la notita.

Margot, que estaba buscando el móvil en la mochila, lo miró y sonrió.

—Gracias, Pete, de verdad.

Mientras él volvía a comisaría, ella le mandó un mensaje a Luke. «Solo me queda una cosita por hacer y ya voy para casa 😌», le puso, procurando obviar lo culpable que se sentía.

Unos minutos después entraba en Shorty's, que ya estaba atestado de gente que había ido a comer, y vio a Linda al otro lado de la barra, abriendo dos botellines de Bud Light. Margot la miró a los ojos mientras se acercaba y la otra sonrió.

—Hola, Margot —le dijo contenta, pasándoles las cervezas a dos hombres que estaban en la barra—. ¿Vienes a hacer más entrevistas?

—Hoy no —contestó ella—. Pero confiaba en poder hablar contigo.

Linda enarcó las cejas, sin duda intentando disimular su deleite con un gesto fresco y desenfadado.

—Ah, ¿sí?

—Sí. ¿Me harías el favor de correr la voz de una cosa?

La camarera sonrió.

—Pues claro, cielo. Eso se me da bien. ¿Qué quieres que le diga a la gente esta vez?

—Que ando buscando a Jace Jacobs.

14
Krissy, 1994

Krissy estaba temblando. La habitación del Hillside Inn la acorralaba, las paredes pintadas de un color soso se encogían. Pensaba que lo había hecho genial, que había ocultado todas las pistas, pero Billy solo había tardado unas horas en descubrirla.

—¿Qué has hecho? —volvió a preguntarle.

Billy aún tenía la manga de terciopelo azul de la bata de ella apretada en el puño y parecía que estuviera conteniendo el impulso de estamparle la cabeza contra la pared. La mirada de Krissy pasó de la pintura roja de la manga de su bata a la cara furiosa de su marido.

El día en que se habían casado, hacía siete años y una eternidad, había sido como si alguien le hubiera pulsado un interruptor en el cerebro a Billy y hubiera pasado inmediatamente de chaval a marido. De pronto le decía que la quería porque, suponía ella, eso era lo que se decían las parejas casadas. Esperaba la cena en la mesa a las seis y dejó de hacerse la colada. Para Krissy, en cambio, ser la otra mitad de ese todo no había sido algo natural. Quemaba las comidas. Nunca sabía cuándo Billy necesitaba calcetines limpios ni cuándo ya no le quedaba champú. Ella no lo llamaba ni «cielo» ni «cariño» ni «amor». Con los años, dejó de esforzarse sin más. Y, aun así, mientras cumpliera su cometido, mientras se pusiera un vestido para ir a la iglesia y les hiciera el desayuno a los niños, Billy no parecía darse cuenta de que, en el fondo, ella no estaba volcada en su papel.

Plantada de pronto enfrente de él, tuvo la sensación de que era la primera vez que él la miraba de verdad en años. Y la rabia de su mirada le dejó claro que la época de complacencia había terminado. Krissy no le podía contar su secreto a aquel hombre cabreado. No eran un equipo, ni se fiaba de que fuera a saber guardárselo. Se jugaba mucho.

—¿De qué me estás acusando exactamente, Billy?

—Pues... —Billy parpadeó. La cara de certeza que endurecía su gesto fue transformándose poco a poco en algo más tímido, en una sospecha profunda pero difusa—. ¿Qué...? ¿Por qué tienes pintura de espray en la manga?

—¿Tú qué crees? Pues porque me habré rozado sin querer con la pared.

Krissy sabía que, cuando habían bajado los dos esa mañana, la pintura ya estaba seca, pero Billy no. Él la miró un buen rato, con los ojos entornados. De pronto, bajo la sospecha había un germen de confusión. Era obvio que él no sabía qué pensar. Por fin, soltó la bata y la suave manga azulona se hizo un gurruño sobre la cama del hotel; luego, Billy se agarró la cabeza con las manos.

—No lo entiendo —dijo, y su voz apagada sonó

como un graznido—. Nada de esto tiene sentido. Yo...

—Lo sé —contestó ella—. Yo tampoco lo entiendo. Trae, anda —añadió, tendiéndole la mano, y cuando él levantó la vista, ella le señaló con la cabeza la bata que Billy tenía delante—. Dame eso.

Él parpadeó y agachó la cabeza.

—¿Esto? —Agarró la manga con cautela—. ¿Por qué?

—Porque la voy a lavar, por si la encuentra la policía. No significa nada, pero... pero ¿y si a ellos les parece que sí? —dijo suspirando.

En cuanto entró en el baño y cerró la puerta, giró el pestillo y abrió el grifo de la bañera a tope de caliente. Luego, con una pastillita de jabón a la que tuvo que quitarle el envoltorio de plástico, sosteniendo la manga de la bata bajo el agua abrasadora, empezó a frotar.

Justo cuando el color empezaba a difuminarse hasta convertirse en una mancha irreconocible, alguien llamó con fuerza a la puerta del hotel. Krissy dio un respingo, con el corazón desbocado.

—Kris —oyó decir a Billy al otro lado de la puerta del baño—, es la agente Jones, con Jace. Me estoy cambiando. ¿Podrías...?

—Mierda —susurró ella furiosa, cerrando de golpe el grifo. Se apresuró a envolver la bata en una toalla, la tiró a un rincón y echó otra encima, para que pareciera que no era más que un montón de toallas usadas—. ¡Voy!

Inspirando hondo, salió del baño a la puerta de la habitación y, al abrirla, vio a la agente Jones, plantada al lado de su hijo, al que llevaba cogido de la manita. Krissy sabía que tendría que haber agradecido que Jace estuviera allí a salvo con ella, lejos de la mirada escrutadora de la policía, pero no era así. En cambio, lo único que sintió al verlo fue un profundo resentimiento porque no era su hermana.

Jace había sido un niño difícil desde el momento en que había llegado al mundo. Mientras que January iba cumpliendo todos los hitos que se esperaban de un bebé, como sonreír a los dos meses y reír poco después, Jace solo oscilaba entre la seriedad y la furia. Sin que hubiera que cambiarle el pañal, darle de comer ni quitarle los gasecitos, podía tirarse horas llorando. Si Billy no hubiera sido tan inútil con los bebés, igual Krissy lo habría llevado mejor, pero, durante toda la infancia de los mellizos, su marido no se había perdido ni una hora de trabajo en la granja ni tampoco una sola hora de sueño. No lo hacía con malicia, y Krissy lo sabía; era más bien falta de imaginación. En su cabeza, los hombres trabajaban y las mujeres cuidaban de los niños. Así que, durante el primer año de vida de sus hijos, Jace y ella vivieron en mundos aislados.

Por las noches, mientras January dormía como un angelito en su cuna, Krissy se paseaba a oscuras por la planta baja, meciendo en sus brazos a un Jace quejumbroso. «Yo no he pedido esto —parecía decirle él con su llanto incesante—. No he pedido nacer.» Y Krissy, privada de sueño y amargada, pensaba: «Yo tampoco».

Aquellos primeros años pasaron en medio de una nebulosa de soledad. La mayoría de los amigos de Billy y Krissy se habían ido a la universidad, y hasta los que no lo habían hecho habían desaparecido de su vida casi por completo. ¿Y cómo iba a reprocharles nada? Tenían veintipocos años, pasaban las noches yendo a conciertos en Indianápolis, bebiendo alcohol barato, enrollándose unos con otros en la parte trasera de las camionetas de los chicos. Billy y Krissy, en cambio, habían formado una familia. Dave fue el que más tardó en desaparecer. Buscó trabajo en todas las poblaciones cercanas y terminó encontrando algo en Elkhart, pero estaba a solo veinte minutos en coche de Wakarusa, con lo que, en vez de cambiar de localidad, se había mudado de casa: se había ido de la de sus padres y alquilado una de dos dormitorios a solo unas manzanas de distancia. Pero, aun así, no encajaba en la nueva vida de la pareja, y con el tiempo se esfumó también.

En un abrir y cerrar de ojos, los mellizos empezaron a andar, y luego a hablar. Vivir con January era como vivir con una estrella luminosa; era una niña brillante y feliz en todo lo que hacía. Jace, en cambio, aún parecía enfadado con el mundo. Siempre estaba de mal humor, callado un segundo y berreando indignado al siguiente. Cuando los mellizos cumplieron los tres años, Krissy los apuntó a clases: de baile para January y de fútbol americano para Jace. En ballet, January triunfó: enseguida se hizo amiga de las otras niñas y volvía a casa después de cada clase dispuesta a enseñarle a su madre lo que había aprendido. Sin embargo, cada vez que Krissy llevaba a Jace a fútbol americano, el niño se negaba siquiera a entrar en el campo. Después de cuatro rabietas idénticas seguidas, lo borró de la actividad.

Krissy animó a Billy a que pasara más tiempo con su hijo, le enseñara a pescar, le hiciera pases con la pelota, incluso le dejara sentarse sin más en su regazo mientras conducía el tractor, pero Jace tampoco quería hacer esas cosas y, al final, Billy se rindió, con lo que, cada dos tardes, Krissy se llevaba a Jace a rastras a los ensayos de January, donde el niño se quedaba sentado, mudo, en el vestíbulo, absorto únicamente en sus lápices de colores y su montón de folios.

Pero estaba claro que algo se había ido forjando en el interior del crío, porque la noche siguiente a la primera actuación de su hermana estalló todo.

Mientras Krissy ayudaba a preparar a January para el espectáculo, liada con el maquillaje y la ropa, Jace las observaba furibundo, con los labios muy apretados, y luego estuvo sentado, muy quieto, sin decir ni una palabra, todo el festival y el trayecto en coche a casa. A cualquier otra persona, quizá le habría parecido un niño muy buenecito, pero su silencio inquietaba a Krissy.

En cuanto entraron en casa, January anunció:

—¡Quiero hacer mi número!

Billy rio indulgente, pero Krissy le dijo:

—Acabas de bailar, cariño.

—¡Quiero hacerlo otra vez! —insistió la niña, dando botes de puntillas con los pies enfundados en sus zapatillas de ballet.

—Va, Kris, déjala que lo haga —le dijo Billy.

January chilló de emoción, se acercó corriendo a su padre y le abrazó las piernas con sus bracitos huesudos.

—Billy... —espetó Krissy, ladeando la cabeza hacia Jace, que estaba allí plantado, tan quieto y tan tieso que parecía un maniquí chiquitín.

Pero Billy se encogió de hombros.

—No es más que un baile.

Así que Krissy puso el cedé del numerito de January y Billy y ella se sentaron uno al lado del otro en el sofá para ser su público por segunda vez esa noche. Jace, que llevaba la camisa de vestir y los pantalones de pinzas de los domingos, se metió a presión entre los dos. Cuando terminó la canción, la niña hizo una reverencia exagerada y alargó el momento con otra reverencia, y otra, en todas las direcciones.

Billy, que sostenía el ramo de flores que le habían dado en el teatro hacía un rato, extrajo una de las rosas blancas sin espinas y la tiró al suelo del salón.

—¡Bravo! —gritó.

January se abalanzó sobre ella y se la llevó al pecho. Su padre cogió unas cuantas más y les dio una a Krissy y otra a Jace. Krissy lanzó la suya al escenario improvisado, pero Jace la sostuvo fuerte con sus manitas.

—¿No le vas a tirar la flor a tu hermana?

Jace miraba fijamente un punto en el suelo, y su pechito subía y bajaba con respiraciones rápidas.

—Mira... —le dijo Krissy como si nada, alargando la mano para coger otra flor del ramo que llevaba Billy en la mano—. ¿Por qué no te quedas esta y le tiras esa? —añadió dándole la segunda rosa.

Al ver que seguía sin moverse, Billy terció:

—Jace, tu hermana acaba de bailar para nosotros y lo ha hecho muy bien. ¿No le vas a decir nada?

Para entonces, Jace estaba temblando.

—No pasa nada —comentó Krissy—. Si ahora mismo no te sale, igual se lo puedes decir luego.

—No —espetó Billy meneando la cabeza—. Jace, felicita a tu hermana.

Krissy le lanzó una mirada asesina.

—Billy, déjalo estar. Ha sido un día muy largo.

—No, Jace, felicita...

Pero, antes de que pudiera terminar la frase, Jace se levantó, furioso y colorado como un tomate.

—¡NO! —Tiró las dos rosas al suelo y las pisoteó—. ¡Odio el baile!

—¡Jace! —bramó Billy con dureza—. ¡Eso no se hace! Te acabas de ganar un azote.

Krissy volvió a mirarlo espantada.

—Billy...

Pero Jace estaba gritando por encima de la voz de su madre.

—¡Te odio! —le chilló a Billy, apretando los puñitos—. ¡Odio a mamá! —Bordeó como un rayo la mesita de centro en dirección a su hermana, que había estado contemplando la escena pasmada—. ¡Y odio a January! —La empujó tan fuerte que la tiró de espaldas, y el hombro y la cadera chocaron con el suelo de madera con un doloroso chasquido. La cría se echó a llorar. Jace salió corriendo del salón.

A la noche siguiente, cuando Krissy estaba arropando a January, la niña se puso de lado y ella vio que le estaba saliendo un moratón en el hombro, justo en la zona blanda de debajo del hueso, casi del tamaño de un puño. Fue entonces, mientras contemplaba el manchurrón oscuro en el cuerpo de su hija, cuando cayó en la cuenta de que tenía miedo de su propio hijo.

En aquel momento, plantada enfrente de Jace en la puerta del hotel, Krissy pensó en todo lo que había hecho la noche anterior para protegerlo, en todas las mentiras que les había contado a Billy y a los inspectores para mantenerlo a salvo. Y se preguntó, mientras él la miraba con aquellos ojos serios e inexpresivos, si habría tomado la decisión correcta o si protegerlo habría sido un terrible error.

15
Margot, 2019

Eran poco más de las once del lunes por la mañana, y Margot iba en coche a la ferretería a hacer una copia de la llave de la casa de Luke cuando le vibró el móvil, que había dejado en el asiento del copiloto. Miró de reojo la pantalla y, al ver el nombre de quien llamaba, lo cogió.

—Hola, Linda.

Al otro lado de la línea se oía el bullicio de Shorty's, el murmullo fuerte de una parroquia que comía temprano, el tintineo del hielo en los vasos, la tele sonando de fondo.

—¿Margot...? —Linda casi gritaba, y Margot se apartó enseguida el teléfono de la oreja—. Oye, cielo, ¿estás bien? Pareces cansada.

—Estoy perfectamente.

Pero mentía. Margot había dormido mal la noche anterior, dando vueltas en el futón mientras su pensamiento saltaba de Luke a January, de esta a Natalie y de nuevo a su tío. Empezaba a tener la sensación de que no estaba preparada para echarle una mano, que no sabía bien cómo surcar las aguas revueltas de la enfermedad de Luke, y a sentirse culpable por no estar más disponible, no ser más competente, no... todo.

La noche anterior, después de la serie de entrevistas de ese día, Margot volvió a casa de su tío deseando comer algo, ducharse y descansar, y descubrió que su tío había cerrado con llave por dentro. Sacudió el pomo unas cuantas veces para asegurarse; empujó la puerta con el pie, pero no cedía. Cerró los ojos. Hacer una copia de la llave de Luke era una de sus tareas pendientes, desde luego, pero había estado languideciendo al fondo de la lista, sin el apremio que parecían tener otras tareas como asegurarse de que Luke tenía qué comer y evitar que se le olvidara tomarse las medicinas.

Llamó fuerte a la puerta y esperó, pero no pasó nada. La casa seguía en silencio y a oscuras.

—¡Tío Luke! —le gritó a través de la puerta—. ¿Estás ahí?

Miró la puerta cerrada del garaje e imaginó el único mando colgado del retrovisor del interior del coche de Luke. Entonces, con una punzada de pánico, reparó en que ni siquiera sabía si el coche estaba dentro. Él rara vez lo cogía ya, pero ¿y si lo había hecho ese día? ¿Y si tenía un episodio en carretera? ¿Y si se le olvidaba adónde iba, se agobiaba y tenía un accidente? No tendría que haberlo dejado solo tanto rato. Debería haber investigado qué hacer con el tema este de conducir. Tendría que haber hecho una copia de la puta llave de la casa. Todas las formas en que había fallado a su tío empezaron a apilársele una por una sobre los hombros.

Aporreó la puerta con la palma de la mano.

—¡Tío Luke! ¡Soy yo, tu sobrina Margot!

Nada.

—¡Tío Luke! ¿Estás ahí? Abre la puerta, por favor.

Nada tampoco.

—Mierda —susurró furiosa. Sacó el teléfono de la mochila y lo llamó al móvil, pero no se lo cogió. Tampoco le cogió el fijo—. Mierda, mierda, mierda.

Bajó del pequeño rellano de hormigón al suelo y bordeó dando tumbos los setos que rodeaban el exterior de la vivienda. Al llegar a la ventana de la cocina, pegó la cara a la mosquitera, haciéndose sombra con las manos para ver el interior, pero la cocina estaba vacía y a oscuras. Volvió la esquina de la casa, arañándose los muslos con los setos a través de la falda. En aquel muro había otra ventana, pero la tierra estaba desnivelada y tuvo que ponerse de puntillas para ver por ella.

Cuando lo hizo, descolgó los hombros aliviada.

—¡Gracias a Dios, joder!

Allí, en el salón, sentado en el sofá viendo la tele, estaba Luke.

Volvió a la puerta de la casa y llamó otra vez.

—¡Tío Luke! —gritó, procurando levantar la voz lo suficiente sin sonar alterada—. ¿Puedo entrar? Soy yo, Margot.

Y entonces, por fin, se oyó el chasquido fuerte del cerrojo y el chirrido de la puerta al abrirse despacio. Luke se asomó por la rendija que quedaba entre la puerta y el marco.

—¿Niña...? —le dijo, mirándola a la cara y enseguida al jardín y a la calle que tenía a su espalda—.

Menos mal que estás aquí. Pasa. —El surco profundo de preocupación que se le había hecho en el entrecejo le aceleró el corazón aún más a Margot. ¿Qué estaba pasando? La hizo entrar rápido y, en cuanto estuvo dentro, cerró la puerta y echó otra vez el cerrojo—. ¿Dónde está Rebecca? —le preguntó—. Pensaba que hoy te traía ella del colegio.

Margot parpadeó, reorientándose. Aunque siempre le producía una punzada descubrir que su tío andaba perdido en otra época, lo que más sintió en ese momento fue alivio. Le aliviaba tenerlo en casa y a salvo, saber en qué momento del pasado se encontraba.

—Nah, podía venir yo sola —contestó.

Luke meneó la cabeza.

—No, no me gusta que vuelvas a casa sola. Ya no, con lo que le pasó a January. —El nombre de su amiga fue como un bofetón para Margot. Tragó saliva, asintió—. Hay gente mala por el mundo —le dijo con una dureza inusual en él—. ¿Vale? Debes tener cuidado.

Y aunque Margot sabía que estaba anclado en lo ocurrido hacía veinticinco años, aunque sabía que nada de lo que su tío decía tenía sentido ya, sus palabras le treparon por la espalda como un escalofrío.

En el coche, hablando con Linda, se cambió el móvil a la otra oreja.

—Sí, estoy bien —le dijo—. He tenido una noche complicada. ¿Qué pasa?

—Mmm... —contestó Linda—. Oye, mi prima habla maravillas de la pastilla esa, ¿cómo se llama...? ¿Ambien...? Dice que, cuando se la toma, duerme como una reina. ¿Por qué no la pruebas?

—Sí, igual lo hago. Bueno..., ¿qué pasa, Linda?

—Vaya, doña Hacendosa, me parece que te he encontrado una pista.

—¿Para localizar a Jace? ¡Guau, qué eficiencia!

Habían pasado menos de veinticuatro horas desde que le había pedido ayuda a Linda.

—Ya te dije que era buena. —Margot le notó la sonrisa en la voz—. Ayer lo hice circular entre un puñado de personas y, a los pocos minutos, Abby Mason... Sabes quién te digo, ¿no? ¿Esa que siempre se entera de todo...? —Antes de que Margot pudiera responder, Linda ya seguía hablando—. El caso es que Abby acaba de entrar y me ha dicho que Brittany Lohman le oyó decir a Ryan Bailey que yo había dicho que andabas buscando a Jace Jacobs. Dice que Jace es un tío solitario, pero que recuerda que iba a veces con uno que se llama Eli Blum.

Margot repasó mentalmente el catálogo de niños con los que había ido a clase.

—No me suena.

—No te puede sonar, porque su familia se mudó aquí unos cinco años después de que January... —Se interrumpió—. Vivíais en mundos distintos. De todas formas, Eli es un poco... rarito, ya me entiendes.

Margot no sabía a qué se refería. En un sitio donde todo lo que no fuera cristiano americano estándar era raro, las posibilidades resultaban infinitas.

—Ya... ¿Y Abby tiene idea de dónde puedo encontrar a Eli?

Linda rio.

—Se me olvida que has estado ausente muchos

años. Todo el mundo sabe que Eli Blum trabaja en Burton's, en West Waterford.

Margot puso cara de extrañeza. Había dado por supuesto que un «tío rarito» se habría largado ya, pero West Waterford Street estaría a tres minutos de distancia, como mucho. De hecho, estaba camino de la ferretería. Miró agobiada el bolsillo de la mochila donde había guardado la llave de la casa de Luke. No quería volver a pasar por lo de la noche anterior, pero hablar con Eli tampoco la iba a entretener tanto. Se pasaría por Burton's y haría la copia de la llave luego.

—Por cierto, ¿qué es Burton's? —preguntó Margot.

—Pues el videoclub, ¿qué va a ser?

—Ya, claro.

Entrar en el videoclub fue como volver al pasado. Las paredes estaban forradas de carteles de películas antiguas (*La naranja mecánica*, *Black Snake Moan*...) y el mostrador de cristal estaba decorado con un collage de fotos recortadas de revistas. El tío que leía un libro al otro lado de la caja registradora, Eli, supuso Margot, parecía sacado de los noventa. Era más o menos de la edad de Margot y el pelo castaño oscuro teñido le caía por encima de un ojo, llevaba un aro plateado en la nariz y, seguramente, los únicos tatuajes de todo el pueblo.

Cuando la campanilla de encima de la puerta anunció la llegada de Margot, Eli levantó la vista del libro.

—Bienvenida.

—Gracias —contestó ella desde la puerta, indecisa.

Había pensado preguntarle directamente por Jace, pero algo se lo impidió, la sequedad de su voz quizá, o la frialdad de su mirada. Tal vez fuera preferible que le entrara poco a poco. Giró hacia uno de los pasillos y fingió que curioseaba, con la esperanza de que él entablara conversación, pero se quedó callado. Mientras avanzaba por el pasillo, las imágenes de las cubiertas de los deuvedés iban pasando de películas antiguas en blanco y negro a casas tenebrosas y palabras escritas con sangre. Cogió uno al azar y se dirigió a la caja registradora.

El tío echó un vistazo al deuvedé mientras ella lo dejaba en el mostrador.

—Un clásico —dijo. Margot miró la película y le sorprendió descubrir que ya la había visto. Iba de una chica que volvía de entre los muertos una y otra vez para torturar y luego asesinar—. Una historia de las de toda la vida. —Mientras le cobraba, Margot esperaba que el tío le dijera algo (a todos los vecinos del pueblo les intrigaba quién era y qué hacía allí), pero él le cogió la tarjeta de crédito sin mediar palabra y le dio el deuvedé y el recibo—. Tienes que devolverlo antes del jueves.

—Gracias —contestó Margot, y se metió la película en la mochila—. Oye, tú no serás Eli por un casual, ¿no?

El tío levantó la vista del libro que ya se había puesto a leer otra vez. Guardó silencio un segundo y luego dijo:

—Sí.

—Soy Margot Dav...

—Sé quién eres.

—Ah, vale... Entonces seguramente también sabrás que estoy investigando el caso de January Jacobs. Sé que te mudaste a Wakarusa después del suceso, pero me han dicho que eras amigo de Jace. Quería preguntarte por él. —Aunque no le había hecho una pregunta directa, cualquier persona normal habría sentido la necesidad de contestar. Eli, en cambio, se la quedó mirando sin inmutarse. Al cabo de un momento, ella le preguntó—: ¿Es cierto? ¿Erais amigos?

—Éramos amigos.

—¿Seguís hablando?

—No.

—No sabrás donde está, ¿no?

—No.

—Vale... Escucha, perdona que cotillee. No pretendo meter a Jace en ningún lío ni nada de eso. Solo...

Pero Eli la interrumpió:

—Eso me la suda. No escondo nada. Hace más de diez años que no sé nada de ese tío.

—Ya... Vale. —Margot titubeó. Estaba convencida de que le decía la verdad, pero también sospechaba que sabía más de Jace de lo que él mismo pensaba. Solo tenía que sonsacárselo—. ¿Podrías decirme cómo era cuando lo tratabas?

—Lo cierto es que tampoco lo conocía tan bien. En realidad, solo... fumábamos hierba juntos.

—Eso es mucho más de lo que pudo hacer con él

cualquier otra persona de este pueblo. Seguramente recuerdes más de lo que te parece. Por favor. No lo voy a meter en un artículo ni nada. Solo quiero localizarlo.

Eli la miró un segundo y luego, por fin, suspiró.

—¿Qué quieres saber?

Margot le dedicó una sonrisa agradecida.

—¿Te habló alguna vez del futuro, de lo que quería ser, de dónde quería vivir?

—No, que yo recuerde.

—Vale..., ¿de qué te hablaba?

—No sé. Era bastante callado.

Margot se esforzó por mantener una expresión neutra.

—¿Cómo era? Su personalidad, qué le gustaba, qué no, ese tipo de cosas.

Se estaba alejando de lo que necesitaba de verdad, pero, en aquellos momentos, no quería más que conseguir que Eli hablara.

—Mmm... Le gustaba el arte, pintar y esas mierdas. Odiaba a su familia.

—¿En serio? —Margot lo miró extrañada—. ¿Cómo lo sabes?

—Pues porque decía cosas como «Odio a mi puta familia», y sé leer entre líneas, ¿sabes? —contestó encogiéndose de hombros.

—Ajá... ¿A su hermana también?

—¿A January? —Por primera vez, a Eli había parecido sorprenderle la pregunta—. No sé. La verdad es que nunca hablaba de ella. —Paseó la mirada por la tienda como si tratara de recordar si eso era cierto o no—. Sí, no hablaba de ella. Dudo que la odiara. Le llevaba flores a la tumba todos los años.

Margot no se esperaba aquello.

—¿Jace llevaba flores a la tumba de January? —Lo había oído perfectamente, pero le costaba digerirlo. No cuadraba con el niño que ella recordaba ni con la versión adulta de él que se había formado en la cabeza—. Todos los años, ¿cuándo?

—Cuando estábamos en el insti.

—No, me refiero a que en qué época del año. ¿Te acuerdas? ¿Era siempre en la misma fecha?

—Pues puede, no sé. Solo recuerdo aquella vez que estábamos fumando. Era como medianoche o así y, de pronto, me dijo que se tenía que ir. Y nunca tenía hora para llegar a casa, o le daba igual, así que le pregunté adónde iba y me contestó que a llevar flores a la tumba de su hermana. Me dijo que lo hacía todos los años. Lo recuerdo porque nunca me había hablado de ella y se puso muy raro cuando lo hizo.

—¿Cómo que raro?

Eli encogió un hombro.

—Yo qué sé. Fue como si pensara que había metido la pata o algo, como si hubiera dicho lo que no debía.

—¿Y esto fue en plena noche?

Asintió.

—Y estoy seguro de que era verano, porque... —Miró al techo—. Sí, recuerdo que, por entonces, yo estaba trabajando en Granny's Pantry. Era mi trabajo de los veranos cuando estaba en el instituto. ¡Joder, cómo odiaba aquel trabajo!

Justo entonces sonó la campanilla de la puerta y entró otro cliente.

—Bienvenido —dijo Eli. Luego miró quién era y añadió—: Ah, hola, Trevor.

—Tío, ¿qué cojones pasa con la escena de la lucha del final? —soltó el tal Trevor.

Y, de pronto, estaban hablando los dos, y Margot supo que iba a ser prácticamente imposible continuar preguntándole cosas de Jace, pero le dio igual. Tenía la cabeza ocupada.

Si Jace visitaba la tumba de January todos los años en la misma época, lo haría en alguna fecha significativa, y la única fecha significativa del verano relacionada con January que se le ocurría a Margot era el 23 de julio, el día en que murió. O sea, que Jace había estado visitando la tumba de su hermana todos los años en el aniversario de su muerte. La pregunta era: ¿seguiría haciéndolo? Mientras salía por la puerta, Margot miró qué día era: 19 de julio.

Camino del coche, detectó movimiento con el rabillo del ojo y, al levantar la cabeza de golpe, vio una figura en la acera de enfrente. Cuando cayó en la cuenta de quién era, se le aceleró el corazón. Se trataba de la misma mujer que había visto a la puerta de Shorty's, la del pelo caoba. El agente Schneider/Schmidt la tenía casi convencida de que había convertido a una desconocida inocua y casual en una vil acosadora, pero de pronto parecía que, después de todo, ella tenía razón. Aquella mujer la seguía. Se miraron, cada una desde su acera, y la mujer dio media vuelta y se escondió detrás del edificio que tenía más cerca.

Margot cruzó la calle a la carrera, pero no había mirado si venían coches antes de salir disparada y se volvió justo a tiempo de ver un monovolumen negro frenar en seco. Se detuvo, con el vehículo a menos de treinta centímetros de su cuerpo. Le reventaban las venas de adrenalina y el frenazo resonó en sus oídos.

—¡Perdón! —le gritó a la conductora, una mujer que se había llevado la mano al pecho y respiraba con dificultad.

Luego, mirando a ambos lados esa vez, Margot corrió hacia el edificio tras el que había visto desaparecer a la otra, pero, al doblar la esquina, no vio más que la calle vacía.

16
Margot, 2019

Camino del cementerio de la iglesia, Margot era un manojo de nervios. ¿Por qué la seguía aquella mujer? ¿Era la misma persona que le había dejado aquella nota en el parabrisas? ¿Qué demonios quería?

«Aquí no estás a salvo.»

Margot echó otro vistazo rápido por el retrovisor, pero parecía que la mujer del pelo caoba había dejado de seguirla de momento. O eso o de pronto se le daba mejor esconderse.

Accionó el intermitente y, en cuanto giró hacia Union Street, vio la iglesia. Sin el enjambre de feligreses delante, parecía más pequeña que el día anterior antes de la misa dominical. La hierba de alrededor estaba seca y amarilla. Aquel día, en las letras de plástico del cartel del jardín podía leerse el siguiente mensaje: «Aunque pase por el valle de sombra de la muerte, no temeré mal alguno, porque tú estás conmigo. Salmo 23:4».

Margot aparcó en línea delante del pequeño edificio blanco y bajó del coche, mirando alrededor por si veía a la mujer del pelo caoba siguiéndola. Aunque la calle estaba tranquila y vacía, seguía teniendo la sensación inquietante de llevar unos ojos clavados en la nuca. Procuró no pensarlo y se dirigió aprisa a la cancela de la valla blanca que cercaba las tumbas, quitó el pestillo y entró.

Como la iglesia, el cementerio era pequeño: no tendría más de un centenar de tumbas. Margot recorrió las más recientes, cuyas lápidas aún se veían lisas y brillantes a la luz cada vez más escasa del anochecer. Al pasar por delante de una lápida particularmente grande, vio otra justo detrás y se detuvo en seco. Allí, grabado en granito marmolado, estaba el nombre de su tía:

REBECCA HELEN DAVIES

2 DE MAYO DE 1969 – 7 DE OCTUBRE DE 2018

Pero antes de que Margot pudiera siquiera registrar la pena que le brotaba por dentro, vio la lápida idéntica de al lado y se le cortó la respiración. En ella estaba el nombre de Luke, con la fecha de nacimiento debajo y un espacio en blanco en la de la muerte. Miró a otro lado.

Apenas había dado dos pasos hacia las tumbas más antiguas cuando una le llamó la atención. La lápida era más grande que la mayoría, con un querubín blanco sentado en lo alto. La base estaba rodeada de ofrendas, que inundaban las tumbas de ambos lados. Había ramos de flores envueltos en plástico: margaritas teñidas de azules y verdes nada naturales. Había ositos de peluche sonrientes que sostenían corazones de peluche y también velitas de plástico cuya llama siempre encendida titilaba débilmente.

Margot se acercó a leer la inscripción, aunque no le hacía falta. Ya sabía a quién pertenecía aquella tumba. Como esperaba, al plantarse delante pudo leer:

JANUARY MARIE JACOBS
18 DE ABRIL DE 1988 – 23 DE JULIO DE 1994

Contempló la fecha de la muerte. Había pasado ese verano del 94 con la niña junto a cuyo cadáver se encontraba en esos momentos. Habían jugado a las casitas, habían corrido por los maizales y se habían hecho trenzas la una a la otra. De pronto, aquella época parecía muy lejana. En los veinticinco años que habían pasado desde entonces, Margot había vivido mucho, se había convertido en una persona distinta. ¿Había podido permitirse esa vida porque un hombre había preferido la ventana de January a la suya? ¿Tenía todos esos años porque January no? La gratitud que le produjo esa idea la avergonzó muchísimo.

De pronto crujió una ramita a su espalda. Se giró bruscamente, casi esperando ver a la mujer del pelo caoba, pero, en cambio, como a seis metros de distancia, al fondo del cementerio, había un hombre.

—Hola —le dijo él. Tendría unos sesenta años, el pelo ralo y las extremidades largas.

Margot se aclaró la garganta.

—Hola.

—¿Qué te trae por estos lares? —le preguntó con voz uniforme, serena.

—¿A Wakarusa?

—A nuestro cementerio.

Margot lo miró extrañada. El hombre vestía bermudas militares y sandalias con velcro, e iba cargado de peluches. A ella se le paró el corazón. Si la estaba siguiendo o pretendía amenazarla, no iba precisamente vestido para la ocasión.

—Estoy de paso. ¿Trabaja aquí, en la iglesia?

No le sonaba del sermón del día anterior, así que sabía que no era el reverendo.

Él sonrió.

—Soy más bien voluntario a jornada completa. Clasifico el correo, ayudo a organizar el bingo..., cosas así. ¿Has venido a ver a January? —le preguntó, señalando con la cabeza la lápida que ella tenía a la espalda—. Esta última semana ha recibido mucho amor.

—¿Por la pintada del granero?

Margot recordó de pronto aquellas palabras: «No será la última».

—Puede, pero, con lo del caso de Natalie Clark, tampoco ha tenido mucho impacto en las noticias. —Cruzó la cancela y siguió—. No, creo que es porque se acerca el aniversario. De su muerte. El vigesimoquinto. Pasó lo mismo con el quinto, el décimo, etcétera: la gente le mandaba cosas. Aunque cada vez llegan menos.

Se acercó y se agachó a dejar todos los peluches que llevaba, tomándose su tiempo para colocarlos.

—¿De quién es todo eso? —preguntó Margot, viéndolo cambiar un osito de peluche por un delfín rosa. Paseó la vista por los ramos de flores y se preguntó si alguno sería de Jace.

Él se encogió de hombros.

—De gente de todo el país.

—¿Se encarga siempre del cementerio?

El hombre se irguió y se limpió las manos en el pantalón.

—Bueno, no suele haber mucho que hacer, pero, de vez en cuando, siego el césped, riego las plantas que crecen en algunas tumbas..., cosas así.

—Y la tumba de January, aparte de cada cinco años, ¿recibe visitas o envíos regulares?

El hombre negó con la cabeza.

—Ninguna visita, salvo algún que otro turista, y ningún envío, salvo esos —contestó, señalando con la cabeza el revoltijo que rodeaba la lápida; luego se metió las manos en los bolsillos de las bermudas—. Aunque está el Fantasma, que la visita todos los años. —Margot se volvió a mirarlo al instante—. Sí —dijo con una risita—. Todos los años, por esta época, aparece de pronto un ramo de flores en la tumba. Nunca veo quién lo trae; por eso lo llamo «el Fantasma».

A Margot se le aceleró el corazón. ¿Un ramo de flores todos los años en plena noche? Ese era Jace: encajaba perfectamente con lo que Eli le había contado. Pero ¿qué significaba aquella tradición para Jace? Eli sin duda pensaba que su antiguo amigo lo hacía por amor, pero Margot sabía que había otras explicaciones posibles.

—¿Han llegado las flores este año? —le preguntó—. Las del Fantasma, digo.

—Pues claro —dijo el hombre, mirando la lápida—. Aquellas de allí.

Margot le siguió la mirada, pero había tantas cosas alrededor de la lápida que no sabía qué ramo estaba mirando. Se agachó y tocó un ramo de azucenas envuelto en papel celofán.

—¿Estas?

—Las de la derecha.

A la derecha había un jarrón de cristal cuyas flores estaban enterradas bajo las lilas y un osito de peluche ladeado.

—¿Le importa que...? —Miró al hombre, que se encogió de hombros. Apartó con cuidado los otros objetos para dejar a la vista un tupido ramo de rosas blancas que ya empezaban a amarillear, a marchitarse—. ¿Alguna vez llevan nota? —El hombre negó con la cabeza—. ¿Y recuerda cuándo han llegado este año?, ¿qué día?

—A ver..., déjeme pensar —dijo, mordiéndose el labio—. Debería acordarme, porque aparecieron con un poco de adelanto y antes que todo lo demás. ¡Ah, ya me acuerdo! Estaban mojadas cuando me las encontré, así que tuvo que ser la noche de la tormenta. ¿Recuerdas la tormenta que hubo hace unos días?

—Claro. —El verano había sido caluroso y seco, así que la tormenta se le había quedado grabada en la memoria a Margot. Solo que no recordaba qué día había pasado por su pequeña localidad. Contempló las rosas un buen rato; luego se levantó—. Bueno, gracias por hablar conmigo. Le agradezco su ayuda.

—De nada. No todos los días se interesa alguien por esta pequeña parcela de tierra. Que tenga un buen día —se despidió con una cabezada. Ya había cruzado el césped y casi estaba en la puerta trasera de la iglesia cuando se volvió hacia Margot y le gritó—: Y, oye, si te enteras de quién es el Fantasma, avísame, ¿vale? Llevo años preguntándomelo.

Dicho eso, dio media vuelta y se metió en el pequeño edificio blanco.

Margot volvió a girarse hacia la lápida, se arrodilló junto a la tumba de January y levantó con cuidado el jarrón de rosas, con lo que el torrente de peluches se desmoronó. De rodillas, inspeccionó el jarrón y las flores, buscando algo que pudiera indicar de dónde venían. Pero no había nota, ni lazo, nada. Entonces, cuando estaba a punto de rendirse, algo le llamó la atención. Al fondo del jarrón de cristal vio algo blanco y opaco: una pegatina ovalada en la que ponía «Kay's Blooms».

Dejó enseguida el jarrón en su sitio y sacó el móvil de la mochila. Tecleó el nombre de la tienda en el cuadro de búsqueda en internet y repasó rápidamente los resultados, rezando para que Kay's Blooms no fuera una franquicia. Al cabo de un momento, soltó un suspiro de alivio. Resultó que había una y solo una ciudad en la que se encontraba aquella tienda, lo que significaba que, por fin, había dado con Jace. En Chicago.

Ya iba de vuelta a casa de Luke unos minutos más tarde cuando frenó de golpe. En el cementerio no había prestado atención al hecho de que las flores hubieran llegado la noche de la tormenta. Solo había asociado su llegada con el aniversario de la muerte de January. Pero de pronto cayó en la cuenta de qué noche había sido la tormenta. Lo recordaba porque había ido a la casa de los Jacobs a la mañana siguiente y, de camino, la calzada estaba resbaladiza. Si Jace había llevado las flores a la tumba de January esa noche, estaba en Wakarusa solo cuarenta y ocho horas después de que Natalie Clark desapareciera del parque infantil situado a solo quince minutos de distancia. Y también estaba allí la noche en que alguien había hecho la pintada de espray en el granero de los Jacobs.

17
Margot, 2019

—Oye, Luke —dijo Margot—, estoy pensando en ausentarme del pueblo unos días.

Ya hacía varias horas que Margot había vuelto del cementerio, y su tío y ella estaban en la cocina: él, sentado a la mesa; ella, junto a la encimera, improvisando unos sándwiches a modo de cena temprana. Lo último que Margot quería en esos momentos era dejar a su tío solo, pero había estudiado las demás opciones y, si quería que su artículo triunfara, si quería poder seguir cuidándolo, debía seguir la noticia adonde la llevara. Y en esos momentos la llevaba hasta Jace.

—¿Adónde vas? —quiso saber Luke.

—A Chicago —contestó ella, extendiendo una Z de mostaza entre dos rebanadas de pan—. Por trabajo. ¿Te... parece bien?

Terminó los sándwiches, los cortó los dos por la mitad y llevó los platos a la mesa.

—Pues claro. Gracias por el..., por el... —Se interrumpió y ella supo que andaba buscando la palabra *sándwich*—. Gracias por la comida.

Con el pecho encogido, Margot se acercó al fregadero a por un par de vasos de agua.

—No hay de qué. De todas formas, como es probable que esté fuera varios días, había pensado en pedirle a alguien que venga aquí. —Lo dijo en un tono intencionadamente desenfadado, con los ojos clavados en el grifo—. Solo por las tardes, para que te eche una mano.

Al volver del cementerio, Margot abrió el contacto de la agencia de cuidadores que había encontrado hacía unos días y se sintió superculpable mientras marcaba el número. No quedó en nada con la mujer que la atendió; solo le preguntó si disponían de algún cuidador que pudiera pasarse por allí los próximos días mientras ella no estaba, y le dijo que sí. Se llamaba Mateo y, por lo visto, se le daba muy bien lo suyo. Sabía que le iba a costar convencer a Luke, y lo cierto era que su tío estaba bien casi todo el tiempo. Se mostraba olvidadizo y, de vez en cuando, irritable, además de que perdía cosas, pero aún podía servirse un cuenco de muesli por las mañanas y acostarse por las noches. Claro que una cosa era dejarlo solo unas horas mientras ella hacía entrevistas y recados, y otra muy distinta dejarlo solo por las noches.

Margot miró de reojo a Luke, pero, desde el fregadero, solo le veía la espalda.

—¿Tío Luke...? —Se acercó y dejó los vasos de agua en la mesa—. ¿Me has oído? Que he pensado en pedirle a alguien que venga por las tardes, a echarte una mano.

Se sentó en la silla y, cuando le vio la cara, el remordimiento se apoderó de ella. Parecía humillado, furioso. Al cabo de un momento se volvió a mirarla, y Margot tuvo que hacer un esfuerzo por sostenerle la mirada.

—O sea, que me quieres poner canguro.

—Tío Luke... —Pero él ya se había levantado y se dirigía a la nevera. Abrió la puerta de un tirón y se sacó una cerveza—. Lo siento, tío Luke... —le dijo con las mejillas encendidas—, pero es que estás enfermo. No es culpa tuya, pero es así. Y yo me iría más tranquila sabiendo que va a haber alguien pendiente de ti. No para que te haga de canguro; solo para que venga unas horas y se asegure de que va todo bien. Nada más.

—Mira, niña —dijo Luke, cerrando la puerta de la nevera demasiado fuerte. Abrió el cajón de al lado, miró dentro un momento, lo cerró con brusquedad y pasó al siguiente—. Me encanta tenerte aquí, y entiendo que quieres ayudarme porque ya no estoy tan lúcido como antes. Eso lo veo; sé que no has venido a Wakarusa a «cambiar de aires». Y te agradezco todo lo que has estado haciendo, de verdad que sí. —Examinó el contenido de ese cajón y, como no encontró lo que buscaba, pasó al armarito de encima, donde guardaba los vasos. Margot cayó en la cuenta, descorazonada, de que andaba buscando el abridor para la cerveza. Estaba en el lado equivocado de la cocina—. Pero esta sigue siendo mi casa —continuó— y no voy a permitir que un desconocido venga aquí todos los días a lavarme la puta ropa interior. —Cerró de un portazo el armarito, abrió el siguiente y lo cerró también—. Tengo cincuenta años, así que, por favor, no me infant... infanti...

Margot se levantó y abrió el cajón en el que su tío había guardado un abridor durante los últimos treinta años. Una emoción intensa le inundó el pecho. Le daba pena que su tío, que siempre había hablado con propiedad, no recordara la palabra *infantilizar*, y se avergonzaba de hacerle justo eso que él le estaba pidiendo precisamente que no hiciera. La entristecía muchísimo que aquella enfermedad despiadada le estuviera robando a su tío su autonomía, cuando eso era lo más importante que él le había enseñado a ella en su vida. Y además le daba rabia, una rabia cruda y destructiva, lo injusto que era todo aquello.

—Por favor, no me infanti... —probó de nuevo, mirando en otro cajón que no era, pero la palabra se le quedó atrapada en la boca—. ¡Maldita sea! ¿Por qué no me sale la puta...?

—Toma —le dijo Margot, dándole el abridor.

Luke se bloqueó. Estuvo así un momento, mirando el abridor que ella llevaba en la mano, y luego estampó el botellín de cerveza contra la pared.

Margot se estremeció. Se mantuvo muy quieta, con la mirada gacha y el corazón aporreándole el pecho. Por primera vez en su vida, Luke le recordó a su padre.

Se quedaron los dos así, uno frente al otro, un buen rato, sin decirse nada. La cerveza llenó de espuma el suelo, y en ella brillaban las esquirlas de cristal. Luke respiraba entrecortadamente.

—Mierda —dijo él por fin, descolgando los hombros—. Perdóname, niña. No sé por qué he hecho eso.

—No pasa nada —contestó ella, meneando la cabeza—. Tranquilo.

Del bolsillo de atrás, Luke se sacó el pañuelo rojo que ella le había regalado por Navidad hacía un montón de años y se frotó la cara con él. De pronto parecía veinte años mayor.

—No, sí que pasa. Lo siento. No debería haber hecho eso. Es por... —Se aporreó la frente con la base de la mano—. Es por esta puta cosa...

—Lo sé —dijo Margot, porque lo sabía. La enfermedad era como una solitaria instalada en su cerebro: iba comiéndose poco a poco todo lo que lo había convertido en quien era—. No te preocupes.

Luke pegó la mano al cuerpo y puso cara de pena.

—Lo siento muchísimo, niña.

—Lo sé.

Su tío soltó un suspiro de hastío, le puso una mano en la cabeza y apretó dos veces seguidas.

—Mereces mucho más que alguien como yo.

—No sé qué decirte —contestó ella con una sonrisita pícara.

Luke soltó una carcajada y entonces fue cuando Margot supo que su tío, el de verdad, había vuelto.

Limpiaron entre los dos los restos de la cerveza rota; luego sacaron de la nevera dos botellines más, que se bebieron mientras se comían el sándwich. Seguramente el alcohol no era buena idea, pero a Margot le pareció que los dos se lo habían ganado. Cuando terminaron de comer, ella recogió y se retiró a su cuarto, donde, sentada al borde del futón, buscó el número de Pete.

—¿Diga...? —contestó él.

—Hola, Pete. Soy Margot Davies.

—Ah, hola, Margot —dijo Pete, agradablemente sorprendido—. ¿De dónde has sacado mi número?

—He llamado a comisaría y Deb, la recepcionista, me lo ha dado. No me ha costado mucho convencerla, la verdad.

Pete rio.

—Ah, sí. A Deb no se le pueden contar secretos.

—Te llamo para pedirte un favor —le dijo Margot arrugando el gesto. No se le daba bien pedir ayuda.

—Vale... ¿De qué se trata?

—Me voy de la ciudad unos días y me preguntaba si... ¿Crees que podrías pasarte por casa de mi tío un par de veces? Como, no sé, una vez al día, para ver si está bien. Perdona que te lo pida, pero es que le he propuesto un cuidador por horas y no se lo ha tomado muy bien que digamos. No se me ocurre qué más hacer.

—Ah, claro —contestó él—. Sin problema.

Margot soltó el aire que no había caído en la cuenta de que contenía.

—¿En serio?

—Pues claro. Ya te dije que yo pasé por esto con mi abuelo, y es duro. Lo entiendo. —La ternura de su voz le hizo un nudo en la garganta a Margot—. De todas formas, me toca patrulla los próximos días —añadió—, así que me resultará fácil pasarme por allí. Dame la dirección.

—Gracias —le dijo ella después de darle el nombre y el número de la calle—. Es un... Gracias. Y si es posible, ¿podrías ser sutil en cuanto al motivo de tu presencia? No sé, decirle que me andas buscando o lo que sea... No quiero que...

—Oye, que lo pillo —la interrumpió él antes de que se le ocurriera siquiera cómo terminar la frase—. No te preocupes.

Margot cerró los ojos.

—Gracias, Pete. Te debo una.

—Olvídalo. Pero ¿adónde vas?

—A Chicago. Estoy convencida de que es ahí adonde fue Jace. Voy a intentar localizarlo para una entrevista.

Se hizo un breve silencio.

—¡Vaya! Muy bien... ¿Estás segura de querer hacer eso?

Margot soltó una risita.

—No me va a pasar nada, Pete. No es la primera vez que entrevisto a alguien por algún crimen.

—No, ya lo sé, pero es más que eso. Recuerdo a Jace del instituto. No era... buen chico.

Margot pensó en su conversación con Eli. Le había descrito a Jace como un adolescente retraído, un chaval que se acostaba tarde, fumaba hierba y seguramente hacía otras tantas tonterías de adolescente. Como las hacía ella también.

—No todos somos perfectos, Pete.

—No, Margot, no lo entiendes. Tú te fuiste cuando teníamos... ¿cuántos...?, ¿ocho años?

—Once.

—Once, vale. O sea, antes de que fuéramos adultos. No llegaste a conocer a Jace. Estaba muy jodido.

Ella frunció el ceño.

—Jodido, ¿en qué?

—Pues lo echaron del instituto en séptimo por provocar un incendio en un cubo de basura del baño. No creo que pretendiera quemar el edificio ni nada, pero se le fue de las manos y tuvimos que evacuar. Se metió en muchos líos por eso.

—¿Qué?

—Sí. Y en noveno le dio tal paliza a Trey Wagner que lo tuvieron que llevar al hospital.

Margot cerró los ojos y recordó la descripción que Billy había hecho de su hijo en los años posteriores a la muerte de January. ¿Cómo le había dicho? Que Jace «empezó a meterse en líos. Nada demasiado grave, cosas de chavales». A ella le había dado la impresión de que intentaba proteger a Jace cuando le había dicho eso, pero de meterse en líos a mandar a un compañero al hospital había un buen trecho.

—¡Madre mía!

—Y esa prueba de la que te hablé… La de la sangre de January en el pijama… Muchos de los veteranos de comisaría piensan que significa que mató a su hermana. —A esas alturas, Margot ya había dado por supuesto que parte de la policía de Wakarusa albergaba esa hipótesis, pero oírlo decir en voz alta la inquietó de todas formas—. No tengo ni idea de qué pasó esa noche —dijo Pete—, pero, si están en lo cierto y Jace, con seis años, mató a alguien queriendo o sin querer, piensa de qué sería capaz ahora.

—Sí, vale —contestó ella, pellizcándose el puente de la nariz—. Oye, tengo que colgar. Gracias de nuevo por ocuparte de mi tío.

Colgó, nerviosa. No era tanto por el retrato violento que Pete le había pintado de Jace como por el hecho de que ni se lo esperaba. Por lo visto, había infinitas versiones del niño de la casa de enfrente. Además de aquel recuerdo del pajarillo muerto, Margot tenía otros, vagos y difusos, de los ratos que habían pasado juntos los tres, Jace, January y ella, antes de la muerte de su amiga, corriendo por los prados de detrás de la casa de ellos, jugando al escondite por la granja... En aquellos recuerdos, Jace era un crío normal, un niño sin más. Y luego, para todos los que había entrevistado en Shorty's, era un macarra, fruto de una mala maternidad, pero no tan malo en el fondo. Para Eli, no era más que un marginado.

Mientras se preparaba el equipaje, Margot cayó en la cuenta de que a Pete le había salido el tiro por la culata con su advertencia, porque más que disuadirla de que fuera en busca de Jace, había conseguido que su necesidad de comprenderlo fuera mayor que nunca. Ignoraba el papel que había tenido en todo aquello. Solo sabía que Jace era la pieza que le faltaba a aquel puzle y que ella no podría ver la imagen completa hasta saber dónde encajaba.

A la mañana siguiente, llenó de café un vaso de viaje, metió la bolsa en el coche y se despidió de su tío, dejando a un lado el remordimiento que sentía. Luego, con las primeras luces del día, emprendió el trayecto de dos horas con las noticias de la radio sonando flojitas de fondo y la cabeza enredada en pensamientos sobre Jace. Tan preocupada andaba, de hecho, que, al incorporarse a la US-20 casi ni oyó sonar el nombre de Natalie Clark por los altavoces.

Al caer en la cuenta de lo que había dicho el locutor, Margot jadeó y subió el volumen al máximo.

«El cadáver de la niña de cinco años se ha encontrado esta mañana —bramaba la voz— en el bosque próximo al parque infantil donde desapareció, y se la ha declarado muerta en la escena. Aunque la policía aún no dispone del informe de la autopsia, cree que muy probablemente sufrió abusos sexuales y que la causa de la muerte ha sido un traumatismo craneal ocasionado por un golpe fuerte en la nuca.»

El locutor siguió informando, pero Margot ya no escuchaba. Solo era capaz de imaginar a la niña muerta. En esas imágenes, Natalie Clark yacía en el suelo de tierra, asesinada de la misma forma que January, con los ojos aún abiertos de miedo y el cráneo destrozado.

18
Krissy, 1994

Fue un día a media tarde después de que January fuera asesinada cuando los inspectores Lacks y Townsend acompañaron a Krissy, Billy y Jace del Hillside Inn de nuevo a su casa. Por lo visto, ya la habían inspeccionado, documentado y despejado del todo, y estaba lista para que volviera a ser habitada. En la parte de atrás del vehículo policial sin distintivos, Jace iba sentado entre sus padres, y Krissy se pasó el trayecto apoyada en la ventanilla, procurando evitar el roce con su hijo a la vez que disimulaba que lo hacía.

Cuando doblaron la esquina de su calle, a Krissy se le cortó la respiración. Había furgonetas de televisión a ambos lados de la calle, con los logos de los canales de noticias impresos en los laterales en letras gruesas. Leyó los logos y con cada uno fue sintiéndose cada vez más mareada. De algunos jamás había oído hablar: WRTV, WNDU, Channel 4 News..., pero había otros que todo el mundo conocía, como CBS o ABC. Al principio del largo acceso a su vivienda había un muro de periodistas: hombres corpulentos con la cinturilla del pantalón dada de sí y cámaras enormes al hombro, junto a sus homólogas del otro lado de la cámara, delgadas y elegantes, de mirada acerada y pelo perfecto, sosteniendo el micrófono y alisándose la blusa con la palma de la mano. Eran como escarabajos, correteando unos alrededor de los otros, con aquellos equipos negros y resplandecientes.

Townsend dirigió el vehículo hacia las hordas y fue avanzando a trompicones, tocando el claxon como un Moisés cabreado abriendo las aguas del mar Rojo. Krissy vio horrorizada cómo el enjambre de periodistas rodeaba el coche y lo engullía como un único organismo. Cuando Townsend cambió de marcha para estacionar, se vieron rodeados de nuevo. Desde el asiento del copiloto, Lacks se volvió a mirarlos, alternando entre Krissy y Billy.

—Uno de los dos debería coger a Jace de la mano. Y prepárense para correr.

Antes de que a Krissy le diera tiempo a hacer nada, antes de que pudiera inspirar o poner una cara concreta, los dos inspectores bajaron del coche y abrieron las puertas traseras, y el bullicio del exterior los azotó como una ola. Jace le dio la manita y ella hizo un esfuerzo por no zafarse de él. Y entonces bajaron del vehículo y siguieron los tres a los inspectores, que se abrieron paso a toda prisa por un túnel de periodistas, cegados por los flashes.

«¡Sentimos mucho lo de January!», oyeron decir varias veces con un desapego que traicionaba el sentido de las palabras. Más que sentirlo, parecía que se alegraran. «¿Cómo era? ¡Háblennos de ella!» «¿Qué ocurrió hace dos noches?» «¿Quién creen que ha asesinado a su hija?»

Townsend subió los escalones del porche, los hizo pasar adentro y cerró la puerta. El alboroto de voces del jardín se convirtió de inmediato en un murmullo apagado. Krissy le soltó la mano a Jace.

—¿Qué cojones es eso? —espetó Billy, señalando la puerta de la casa con un dedo temblón.

—Billy —lo reprendió Krissy, haciéndole ver con una cabezada que Jace estaba allí. Se agachó delante de su hijo, cogiéndolo de las muñecas, y le miró el cuello de la camiseta porque era incapaz de mirarlo a los ojos—. Jace, ¿por qué no te vas a tu cuarto a jugar un rato?

Las palabrotas que dijera Billy, en realidad, le daban igual; lo que quería era apartar a su hijo todo lo posible de los inspectores.

—Pero... —protestó el niño—. ¿Qué hago?

—Pinta algo con los lápices de colores... O juega con tu Lite Brite. Lo que te apetezca.

Lacks se aclaró la garganta.

—Si necesita alguien que lo cuide...

—No —contestó Krissy. No quería que ningún desconocido rondara a su hijo y le hiciera preguntas—. Se las arregla bien. No le pasa nada por estar solito un rato.

Se volvió hacia Jace y le tendió la mochila de los Power Rangers que le había preparado el día anterior. El niño la cogió obediente y metió los bracitos por las correas.

En cuanto desapareció por la puerta, Lacks se volvió hacia Billy.

—Señor Jacobs... —le dijo—, como les advertí

anoche, me temo que este va a ser un caso muy mediático. Cuando dimos la rueda de prensa ayer...

—¿Que hicieron qué? ¿Por qué han dado una rueda de prensa?

Los inspectores intercambiaron una mirada que ni se molestaron en ocultar.

—Pues... —contestó Lacks despacio— porque esto es una investigación de homicidio. Es la práctica habitual.

Krissy se masajeó las sienes. Tendría que haberlo supuesto, pero los habían tenido muy aislados en comisaría y en el hotel. La tele había estado puesta todo el día en Cartoon Network, para Jace. Además, aunque hubieran estado sobre aviso, que los invadiera aquella marabunta de periodistas resultaba más inquietante de lo que ella habría imaginado nunca.

—Miren... —terció Lacks—, lo entendemos. La prensa puede agobiar, pero dar a conocer el caso nos puede ayudar a conseguir pistas e información de los vecinos. A fin de cuentas, lo único que queremos todos es pillar a ese cabronaz...

El sonido del timbre le impidió terminar.

Lacks sonrió paciente, cogiéndose las manos a la espalda. Al ver que ni Krissy ni Billy hacían ademán de abrir, dijo:

—¿Podría atender la puerta alguno de los dos?

—Ah —respondió Krissy, asintiendo con la cabeza. Con los inspectores allí, se sentía como una cría que necesitaba permiso para hacer cualquier cosa—. Claro.

A la puerta había un puñado de mujeres a las que Krissy conocía bien, las mamás de las compañeras de baile de January. Todas habían ido al mismo instituto que Krissy, pero se habían graduado cinco o diez años antes que ella. «Las Pájaras», las llamaba, porque siempre vestían de colores luminosos y revoloteaban por el estudio dándose aires de importancia, pasándose chismes unas a otras como si fueran gusanos jugosos. Plantadas en su porche, las Pájaras la miraban compasivas, con un táper en la mano cada una.

—Ay, Krissy, lo sentimos muchísimo —dijo la que encabezaba el grupo, Tracey Miller, y las palabras se le quedaron atrapadas en la garganta. Krissy notó que se le endurecía algo por dentro: que todas aquellas mujeres cuyas hijas estaban sanas y salvas fueran a soltarle lo benévolas y tristes que las ponía la noticia... Con gusto habría asesinado a cualquiera de sus hijas con tal de recuperar a la suya aunque solo fuera un día—. No nos lo podemos creer —continuó Tracy—. Es que no. ¡Y encima, todas esas cámaras! —añadió, girándose para echar un vistazo a la marabunta de medios apostados al fondo del acceso a la finca—. Les importa bien poco lo mal que lo estáis pasando.

Las Pájaras menearon la cabeza con un chasquido de lengua colectivo, y luego habló la que estaba al lado de Tracey, Sharon Meyer.

—Sabemos que no hay nada que podamos hacer para aliviar vuestro dolor, pero queríamos traeros comida y así, por lo menos, os quitáis esa preocupación por un tiempo. —Le ofreció un táper de color naranja con una tapa roja que no era la suya. En él había pegado una tarjeta en la que iba impresa la imagen de una cruz y una paloma al vuelo. En letras cursivas podía leerse: *«Benditos los que lloran, porque ellos recibirán consolación».*

Krissy se imaginó arrebatándole el táper de las manos a Sharon Meyer, estampándolo con todas sus fuerzas contra el suelo del porche y haciendo saltar por los aires sus entresijos de ensalada de macarrones.

—Muy amables. Muchas gracias.

Las Pájaras sonrieron, asintieron, no se movieron. De pronto, Krissy cayó en la cuenta de que esperaban que las invitara a entrar. Abrió la puerta de par en par.

—Pasad a la cocina.

Se sintió como una guía turística desganada, con la fila de Pájaras siguiéndola, volviéndose hacia Billy y los dos inspectores. Billy paseaba la vista del suelo a las mujeres, incómodo. Lacks y Townsend lo observaban todo tan tranquilos.

En cuanto Krissy dobló la esquina hacia la cocina, se detuvo en seco. Los inspectores les habían asegurado que su casa había vuelto a la normalidad, pero, por lo visto, les había costado limpiar la pintada, porque la habían frotado con indolencia y la pared antes blanca de pronto era rosa. Aunque fuera con dificultad, podía distinguirse la palabra «zorra» encima de la cafetera. Dio media vuelta para impedir que las mujeres lo vieran, pero ya era tarde. Miraban la pared fijamente, con los ojos como platos.

Se contuvieron enseguida, apretando los labios en discretas sonrisitas, poniendo cara de circunstancias y de amabilidad, pero Krissy sabía que el daño ya estaba hecho. Si el pueblo entero no estaba aún al tanto de la pintada, pronto lo estaría, y aquel puñado de palabras los marcarían, a su familia y a ella, el resto de su vida.

Tracey encabezó la iniciativa de guardar los táperes en la nevera, algo que se tomó muy en serio, recolocando tetrabriks de zumo y de leche con una autoridad desbordante y espetándole a Peggy Shoemaker que había que «meter primero los grandes» cuando Peggy quiso colocar su pastel de carne con chiles y frituras de maíz antes que el gratinado de atún de Rachel Kauffman.

Después de un rato que a Krissy se le hizo eterno, las sacó de su casa con una falsa sonrisa en los labios. Según iban saliendo, todas las Pájaras le cogieron la mano y le prometieron que rezarían. Cuando por fin se libró de ellas, suspiró, cerró los ojos y apoyó la cabeza en la puerta.

Al abrir de nuevo los ojos, cayó en la cuenta de que estaba sola. Los inspectores y Billy habían desaparecido. Oyó la voz de su marido al fondo del pasillo, y debía de estar hablando por teléfono, porque no se oía ninguna otra voz. Tras un momento de charla apagada, sonó el clic del auricular al ponerlo de nuevo en su sitio, y luego pasos por el corredor.

—¿Y los inspectores? —le preguntó Krissy cuando apareció en el umbral.

—Se han ido. De momento, por lo menos. Me han dicho que mañana nos llaman.

Ella suspiró. Habían sido dos días de pena y de interrogatorios y a ella ya le parecía una eternidad. Notaba el agotamiento en los huesos.

—¿Con quién hablabas?

Billy se aclaró la garganta.

—Con una productora de televisión. De *Headline with Sandy Watters*.

—¿*Headline with Sandy Watters*?

Junto con *20/20* y *60 Minutes*, *Headline with Sandy Watters* era uno de los principales programas de investigación de la tele.

Él asintió.

—Quieren entrevistarnos.

—¡Madre mía...!

—Creo que deberíamos aceptar.

—¿Cómo? —replicó ella espantada—. ¿Te has vuelto loco?

—Esa productora me ha dicho que nuestro caso ya se está tergiversando en los informativos, que los de *Lisa and Bob in the Morning* ya nos están despellejando.

—Billy...

—Dice que, como la cosa se complique, como a uno de nosotros... lo detengan, duda que nos hicieran un juicio justo en ninguna parte del país ahora mismo. Por los... prejuicios y todo eso. Que el jurado ya habrá visto lo que dicen de nosotros y no será justo. Dice que tenemos que tomar el control de lo que están contando...

Krissy puso los ojos en blanco.

—Billy, ¿y qué te va a decir? ¡Es su trabajo!

—No, Kris —le soltó él con una firmeza inusual—. Escúchame. Me ha dicho que apostaba lo que fuera a que había una docena de equipos de noticias nuevos a la puerta de nuestra casa ahora mismo, y así es, y que la gente espera que le digamos algo a alguno de ellos, que hagamos alguna declaración. Y que Sandy sería la persona perfecta para ayudarnos a dar forma a lo que queremos contar de verdad.

Krissy, que había estado masajeándose el puente de la nariz, bajó la mano.

—No es buena idea, Billy. No sabemos lo que piensa la policía ahora mismo ni lo que podría preguntarnos una presentadora de televisión...

Pero Billy la interrumpió:

—Me ha dicho que, si no hacemos algo, si no hacemos acto de presencia, va a parecer que tenemos algo que ocultar. Y, en estos momentos, eso no nos conviene.

Ella fijó sus ojos en los de él.

—Es que NO tenemos nada que ocultar.

Billy le sostuvo la mirada un buen rato y ella vio que no la creía.

—Por eso —espetó él por fin—. Precisamente por eso deberíamos ir a ese programa.

El estudio de *Headline with Sandy Watters* en Nueva York era más grande en la vida real de lo que parecía por la tele. Cuando Krissy veía el programa, Sandy y sus invitados siempre parecían cómodos, sentados en aquellos sillones de cuero, con flores en la mesita de centro que había entre ellos. Pero cuando Billy, Jace y ella entraron en la sala donde iban a grabar la entrevista, Krissy vio que no era una sala ni mucho menos, sino un plató con tres paredes de mentira. Donde habría estado la cuarta había un montón de cámaras enormes sobre soportes rodantes y hombres con auriculares de diadema que las llevaban de un lado a otro. Aquel sitio rezumaba energía y prepotencia.

La entrada de los Jacobs se convirtió en un torbellino de presentaciones: a la productora, que les resumió lo que iban a hacer; al tío de sonido, que les puso unos micros en el cuello; a la mujer de maquillaje, que les dio unos toques en la frente con una brocha; y, por último, a la mismísima Sandy Watters. A diferencia de su estudio, Sandy parecía más menuda en persona. Su célebre pelo rojo recibió, como de costumbre, un chorro de laca que lo dejó inmóvil alrededor de la cabeza. El traje de falda y chaqueta era de color azulón; los pendientes, de perlas. A sus cuarenta y tantos era el híbrido perfecto de mujer bastante campechana para resultar afable y bastante profesional para que se la tomara en serio.

Después de estrecharse la mano, se sentaron los cuatro: Jace entre Krissy y Billy, en el sofá; Sandy, frente a ellos en un sillón. Sandy ofreció una introducción a cámara en la que recordó el brutal asesinato de January de forma clara y concisa, y luego anunció a sus invitados superespeciales.

—Demos la bienvenida a los Jacobs —dijo con su voz melosa, volviéndose hacia ellos—. Gracias por acompañarme esta noche.

Krissy asintió tensa. Antes de empezar a grabar, Sandy les había dicho que no se pusieran nerviosos, porque no estaban en directo. Krissy no quería que Jace estuviera presente, pero Billy había argüido que eso les haría parecer la familia unida que supuestamente eran. Ella no podía insistir sin contarle la verdad, con lo que, al final, había cedido, aunque solo después de advertir al equipo de Sandy que no habría preguntas dirigidas a Jace. Cuando quiso darse cuenta, estaba reservando tres billetes a Nueva York para final de semana y un hotel junto al aeropuerto, rezando para que un viaje de veinticuatro horas en medio de una investigación larga les hiciera menos daño que quedarse por allí cruzados de brazos.

Cuando el avión inició el descenso, Krissy, llena de arrepentimiento, contempló por la ventanita ovalada la ciudad de posibilidades y de luz. Durante tantos años había soñado con ir allí, con escapar de Wakarusa y de su matrimonio sin porvenir, con llevar una vida grande y deslumbrante... ¡Qué distintas eran las circunstancias de aquel viaje! ¡Qué distinta había resultado ser su vida, qué lejos estaba de como debía ser!

—La historia que vamos a contarles —prosiguió Sandy, inclinándose un poco hacia delante—, la historia de January, es una auténtica tragedia. La peor pesadilla de cualquier progenitor. Pero además, es desconcertante. Por todo lo que hemos visto en las noticias hasta la fecha, la investigación parece algo confusa. Así que esta noche les invito a que nos cuenten su versión, a que nos aclaren lo ocurrido.

Las primeras preguntas de Sandy pretendían ser fáciles, Krissy lo sabía, para animarlos a hablar: «¿Cómo era January?», «¿Cómo han reaccionado sus vecinos?», «¿Podrían relatarnos lo ocurrido aquella terrible mañana cuando descubrieron que había desaparecido?». Esa última, Krissy la había respondido tantas veces para la policía que probablemente podía contestar hasta en sueños.

—Creo —dijo Sandy cuando terminaron— que casi todo el país, incluida yo, está interesado en el baile de January. —Krissy notó que Billy se revolvía a su lado—. Ya hemos visto todos las fotos, y esos atuendos parecían muy... de adulta.

A Krissy se le encendieron las mejillas, pero esperaba aquella pregunta y había ensayado la respuesta.

—Las fotografías que se han publicado son de los trajes más exagerados que se llegó a poner. La mayoría eran trajes corrientes de niña: de abejorro, de mariquita..., cosas así.

—Y uno de ellos era de marinera sexy.

Krissy la miró extrañada.

—A January le gustaba bailar. Y se lo tomaba muy en serio. La vestimenta formaba parte de ese mundo.

Sandy deslizó la mirada de sorpresa a Billy y volvió a mirar a Krissy.

—¿Y no les preocupa que el que su hija bailara con esa ropa sea en parte el motivo por el que ahora está muerta?, ¿que llamara la atención de alguna clase de depredador?

Krissy se mordió el carrillo y oyó a Billy tragar saliva a su lado. Sabía que no tenían que haber ido a aquel puto programa. Por mucho que hubiera ensayado las respuestas delante del espejo del baño, jamás podría haberse preparado para aquello. Dijeran lo que dijeran, estaban reconociendo su culpa: o habían vestido a su hija de cebo humano o no creían que un desconocido la hubiera asesinado, con lo que Sandy, y el resto del país, volverían su atención hacia ellos.

—Cuando lo pienso ahora —empezó Krissy después de que el silencio se hiciera insoportable—, me arrepiento de haber escogido esos trajes.

Sandy guardó silencio, al parecer satisfecha de dejar aquello suspendido en el aire un buen rato antes de contestar.

—Ya que hablamos de hipótesis, pasemos a la investigación policial en curso, en la que les han interrogado a los dos. Creo que todo el país, incluida yo, no sabe bien qué pensar de ustedes. —Paseó su mirada aguda entre Krissy y Billy—. Por un lado, parecen personas normales y decentes: tienen una granja, forman parte de una comunidad unida, van a la iglesia todos los domingos... Por otro, la policía dice que han cooperado «hasta cierto punto», y se han encontrado las huellas de ambos en el espray de pintura usado para escribir aquellas palabras horrendas en las paredes de su cocina.

Krissy se quedó paralizada en el asiento y se hizo un silencio ensordecedor. ¿Cómo lo sabía? El inspector Townsend le había largado aquello a Krissy en un interrogatorio hacía menos de cuarenta y ocho horas, y a ella le había sorprendido tanto entonces como en ese momento. ¿Se lo habría filtrado Townsend a la productora del programa? ¿Intentaba la policía tenderles una trampa? La idea le produjo un escalofrío de rabia por la espalda.

Sin embargo, antes de que pudiera decir nada, Billy se aclaró la garganta.

—Compré el espray para una cosa que estaba haciendo en la granja. Estaba pintando con él las puertas del granero.

—Ajá... —Sandy deslizó aquella mirada inquisitiva de Billy a Krissy—. ¿Y usted?

—Entré en el granero hace unos días —dijo con un hilo de voz— a buscar lubricante para una puerta que chirriaba. Andaba hurgando por allí y movería el espray.

No era cierto, claro, pero era lo mismo que le había dicho al inspector cuando le había preguntado.

—Ajá... —repitió Sandy, y se volvió hacia Jace.

A Krissy se le paró el corazón. Le había insistido a Sandy en que no le preguntara nada al niño. Era la única condición que había puesto.

—Me gustaría oír tu versión, Jace —dijo Sandy en un tono a la vez amable y firme—. ¿Podrías contarnos lo que pasó esa noche desde tu punto de vista?

Krissy estaba aterrada, y la adrenalina le recorría el torrente sanguíneo tan rápido que le dolía. Abrió la boca, pero la cerró enseguida. ¿Qué iba a hacer? Jace se arrimaba a su cuerpo, acobardado, y a ella le daban ganas de apartarse de un brinco. Detectó con el rabillo del ojo un movimiento repentino y, al volverse, vio a la productora que los había instruido antes haciéndole señas a uno de los tíos que llevaban las cámaras móviles. Por el gesto que hacía con la mano, parecía que quisiera que el cámara hiciese un primer plano de Krissy y Jace. ¡Joder! Krissy no lo había pensado. Demasiado tarde, pasó un brazo rígido por el hombro a su hijo.

Fue entonces cuando Jace decidió decir algo, y sus palabras sonaron solemnes y desprovistas de emoción.

—No me gusta hablar de ello.

—Y eso, ¿por qué? —preguntó Sandy, toda paciencia y comprensión.

—Porque no.

—Entiendo que tiene que darte miedo y ponerte triste hablar de tu hermana cuando ya no está, pero a veces ayuda hablar de ello.

Jace titubeó. A Krissy le estaban dando ganas de arañarle la cara a Sandy. El sonido de sus propios latidos le reventaba los oídos.

—No me gusta hablar de ello porque no quiero meterme en líos —contestó Jace por fin.

Esa noche, mientras Billy, Jace y ella dormían en su habitación de aquella porquería de hotel próximo al aeropuerto de Newark, Krissy se despertó sobresaltada. Le pareció que algo le había rozado el cuello: unos dedos blancos y fríos. Se dio un manotazo, pero no tenía nada. Al parpadear en la penumbra, vio una figura plantada junto a la cama, y, cuando consiguió enfocar, vio que era Jace.

Inspiró hondo.

—¿Jace? ¿Qué haces? —Pero el niño siguió allí plantado. De no haberse notado su aliento en la cara, habría pensado que no estaba allí en absoluto, que eran solo imaginaciones suyas, un espectro que la perseguía—. ¿Jace...?

—Siento lo de January, mamá.

Aquellas palabras se le clavaron muy hondo; su fuerza le contrajo el pecho y el vientre. En los cinco días que hacía que January había muerto, a Krissy se le había dado muy bien mantener el recuerdo de aquella noche bien enterrado en un recoveco de su memoria, pero, de pronto, en la oscuridad y como consecuencia de la disculpa de su hijo, volvió a asaltarla.

Lo primero que Krissy recordaba era un estrépito.

Horas antes, cuando se preparaba para acostarse, se había tomado un somnífero, como había hecho casi todas las noches durante los últimos cuatro años. Antes de casarse y tener hijos, nunca había tenido problemas para dormir. Por las noches se dejaba seducir por ese descanso sin preocupaciones propio de la adolescencia y por las mañanas despertaba llena de energía y de posibilidades. Pero luego, sin comerlo ni beberlo, era la mujer de un hombre al que apenas conocía y madre de dos criaturas a los diecinueve años. De pronto, el mero hecho de existir le parecía una carga que se veía incapaz de llevar ella sola. La soledad, que le hincaba sus fauces en el pecho, era siempre su compañera. El vino contribuía a mitigarla, pero lo mejor, descubrió más tarde, eran las pastillas: el Valium para pasar el día y los somníferos para la noche. Puede que, después de tantos años, se hubiera vuelto inmune a la pastillita blanca, o tal vez aquel estrépito no fuese del todo normal, pero, independientemente del motivo, en plena madrugada, Krissy salió del aturdimiento de su medicación.

Se incorporó en la cama, con el corazón desbocado. La granja a veces parecía tener vida propia: crujía y chirriaba por las noches, pero aquel estrépito era distinto. Miró de reojo la espalda de Billy, pero estaba inmóvil y en silencio.

Con sigilo, bajó de la cama, entró de puntillas en el baño y se echó la bata encima del pijama. Enfiló el pasillo hacia las escaleras y se detuvo a la entrada de los cuartos de los mellizos. El estrépito había sonado lejos, como en las profundidades de la casa, pero a ella la iba a tranquilizar saber que sus hijos estaban dormidos y a salvo. Sin embargo, cuando asomó la cabeza al dormitorio de la niña, la cama parecía vacía. Parpadeó para despejarse. La luz nocturna de January era una de esas giratorias que iban proyectando sombras despacio en la caja de papel que la envolvía: los caballos, las flores y los conejos repetían el bucle noche tras noche. Las imágenes danzaban por la habitación, distorsionadas, titilantes, y dificultaban la visión. Krissy se acercó a la cama, pero January no estaba en ella. Tampoco debajo, ni dentro del armario, ni en el baño del pasillo. Cuando descubrió que tampoco Jace estaba en su cuarto, le entró el pánico.

Bajó corriendo las escaleras; la madera crujía bajo sus pies y las sombras se amontonaban y se desplazaban a su alrededor. Al entrar en la cocina, algo raro le llamó la atención: la puerta del sótano estaba abierta y la oscuridad que había tras ella era como una boca abierta en un bostezo. Se le pasó por la cabeza coger una de las armas que Billy tenía en la vitrina del salón, pero le quedaba muy lejos. Además, si los niños estaban allí abajo, no quería que vieran aparecer de pronto a su madre con una escopeta en las manos.

Al borde de la escalera que conducía al sótano, Krissy sintió una extraña inquietud, como un dedo gélido que le trepara por la columna. Allí abajo estaba pasando algo muy chungo. Se obligó a respirar y luego se asomó al hueco de la escalera, pero los tres ventanucos horizontales de la base estaban a oscuras. Dio unos pasos lentos y tímidos hacia las profundidades de la antigua casa. Mientras lo hacía, la luna salió de detrás de las nubes y, de pronto, la estancia quedó iluminada. Entonces lo vio.

Allí, tendida al pie de las escaleras, estaba January.

Se le cortó la respiración. Su hija tenía los ojos cerrados; el cuerpo, recto e inmóvil. El camisón blanco se veía incandescente a la luz de la luna y el pelo castaño se amontonaba en la nuca. Pero la cara no tenía buen aspecto. La piel estaba abotagada y cenicienta; los labios, extrañamente rígidos. Contemplándola desde arriba, Krissy advirtió la verdad como una piedra en el estómago: su querida hija estaba muerta.

Y, agazapado sobre su cuerpecito sin vida, estaba Jace.

Mientras observaba aquella escena horrenda, una sola palabra le rondaba la cabeza: *¡NO!* Oyó un sonido, un suave gemido gutural, y cayó en la cuenta de que había escapado de su boca.

Jace debió de oírlo también, porque se irguió, giró la cabeza y, con su mirada impasible, la atravesó como quien clava una mariposa a un corcho. El niño se la quedó mirando un instante antes de abrir la boca, y sus palabras, dichas con su vocecita infantil, se le clavaron a Krissy en el vientre como la hoja de una espada y le rasgaron la piel, los intestinos, el útero.

—¿Jugamos mañana, mamá, solo tú y yo?

19
Margot, 2019

Ya en la habitación del hotel, Margot echó la cadena. No creía que la mujer del pelo caoba la hubiera seguido hasta Chicago, pero la pintada del granero de los Jacobs y la notita que le habían dejado a ella en el parabrisas seguían rondándole la cabeza: «No será la última»; «Aquí no estás a salvo». Sobre todo entonces, después de saber que había aparecido el cadáver de Natalie Clark, a Margot la tranquilizaba estar encerrada y a resguardo en su habitación. Sabía que no corría el mismo peligro que habían corrido Natalie o January, pero era evidente que había llamado la atención de alguien, y no tenía claro lo que quería ni hasta dónde estaba dispuesto a llegar por conseguirlo.

Agarró el portátil y se instaló en la cama, con la espalda apoyada en las almohadas, notándose en las piernas la aspereza de la colcha barata. Desde que había empezado a indagar en el caso January hacía unos días, había pasado montones de horas buscando en vano a Jace por internet. Tras descubrir que se había mudado a Chicago, había podido estrechar la búsqueda, pero, aun así, había resultado infructuosa. Por eso, lo primero que hizo nada más llegar a la ciudad y registrarse en el hotel fue visitar los juzgados para solicitar todos los documentos legales que contuvieran el nombre de Jace. No era seguro, pero podía darle resultados que no encontraría en Google.

Y, en efecto, así fue. El primer juego de documentos que recibió del funcionario del juzgado era un informe de dos páginas, de la detención de Jace Jacobs por agresión con lesiones en 2007, que demostraba, como mínimo, que Jace había estado en Chicago, pero poco más. Pero luego, al releer las páginas, más detenidamente esa vez, lo vio. En la segunda página, en un apartado que había pasado por alto antes, había una línea titulada «Alias conocidos», y debajo habían escrito «Jay Winter». Mientras contemplaba aquel nombre, comprendió por fin el porqué de todas aquellas búsquedas inútiles: Jace se había cambiado el nombre.

Así que Margot solicitó todos los documentos que contuvieran el nombre de Jay Winter, y esa vez la pila de papeles que le llevaron fue gruesa. Al revisarla comprobó que abarcaba dos años de delitos de todo tipo, desde embriaguez en la vía pública hasta alteración del orden público. Y allí, en la tercera página, había una ficha policial con foto: plantado delante de una pared blanca de hormigón, con el pelo moreno revuelto y los ojos verdes desenfocados, Jace Jacobs la miraba con la boca torcida en una sonrisa inquietante.

En la cama del hotel, Margot tamborileó impaciente sobre el teclado con los dedos mientras esperaba que cobrara vida. Desde que había salido de Wakarusa, una parte de su pensamiento se había mantenido centrado en su tío, y aunque se había dicho que ir a Chicago era lo que debía hacer por la noticia y por su carrera y, por consiguiente, la mejor forma de ayudarlo, el remordimiento la reconcomía. Solo quería encontrar a Jace, hablar con él y volver lo antes posible. Por suerte, con aquel nombre nuevo, localizarlo sería fácil. En los tiempos que corrían, era casi imposible desaparecer sin dejar rastro.

Empezó con las redes sociales, pero no encontró nada en ninguna: ni Facebook, ni Instagram, ni Twitter, ni LinkedIn... Había unos cuantos Jay Winters en el mundo, pero no eran el que ella buscaba. Amplió la búsqueda a «Jay Winter + Chicago», pero nada. Ni una foto, ni un puesto de trabajo, ni una sola persona que lo conociera. Por lo visto, Jace había hecho las cosas bien.

Margot se desplomó sobre las almohadas y miró de reojo la hora en el portátil. Ya era media tarde y no estaba más cerca de su objetivo que hacía tres horas. ¿Adónde iba con aquello si no tenía de dónde tirar? Prácticamente todo lo que sabía de Jace era de una investigación de hacía veinticinco años. Aparte de eso, conocía su historial delictivo y el aspecto que tenía diez años atrás. Sabía que tenía propensión a la violencia, que fumaba hierba en el instituto y que llevaba flores a la tumba de January todos los años. Pero aquella última era la única pista que podía explorar, y ya lo había hecho. Desde el juzgado había ido a Kay's Blooms, la floristería en la que Jace había comprado el ramo de rosas blancas, y la florista no había reconocido al tipo de la foto policial. Trabajaba por horas, le había dicho. La dueña, que estaba allí casi todos los días, había salido de la ciudad.

Cerró los ojos con fuerza e intentó desenterrar cualquier fragmento de información que hubiera dejado sin explorar, pero lo único que recordó fue la advertencia de Pete sobre Jace: «No era... buen chico». Se frotó la cara con las manos y soltó un gruñido de frustración.

Pero entonces le vino a la cabeza algo que le había dicho Eli: «Le gustaba el arte, pintar y esas mierdas». Aunque se lo había comentado de pasada, no era la primera vez que Margot oía algo así sobre Jace. ¿Cómo era lo que le había dicho Billy...? ¿«A Jace le iban mucho las cosas artísticas»? Una idea, endeble y vaga, se formó en su pensamiento.

Se incorporó, recolocó el portátil y tecleó en la barra de búsqueda: «arte + Chicago». Los primeros resultados que obtuvo fueron el Art Institute of Chicago, el Museum of Contemporary Art y algunas listas de las galerías de arte mejor consideradas de la ciudad. Repasó sus páginas web y sus redes sociales en busca de alguna pista de la presencia de Jace, pero sin mucha esperanza. Aquellos no eran sitios en los que trabajar cuando pretendías desaparecer. Dedicó más tiempo a las páginas de las galerías pequeñas, pero, al cabo de una hora, aún no había encontrado nada, así que cambió la búsqueda de «arte» a «pintura».

—Ajá... —dijo en voz alta cuando aparecieron los nuevos resultados.

El primero era de un sitio llamado Bottle & Brush y, por las fotos, supo enseguida en qué consistía el negocio. En Indianápolis había un local parecido llamado Syrah's Studio, una franquicia de talleres de pintura para pintores no profesionales. Allí iban las chicas de las despedidas de soltera a beber vino y hacerse un Monet en hora y media. Los monitores eran todos recién graduados en Bellas Artes que buscaban sacarse un plus de forma rápida y sin complicaciones. Era uno de esos sitios donde podías trabajar con el arte y permanecer anónimo, un sitio que bien podría haber atraído a Jace.

Margot hizo clic en el primero de los dos establecimientos y empezó a ver las fotos. En la mayoría se veía un aula llena de gente, bien posando con sus pinturas terminadas o sentada delante de los caballetes, con un pincel en una mano y una copa de vino en la otra. Exploró los rostros de los que suponía que eran los monitores, los que llevaban una bata salpicada de pintura y estaban en la parte delantera del aula. Casi todos parecían de la edad de Jace, veintimuchos o treinta y pocos. Había una chica morena con el pelo recogido de forma muy artística y sujeto con un pañuelo, un chico negro con rastas y otro blanco con gafas de pasta, pero no vio a Jace. Entonces hizo clic en la penúltima foto y se detuvo.

En ella, los alumnos estaban esparcidos por la sala, dando los últimos toques a sus lienzos o socializando mientras apuraban las copas de vino. Al fondo, de pie delante de un fregadero industrial, Margot vio a un tío con delantal y un manojo de pinceles. Por la forma en que pasaba desapercibido entre los demás, supuso que se trataba de algún tipo de ayudante. Estaba medio de espaldas, así que no le veía la cara, pero el pelo era del mismo tono castaño que el de la foto policial de Jace. En esa foto lo llevaba más largo, por debajo de la barbilla y metido por detrás de las orejas. Amplió la foto y la cara se emborronó, pero pudo distinguir la forma, la tez.

Se le aceleró el corazón. Se quitó enseguida el portátil de encima de las piernas, se dirigió a grandes zancadas a la mochila y sacó los documentos que le habían dado en el juzgado. Volvió a subirse a la cama, con los pies debajo del cuerpo, y sostuvo la foto policial de Jace al lado de la imagen borrosa del tío de la pantalla. Miró una y otra, estudiando los rostros. Sí, Jace parecía más joven en la foto policial y, sí, llevaba el pelo más corto entonces, pero estaba convencida de que se trataba de la misma persona.

Unas horas después, Margot miraba por la puerta de cristal de Bottle & Brush. La pared larga de la derecha estaba forrada de pinturas de aficionados: llamas sonrientes con coronas de flores, interminables *Noches estrelladas*, bodegones de tiestos y martinis con aceituna. El sitio estaba vacío y a oscuras.

Margot sabía por la página web que esa tarde, a las siete, tenían una clase de «¡Pinta a tu perro!». Había llegado allí poco después de las cinco con la esperanza de pillar a los empleados antes de que llegaran los participantes, pero, por lo visto, era demasiado temprano. Llamó fuerte a la puerta y luego miró por el cristal haciéndose sombra con las manos. Nada. Esperó, volvió a llamar. Al fondo había una puerta, una sala solo para personal, pero seguía cerrada.

—Mierda —dijo, y dio media vuelta, dispuesta a marcharse.

Tendría que esperar en el coche a que empezara a llegar la gente. Le frustraba tener que dedicar horas a una pista que ni siquiera sabía si iba a llevarla a algún sitio, pero era la única que tenía.

Cuando bajaba de la acera, oyó que se abría una puerta a su espalda.

—¿Querías algo?

A Margot le revoloteó la esperanza en el pecho. El negocio no era grande; seguro que todos los empleados se conocían. Si Jace trabajaba allí, quien le hubiera abierto la puerta lo sabría. Dándose la vuelta, abrió la boca para explicarse, pero se quedó helada. Delante tenía, con el pelo castaño, los ojos de un verde intenso y los rasgos afilados, a la versión masculina de January Jacobs.

Cuando él, cortado, se pasó el pelo por detrás de las orejas, Margot cayó en la cuenta de que lo estaba mirando fijamente.

—Sí, hola —dijo sin aliento—. Eeeh...

Él ladeó la cabeza.

—¿Te interesa alguna clase? Ahora no está abierto y ya no quedan plazas para la clase de esta tarde, pero te puedo dar un programa.

—Ah, gracias, pero en realidad... —Le daba vueltas la cabeza. Su presencia le había inundado la mente de recuerdos de infancia, de imágenes de ellos correteando por el jardín de los Jacobs, jugando al escondite en el patio de la escuela de primaria...—. En realidad, he venido a verte.

—¿Cómo dices?

Ella titubeó.

—Eres Jace Jacobs, ¿no? —Jace puso cara de pánico y se dispuso a dar media vuelta—. ¡Espera! Soy Margot Davies. Vivía enfrente de vuestra casa. Era amiga de January.

Jace se lo pensó y se dio la vuelta despacio, receloso.

—¿Margot...?

Ella le sonrió con timidez.

—¿Te acuerdas de mí?

—Pues sí.

Eso la sorprendió. Ella llevaba a January y a Jace grabados en la memoria por la tragedia que los rodeaba, pero daba por supuesto que el recuerdo de ella se habría borrado de la mente de Jace hacía tiempo.

—¿Cómo me has encontrado?

Ella levantó un hombro.

—No ha sido fácil.

—Y... ¿a qué has venido?

—¿Te has enterado de lo que ocurrió en la granja de tu familia el sábado pasado, de lo de la pintada del granero? —le preguntó, estudiándole la cara en busca de algún indicio de haberlo pillado.

Jace apretó la mandíbula y sus ojos perdieron la expresión, como si hubiera cerrado de golpe una ventana. De pronto, Margot vio el rostro de la ficha policial.

—¿Eres periodista o algo así?

—Solo quiero hablar.

Él soltó una carcajada.

—Es que lo flipo, joder.

—Jace, por favor...

—Ahora soy Jay —le espetó—. ¿O es que no lo has visto cuando me has investigado?

—Jay, intento averiguar si hay relación entre la pintada del granero y lo que le ocurrió a tu hermana. Solo quiero oír tu versión de lo ocurrido esa noche.

—Me alegro de volver a verte, Margot —contestó él mientras se disponía a cerrar.

Pero Margot no se lo podía permitir, y menos estando tan cerca de la verdad. Le interesaba la noticia, sí, y quería volver a ser una periodista de verdad, acreditada, pero aquello era mucho más. Se trataba de entender lo que le había ocurrido esa noche a su amiga, la que dormía en la casa de enfrente; de desenmarañar el hilo que unía a January y a Natalie Clark; de asegurarse de que no se llevaran a ninguna niña más para que, al día siguiente, apareciese su cadáver. Margot apretó el puño y se acarició con las yemas de los dedos las cicatrices en forma de medialuna de las palmas.

—¿Te has enterado de lo de Natalie Clark?

—¿Qué? —dijo Jace, volviéndose a mirarla.

—Lo de Natalie Clark —repitió ella, estudiando su rostro en busca de algún indicio de que el nombre le sonaba, pero su semblante permaneció neutro, casi inmutable. ¿Fingía o de verdad no sabía nada de la niña? Para Margot, el nombre de Natalie era ya casi tan familiar como el de January, pero lo suyo no era lo normal. La mayoría de la gente no prestaba ni la mitad de la atención que ella a las noticias—. Era de Nappanee —prosiguió—. Cinco años. Se la llevaron de un parque infantil hace unos días y la policía la ha encontrado esta mañana, muerta. La han asesinado como a January.

Jace la miraba fijamente. ¿Habría tenido algo que ver con la muerte de su hermana, con la de Natalie? La asaltó un batiburrillo de imágenes contradictorias: Jace jugando al pillapilla en el jardín trasero de los Jacobs, Jace pisando al pajarillo muerto, Jace pegando a otro niño, Jace dejando flores en la tumba de su hermana... Margot no sabía qué pensar del hombre que tenía delante. Solo sabía que necesitaba hablar con él.

—Jace... Jay, lo que le pasó a tu hermana está volviendo a pasar, e intento averiguar quién es el responsable antes de que aparezcan muertas otras niñas.

Si era inocente, o quería parecerlo, negarse a hablar con ella en esos momentos no lo iba a ayudar. Margot lo sabía y sabía que él también.

Jace se quedó pasmado un buen rato; luego, por fin, suspiró y se volvió hacia ella.

—Ahora no puedo hablar: tengo que preparar el estudio.

—Vale.

—¿Qué te parece después, hacia las diez y media?

Ella asintió.

—¿Tienes pensado algún sitio? ¿Un restaurante, un bar o algo así?

Él miró la calle en ambas direcciones.

—No, no quiero hablar en público. Ven a mi casa.

Margot aún no se había decidido sobre Jace y no

le hacía gracia ir a su piso sola, de noche y en una ciudad que no conocía, pero le mandaría un mensaje a Pete con los detalles. Además, tampoco era la primera vez que se sentaba frente a un hombre potencialmente peligroso para poder escribir un artículo. Le sonrió.

—Dame tu dirección.

20
Margot, 2019

Margot llamó a la puerta del piso de Jace y esperó. Se le había hecho un nudo en la garganta, pero no sabía bien si porque estaba a punto de averiguar lo que le había ocurrido a January o por los nervios de estar a solas con su hermano.

Cuando se abrió la puerta, Margot procuró no mirarlo fijamente, pero le parecía surrealista estar plantada delante del niño de la casa de enfrente tantos años después. Además, Jace tenía la misma cara que January, aunque, a diferencia de su hermana, su rostro exhibía una inquietante vacuidad que Margot ya le había detectado antes, la misma que cuando había caído en la cuenta de que ella era periodista.

—Hola —le dijo él—. Pasa.

Margot cruzó el umbral y la sacudió un olor, como a tierra y a algo floral. En la mesita vio un palito de incienso que ardía despacio y un mechero, una pipa de cristal pequeña y un ejemplar de bolsillo de *La hoguera de las vanidades*.

—¿Quieres tomar algo? —le preguntó con parsimonia, casi como si se estuviera tomando su tiempo en sopesar cada palabra, como si llevara toda la vida guardándose cosas. Y a lo mejor era así.

—Genial, gracias. Ponme lo que tomes tú.

Jace se volvió hacia la cocina pequeña y anticuada, y luego se giró.

—Puedes sentarte si quieres —le dijo señalándole el sofá.

Margot se sentó y, mientras él hurgaba en la nevera, echó un vistazo alrededor. Las casas daban mucha información sobre sus habitantes, y de aquella, con sus muebles viejos y desparejados, sus paredes desnudas de color beis y el tapiz rojo y naranja que colgaba sobre la ventana a modo de cortina improvisada, dedujo que Jace vivía al día y se gastaba lo que le sobraba en hierba.

—Aquí tienes —dijo Jace, volviendo al salón con dos botellines de cerveza. Los destapó con el abridor y le pasó uno a Margot.

—Gracias otra vez por acceder a quedar conmigo —comentó ella mientras él se instalaba en el sillón de enfrente—. ¿Te importa que...? —le preguntó, sacando el móvil de la mochila para grabar.

Jace miró el teléfono un momento y contestó:

—No quiero que me grabes. Voy a hablar contigo, pero ya está.

—Vale. —Margot volvió a guardar el móvil en la mochila—. Sin problema. —En otras circunstancias, era probable que hubiera insistido. Citar una fuente anónima era mucho menos convincente que citar una con nombre y apellidos, sobre todo cuando esa fuente era Jace Jacobs. Pero él había sido tajante y la había mirado muy serio—. Sé que, con todo lo que has pasado, seguramente no eres muy fan de los medios.

—Dije dos frases en la tele con seis años y la gente aún me llama «hijo de Satanás» en internet. Por algo me cambié el nombre.

Margot parpadeó.

—Ya... —Había visto la entrevista que habían hecho a los Jacobs en el programa de Sandy Watters hacía todos esos años. «No me gusta hablar de ello», había dicho Jace, serio e inmutable, con su vocecilla de niño, y también: «No quiero meterme en líos»—. ¿Puedo preguntarte, entonces, por qué hablas conmigo?

Jace agachó la mirada.

—No sé nada de esa Natalie y tu artículo me la sopla, pero si puedo ayudar a que pillen a quien la ha matado...

Se interrumpió, y Margot pensó enseguida en lo que significaba aquello. ¿Pensaba que a January la había asesinado un intruso, algún extraño que había vuelto a las andadas, o solo fingía que lo pensaba? Estudió su rostro, pero le resultó ilegible.

Antes, en la habitación del hotel, Margot se había preparado exhaustivamente las preguntas con la intención de conseguir que Jace fuera hablando, como había hecho con Billy. Pero a Jace se le daba demasiado bien ocultarse tras la máscara. Debía obligarlo a quitársela.

—He visto las flores que dejaste en la tumba de January —le dijo, y él echó la cabeza hacia atrás, sorprendido—. Eran preciosas. Lo haces todos los años, ¿no? —Jace titubeó; luego asintió—. ¿Por qué?

—¿Tú qué crees?

Ella meneó la cabeza, mirándolo siempre a los ojos, sin presuposiciones.

—No sé.

Él le sostuvo la mirada un buen rato. Luego, poco a poco, su coraza empezó a derretirse.

—Lo hago porque... me siento mal, supongo. No fui buen hermano con ella cuando vivía.

Margot esperó a que continuara, y al ver que no lo hacía, dijo:

—¿Y eso...?

—¿La verdad? Le tenía envidia, porque ella..., bueno, ella... brillaba. Y yo nunca fui así, como podrás imaginar —añadió con una sonrisa socarrona. Margot esperó de nuevo en silencio, y esa vez, después de un segundo, él continuó—: Todo el mundo la adoraba, ya sabes. Mis padres... ni siquiera se molestaban en fingir que a mí me querían tanto como a ella.

La mirada de Margot revoloteó por el rostro de Jace, mientras todo lo que sabía de él le resonaba en la cabeza: el incendio del baño del instituto, el pajarillo muerto, el niño al que había mandado al hospital, la larga lista de delitos recogidos en aquel taco de documentos... ¿Habría hecho todo aquello porque sus padres no lo querían? Pues claro que sí. ¿No era ese el motivo por el que se hacían las cosas destructivas, por falta de amor? Si Margot había salido medio equilibrada, era gracias a Luke.

—¿Podrías contarme lo que pasó aquella noche? —le dijo con ternura. No quería romper el hechizo con que había conseguido despertar la vulnerabilidad de su interlocutor—. ¿En 1994?

Jace dio un sorbo a la cerveza y la dejó en la mesita de centro con un tintineo de cristal contra cristal.

—Desperté en plena noche... —La emoción le bullía por las venas a Margot. Aquella era, que supiera, la primera vez que Jace relataba lo sucedido. Durante la investigación, sus padres y él habían repetido lo mismo una y otra vez: que los tres habían dormido toda la noche—. No sé si me despertó algo o me desperté porque sí, pero me levanté y fui al cuarto de January. Como te he dicho, le tenía envidia, pero estábamos muy unidos, ¿sabes? Éramos mellizos. —Miró a Margot, que cabeceó afirmativamente—. A veces, uno de los dos se despertaba y se iba a la cama del otro, si teníamos una pesadilla o algo así. Así que fui a su cuarto, pero no estaba y me asusté.

—¿Te asustaste? ¿Pensaste que le había pasado algo?

Jace meneó la cabeza.

—No, solo estaba asustado porque era un crío. Mi hermana tendría que haber estado allí y no estaba. Recuerdo que me colé en el dormitorio de mis padres, pero tampoco estaba allí, así que bajé a ver si la encontraba.

—Espera... ¿Fuiste a la habitación de tus padres esa noche? ¿Estaban allí?, ¿lo recuerdas?

—Sí, estaban durmiendo.

—¿Tu padre y tu madre?

Él la miró confundido. Luego, después de una breve pausa, dijo:

—Ah, así que piensas que mi madre mató a

January... —Lo dijo como si nada, como si fuera inmune a la idea—. Pues no. Esa noche, mi padre y ella estaban dormidos. Los vi.

Margot se esforzó por mantener la expresión neutra. Hasta entonces no había tenido claro si Jace mentía o no, si era responsable de la muerte de January o no, pero, si lo era, acababa de desperdiciar la coartada perfecta. Teniendo en cuenta que el mundo entero pensaba que Krissy había asesinado a su hija, le habría resultado superfácil cargarle el marrón, sobre todo sabiendo que estaba muerta y no podía defenderse. A juicio de Margot, que Jace exonerara a su madre era casi como que se exonerase a sí mismo.

—El caso es que bajé y, al llegar a la cocina, vi que la puerta del sótano estaba abierta. Esa puerta siempre estaba cerrada. —Inspiró hondo—. Me acerqué a las escaleras, las que llevaban al sótano, y al mirar abajo la vi. No se movía.

Margot lo miró espantada. ¿Jace se había encontrado a su hermana muerta esa noche? ¿En la casa? Siempre había dado por supuesto que a su amiga la habían asesinado en algún sitio a medio camino de la zanja.

—Yo tenía seis años —continuó Jace—. No entendía lo que estaba pasando. Al principio, pensé que dormía y quise levantarla porque se suponía que no debíamos estar allí, pero me daba miedo bajar, así que fui a la mesa de la cocina, donde me había dejado el Telesketch antes... —Miró a Margot—. ¿Te acuerdas de aquello, del Telesketch?

—Claro.

—Vale, pues lo cogí y lo tiré por las escaleras. Una tontería, lo sé, pero pretendía despertarla. Hizo muchísimo ruido, el cacharro. Dios, recuerdo perfectamente aquel ruido. Las escaleras del sótano eran de hormigón y, con el silencio de la noche, sonó como un disparo. Aun así, January no se movió.

»Fue entonces cuando bajé. Recuerdo lo tranquila que parecía. Yo seguía pensando que dormía. Su rostro parecía... sereno, y llevaba un trozo de su mantita de bebé en la mano. Mi padre nos regaló una mantita a cada uno cuando nacimos, y a January le encantaba la suya. Mi madre la había lavado ya tantas veces que lo único que quedaba de aquella manta era un cuadradito. El caso es que fui a zarandearle el brazo y tuve una sensación rara: lo noté demasiado blando y demasiado duro a la vez. No sé cómo explicarlo.

Parecía absorto en el recuerdo, con los ojos vidriosos, clavados en un punto de la mesita de centro. Al cabo de un buen rato, al ver que no seguía, Margot aprovechó la ocasión para hacerle la pregunta que le había estado rondando la cabeza desde que había empezado a hablar.

—¿De verdad recuerdas eso con tanto detalle?

Él se encogió de hombros, de pronto cansado.

—Sí y no. Me he contado esta historia todos los días durante veinticinco años, pero no estoy seguro de si mi cerebro la recuerda así por lo traumática que fue o porque ha ido rellenando los huecos. Algunas de las cosas de esa noche las tengo clarísimas. El ruido del Telesketch, por ejemplo, y ver a January tirada al pie de las escaleras. Pero no es un recuerdo compacto; son más bien brochazos.

Margot asintió.

—¿Y qué más recuerdas?

—Estaba agachado, comprobando si dormía, cuando vi que le salía sangre de la nariz. Pensé que había empezado a sangrarle y se había tumbado para detener la hemorragia. Eso era lo que siempre nos decía nuestra madre: que echáramos la cabeza hacia atrás. Y recuerdo que me arrimé para tocar la sangre. No sé por qué lo hice, pero eso lo recuerdo, porque, cuando me vi la sangre en el dedo, me acojoné. Me la quería quitar. Nunca me ha gustado la sangre, o a lo mejor no me gusta desde entonces, no sé.

Jace bebió un trago de cerveza y, por primera vez en su vida, Margot vio cómo encajaban todas las pruebas extrañas. Dio por sentado que estaba a punto de decirle que se limpió la sangre en los pantalones del pijama.

—Me limpié en el pijama —dijo— y entonces oí algo a mi espalda. Al volverme, vi a mi madre plantada en lo alto de la escalera y... esto lo recuerdo perfectamente. Su cara... no sé describirla. Era terrible, una mezcla de horror y rabia. Así que... —Se interrumpió.

—¿Así que...?

Negó con la cabeza.

—Nada. Me sentí mal por ella, solo eso. Recuerdo que quise consolarla, pero no sabía cómo. ¿Te importa que fume?

Dijo aquello último tan de repente que, por un momento, Margot no entendió lo que le pedía.

—Ah, no, no, claro.

Agarró la pipa de la mesa, encendió el contenido de la cazoleta y dio una calada.

—¿Quieres? —le preguntó mientras salía de su boca el humo ensortijado.

Ella negó. No le habría venido mal relajarse, pero quería conservar la lucidez, y ya estaba bebiendo.

—¿Qué pasó después?

Jace soltó una tos hueca.

—Después... no pasó nada, en realidad. Lo siguiente que recuerdo es que ya era de día. Durante años he creído que a January se la llevó quien hizo la pintada de la cocina, porque eso fue lo que me dijeron mis padres que había ocurrido. Luego supe que no era cierto.

Le contó entonces que, hacía diez años, le había escrito a su madre y había iniciado una correspondencia sobre aquella noche.

—Me dijo que, al verme junto al cadáver de January, dio por sentado que la había matado yo. Acojonante, ¿no? —Rio con amargura—. Aunque debió de ser bastante chungo para ella, verme ahí plantado con la ropa manchada de sangre de mi hermana. Pero supongo que mi madre me quería más de lo que yo pensaba, porque decidió protegerme. Convirtió la escena en un allanamiento para evitar que la policía supiera «lo que has hecho» —dijo la última parte con comillas al aire—. Con un martillo que encontró en el granero, destrozó el ventanuco del sótano desde fuera para que pareciese que por allí se había colado el intruso. Y, cuando fue a llevar el martillo de vuelta al granero, vio el espray de pintura y se le ocurrió una idea. Sabía que hacer aquella pintada era arriesgado, que estaba complicando la escena, pero eso era precisamente lo que pensaba que debía hacer. Así que escribió aquellas gilipolleces en la pared, devolvió el espray al granero y luego... —Hizo una pausa para beber un sorbo de cerveza—. Luego trasladó el cadáver de January. Lo metió en el maletero, condujo hasta aquella zanja y lo tiró allí. Por eso todas las pruebas apuntaban a ella. El país entero piensa que mi madre era una asesina por mi culpa.

A Margot le impactó muchísimo el relato de Jace. Era increíble, inconcebible, y, aun así, lo explicaba todo. Todo salvo quién había sido el verdadero asesino.

—¿Y tu padre? —le preguntó. Cuando lo había entrevistado, le había parecido que ocultaba algo sobre Krissy, y también sobre Jace. ¿Estaba al tanto de las sospechas de su mujer sobre su hijo? ¿Sabía lo que había hecho para protegerlo?—. ¿Qué sabía? ¿Ayudó a tu madre esa noche?

Jace negó con la cabeza.

—Según ella, mi padre estaba durmiendo y no se enteró, pero eso fue todo lo que me dijo. Me extrañaría que él no sospechara nada... de mí, de ella, no sé. Después de aquella noche nos distanciamos todos, por así decirlo... Y, antes de que me lo preguntes, no me llevo bien con mi padre y no fue un buen padre, pero no es un asesino. Como he dicho, quería a January. Más de lo que me quería a mí. Los medios consiguieron que pareciéramos todos locos, pero no éramos más que una familia. A lo mejor no éramos felices, pero sí normales.

Guardaron silencio un momento y entonces Margot dijo:

—¿Y qué crees tú que pasó? Si ni tus padres ni tú matasteis a January, ¿quién lo hizo?

Jace se inclinó para coger la cachimba de la mesa y dar una calada.

—Siempre he supuesto que fue otra persona, algún tío... obsesionado. A ver, los policías dijeron que la puerta lateral no estaba cerrada con llave cuando llegaron, pero, claro, aquello era Wakarusa en 1994. Nadie echaba la llave a la puerta por las noches. Pudo entrar alguien directamente. Esa es la paradoja: lo que mi madre quiso que todos creyeran fue lo que ocurrió de verdad, pero la jodió todo tanto esa noche que nunca sabremos qué pasó en realidad.

Y, si eso era cierto, si un desconocido se había colado en la casa de los Jacobs esa noche, ese mismo desconocido podía haber hecho la pintada del granero de hacía unos días; podía haberse llevado a Natalie Clark del parque infantil de Nappanee, haberle dejado la notita a Margot en el coche.

—¿Le has contado algo de esto a la policía?

Soltó una carcajada sin ganas.

—Se lo conté al inspector Townsend. Unos meses después de la muerte de mi madre, le enseñé las cartas que ella me había mandado.

—¿Y qué pasó?

Jace se encogió de hombros.

—No pasó gran cosa. Obviamente, no quiso creerse que lo que ella contaba fuera cierto. Me dijo que las cartas no revelaban nada concreto, salvo que ella había alterado la escena del crimen, que ni siquiera había forma de verificar que la letra de aquellas cartas era suya, una vez muerta. Nunca he confiado mucho en los polis, pero aquello me cabreó y, bueno, pasé una mala época después de aquello.

Margot recordó de pronto la larga lista de delitos.

—¿Recuerdas a alguien de vuestra infancia que mostrara un interés especial en January? ¿Alguien que fuera a sus actuaciones y a sus ensayos y que no tuviera que haber ido? ¿Alguien a quien vieras en sitios extraños?

—No, y créeme, le he dado muchas vueltas. No recuerdo que ningún desconocido la rondara nunca.

—¿Y una mujer?

Jace la miró extrañadísimo.

—¿Una mujer?

Ella asintió, con una imagen de la mujer del pelo caoba en la cabeza. Nada de lo que Jace le había contado sobre aquella noche explicaba lo de aquella mujer.

—Pues... no, que yo recuerde.

—¿Y alguien de quien hablara January? ¿Mencionaba mucho a alguien por entonces?

—Joder, no sé. Hablaba de sus compañeras de clase de baile, de sus profesoras, la señorita Morgan o Megan o algo así. Me parece que había una señorita April. No sé. Ah, tenía un amigo imaginario —dijo con una carcajada socarrona—. ¿Te interesa? Iba con ella a las actuaciones y jugaban juntos en el parque. Lo llamaba Elefante no sé qué porque, según ella, tenía las orejas grandes. —Sonrió al recordarlo, y cuando volvió a hablar, se le había ablandado la voz de la nostalgia—. Le puso un apellido gracioso. Dios, ¿cómo era? Elefante... Elefante... —dijo dos veces, despacio—. ¡Ah, sí, Elefante Wallace!

Por un momento, mientras reía, Jace pareció feliz, relajado, pero, de pronto, recordó lo que le había hecho hablar del amigo invisible de su hermana; se desvaneció su sonrisa y el cansancio presidió su rostro de nuevo.

—Mira, Margot, ojalá pudiera ayudarte más, pero lo cierto es que, hasta hace unos años, me odié tantísimo que no podía pensar con claridad. Ahora sé que eso se conoce como la culpa del superviviente, pero por entonces, solo podía pensar: «Tendría que haber sido yo». Tenía seis, siete, ocho años, y deseaba de verdad haber muerto en su lugar. Y luego, durante mucho tiempo, quise enterrarlo todo. Probé el alcohol, las drogas, y nada, no había forma de librarme de ello. Me han detenido, he mentido, he engañado... A ver, ahora soy mejor persona..., bueno, no del todo, pero da igual. Lo que intento decir es que aquella noche me arruinó la vida. Claro que he pensado en quién pudo haberlo hecho. Lo pienso todos los días. ¡Y no lo sé!

Margot asintió, se quedó quieta. Se moría de vergüenza por haberle hecho recordar todo aquello, pero también, en el fondo, algo la reconcomía. Algo que él había dicho le había disparado algún resorte, pero no tenía claro lo que era.

—Perdona —dijo Jace—. No pretendía... Lo que pasó esa noche me lo arrebató todo: me privó de mi hermana, de mi infancia..., no dejaban ser amigo mío a nadie después de aquello. Y luego, cuando por fin le conté la verdad a mi madre, la primera persona a la que se lo dije..., también me privó de ella.

Margot lo miró extrañada.

—Espera... ¿A qué te refieres?

—El día en que ella recibió mi última carta fue el día en que se suicidó. El suicidio fue su forma de disculparse por haberlo interpretado todo mal. Seguiría viva si yo no le hubiera contado la verdad.

Las palabras que se habían filtrado de la nota de suicidio de Krissy le vinieron de pronto a la cabeza a Margot, «Jace, lo lamento todo. Lo voy a arreglar», y encajó en su sitio otra pieza del puzle. Krissy no se había quitado la vida por el remordimiento de haber asesinado a su hija, sino por el de haberlo entendido todo mal, de haber creído un asesino a su propio hijo.

—Y dejé que se me escapara entre los dedos. En todas las cartas que me escribió me pedía que nos viéramos, pero nunca quise. Ni siquiera le di mi dirección: le pedía que me mandara las cartas a un apartado de correos. Ahora... —Se interrumpió y negó con la cabeza—. Espero que encuentres a ese tío, Margot, sea quien sea. Espero que lo encuentres y que arda en el infierno.

Durante el resto de la noche, Margot siguió teniendo aquella sensación de algo que la reconcomía, pero no sabía qué era ni qué había dicho Jace para provocarla. No le daba alcance; era una especie de recuerdo antiguo enterrado bajo capas de sedimento. Le estuvo fastidiando mientras se lavaba los dientes y se metía en la cama del hotel.

Su subconsciente debió de estar dándole vueltas toda la noche, porque, cuando despertó a la mañana siguiente, cayó en la cuenta de que se trataba del amigo imaginario de January, Elefante Wallace, que significaba algo para ella. El nombre, las orejas grandes... le resultaban familiares. Pero ¿cómo era posible? ¿Se lo habría mencionado la propia January? ¿Le habría presentado al desconocido invisible cuando eran pequeñas? ¿Habrían tomado juntos el té por aquel entonces, January, Elefante y ella? Lo dudaba y, sin embargo, ¿qué otra explicación había?

Siguió dándole vueltas mientras guardaba las cosas en la mochila y cerraba la cuenta en recepción. Y entonces, por fin, le vino a la cabeza, estampándose contra su conciencia con la fuerza de un tráiler. Iba por la autopista cuando ocurrió, a medio camino de casa, y estuvo a punto de invadir el otro carril.

Jace estaba equivocado: Elefante Wallace no era imaginario, ni se llamaba Elefante. Margot lo sabía porque sabía quién era; hasta sabía dónde vivía y qué aspecto tenía, incluidas las orejas grandes. Lo había entrevistado hacía tres años por el caso de Polly Limon. Elliott Wallace era entonces uno de los sospechosos.

21
Krissy, 1994

La entrevista con Sandy Watters fue un desastre. Lejos de limpiar la imagen de los Jacobs, sirvió de munición para que los ciudadanos de todo el país los declararan culpables. Billy sudaba demasiado, según la gente. Jace era un niño rarito que parecía saber algo que no contaba. Y Krissy era una mala madre. Los medios habían destacado tantas veces el instante en que ella le pasaba de mala gana el brazo por los hombros a su hijo que aquel clip de tres segundos se había hecho famoso. En *Lisa and Bob in the Morning* habían mostrado instantáneas del rostro de Krissy mientras lo hacía, con la mirada acerada y la mandíbula prieta.

—No digo que tenga cara de asesina —decía Lisa—, pero, desde luego sí de alguien que oculta algo.

A Krissy no le faltaban motivos para estar resentida con Billy, pero él sin duda se los había proporcionado obligándola a asistir al programa de Sandy Watters. De un día para otro, las vecinas con comida dejaron de visitarlos y ya no llegaron por correo más cartas compasivas. Cuando Krissy iba al súper, las personas a las que consideraba amigas le retiraban la mirada con frialdad.

Los inspectores, por el contrario, se volvieron más persistentes que nunca. Townsend, en concreto, parecía sospechar de Krissy, con aquellos ojos azules y fríos siempre vigilantes. Una vez, Lacks y él le pidieron que fuera a comisaría para hablar con ellos, y allí le soltaron la bomba de que los perros rastreadores habían detectado rastros de descomposición en el maletero de su coche. Cuando los de la Científica lo registraron, encontraron fibras del camisón que January llevaba la noche de su muerte.

Krissy notó que el sudor le empapaba la camiseta mientras les contaba a los inspectores que solía meter las cosas de los niños en el maletero, sobre todo las cosas de baile de January. Con el calor se reconcentraban los olores, y eso podía explicarlo. En cuanto a las fibras, como acababa de decirles, siempre había ropa de su hija en el maletero. «Ya les he dicho que no tengo nada que ver con la muerte de January —añadió con voz temblona—. Con quienes deberían hablar es con todos esos hombres que andan merodeando en sus competiciones.» Desde el primer día de la investigación, Krissy se había mantenido fiel a su versión: había sido un intruso, un desconocido, un hombre malo.

En los días que siguieron a la entrevista, Krissy esperó, tiesa como una vara, a que los inspectores Townsend y Lacks llamaran a su puerta con una orden de detención. Pero no lo hicieron. Los días dieron paso a las semanas y, al final, la urgencia con la que los inspectores hablaban del caso se diluyó en algo parecido a la resignación.

Townsend dejó de mirarla como si fuera un animal al que quería dar caza y empezó a verla como la presa que se le había escapado. Pasaron meses sin que hubiera novedades, y luego, en un abrir y cerrar de ojos, el mundo entró en un siglo nuevo y el caso se enfrió.

Para Krissy, los días transcurrían en medio de una nebulosa de Valium y somníferos. Seguía vistiéndose como tocaba para ir a la iglesia y maquillándose cuando salía de casa, pero tenía la mente siempre en blanco; el abotagamiento era su único alivio de la pena de haber perdido a su hija y de la tortura de convivir con el niño que la había asesinado y un hombre que nunca había sido lo que ella necesitaba.

Y entonces, en 2004, diez años después de perder a January, ocurrió algo que volvió a hacerle los días tolerables. Por primera vez en su vida, Krissy se enamoró.

Todo empezó un jueves por la tarde, en otoño. Krissy se había pasado el día haciendo recados, como de costumbre, tachando de la lista las tareas domésticas que constituían su existencia, y cuando llegó a la granja hacia las cinco se vio incapaz de bajar del coche. Se quedó allí sentada, ida e inmóvil, mientras pasaban los minutos. La idea de desabrocharse el cinturón, abrir la puerta y entrar en la casa que compartía con Jace y Billy se le hacía físicamente imposible. Sin pensar en lo que hacía ni en adónde iba, giró la llave de contacto y salió marcha atrás por el acceso a la finca.

Media hora más tarde estaba en South Bend, estacionando el vehículo en el aparcamiento del primer bar que encontró. Al cruzar la puerta, por primera vez en mucho tiempo no sintió el sofoco de que todas las miradas se volvieran hacia ella, ni oyó el típico murmullo de cuchicheos a su paso. Era un garito mal iluminado y con una máquina de discos en la pared del fondo. Lo único que parecía decorado era el techo, cubierto de palillos de dientes con los extremos envueltos en plásticos de colores. A Krissy le encantó.

Se instaló en uno de los cubículos, cuyo asiento de vinilo rojo pringoso se le adhería a los vaqueros; le pidió a la camarera un pinot grigio y saboreó el alivio poco habitual de que nadie la conociera. Pero la sensación no duró mucho: ya iba por la segunda copa de vino cuando oyó que la llamaban.

—¿Krissy? —dijo una voz a su lado—. ¿Krissy Jacobs?

Abatida, levantó la vista. Solo quería pasar una noche lejos de la mirada crítica y escrutadora de los demás, una noche en la que pudiera respirar. Supuso que el que la reconocieran en South Bend significaba que quien fuera la había visto en las noticias, y los desconocidos podían ser aún peores que los vecinos de Wakarusa. Pero, cuando vio la cara que tenía delante, le sorprendió que no fuera la de un desconocido precisamente.

—Ah, hola —contestó.

—Jodie —se presentó la mujer, llevándose una mano al pecho—. ¿De Northlake High? Ahora me apellido Palmer, pero entonces era Jodie Dienner.

—No, sí. Te recuerdo.

Jodie abrió la boca para decir algo y Krissy se preparó para lo inevitable. «¡Qué bien te veo! —le decía la gente en los meses posteriores a la infame entrevista televisiva, con retintín y desdén—. Si a mí me hubiera pasado lo que a ti, no habría sido capaz ni de levantarme de la cama, y mucho menos de maquillarme.» Y, cuando les daba la espalda, los oía murmurar: «Me parece increíble que tenga la desvergüenza de dejarse ver».

Pero, cuando Jodie habló, lo único que dijo fue:

—¡Madre mía, estás igualita!

Krissy exploró el rostro de Jodie, pero lo vio inocente y sincero.

—Tú no —contestó—. Tú estás... impresionante. —Krissy recordaba a Jodie como la fea del baile. Siempre había sido alta y delgada, pero, como iba encogida, pasaba completamente desapercibida. Tenía un pelo rubio apagado que le caía lacio alrededor de la cara y nunca se maquillaba ni se ponía ropa con la que pudiera llamar la atención. La mujer que Krissy tenía delante se había transformado. Vestía una blusa de seda de color crema remetida por la cinturilla de unos vaqueros ajustados y, aunque seguía sin maquillarse, salvo por un toque de rímel, con el pelo metido por detrás de las orejas ya no parecía esconderse del mundo—. No he querido decir que tuvieras mal aspecto en el instituto —se apresuró a añadir—. Perdona.

Pero Jodie rio.

—No, no, ya sé lo que has querido decir. —Hizo ademán de añadir algo, pero no lo hizo—. Oye, ¿te importa que...? —preguntó, señalando con la cabeza el sitio vacío frente a Krissy.

—Ah, no, por favor.

La compañía agobiaba a Krissy, pero hacía tiempo que había aprendido que, como casi todo el mundo la consideraba una infanticida, sus modales debían ser impecables.

Jodie dejó en la mesa la cerveza que llevaba en la mano y se instaló en el asiento.

—Entonces ¿ahora vives en South Bend?

—No, tenía que hacer unos recados por aquí. Aún vivimos en Wakarusa.

Jodie se mostró sorprendida.

—¿En serio? ¡Vaya! Daba por supuesto que después de todo lo ocurrido...

Una vez más, Krissy esperó a que llegara el comentario insidioso, pero no.

—Pensamos en mudarnos, pero Wakarusa es nuestro hogar —contestó encogiéndose de hombros.

Forzó una sonrisa con la que acompañar la manida mentira. Lo cierto era que le había suplicado a Billy que se marcharan. La mudanza no le atraía tanto como el divorcio, pero no habría sabido sobrevivir por su cuenta. No había sido capaz de conservar un trabajo en su vida, salvo el trabajillo de verano en los silos de grano de hacía un montón de años. Y tampoco sabía qué iba a hacer con Jace si Billy y ella se separaban. No tenía agallas para abandonar a su hijo, pero tampoco quería vivir sola con él. Así que, en su lugar, le había pedido que se mudaran. Ansiaba una vida urbana, en algún lugar grande y anónimo, pero Billy se negó, porque, según él, eso los haría parecer culpables. Siendo inocentes, como era el caso, debían quedarse en Wakarusa y llevar la cabeza bien alta.

Jodie estudió el rostro de Krissy, pero se limitó a sonreír con ternura.

—Oye, ¿sabes lo que he estado pensando últimamente? ¿Te acuerdas de aquella vez, cuando estábamos en sexto, que Dusty Stephens se presentó a tesorero de la clase y dio su discurso en la cafetería con la sudadera del revés? —Sonrieron las dos al recordarlo—. ¿Tú crees que lo sabía? ¿Lo haría a propósito? ¿Para qué? —Jodie rio y Krissy no pudo evitar hacerlo también. Cuando quiso darse cuenta, se estaban partiendo de risa las dos.

Hasta que se acabaron esa bebida y la siguiente, estuvieron recordando las dos su pasado juntas, y Krissy se sintió más a gusto de lo que se había sentido en años.

—¿Te tienes que ir? —preguntó al ver que Jodie se miraba de reojo el reloj. Lo dijo con desenfado, pero la idea de poner fin a la noche le revolvía el estómago. Hacía mucho tiempo que no se sentía tan bien—. No quiero entretenerte.

—Perdona, pero igual sí debería irme. Tengo que preparar la cena. Mi marido debe de estar a punto de llegar y no sabe hacer nada sin mí —le explicó, poniendo los ojos en blanco y riendo.

Krissy sonrió, pero tensa.

—Claro, te entiendo.

—Pero a lo mejor... —Jodie vaciló—. A lo mejor podríamos repetir...

Le notó un ligerísimo temblor en la voz y se le cayó el alma a los pies. Su antigua conocida había sido más amable que la mayoría, pero estaba claro que Jodie pensaba que tenía enfrente a una asesina.

—Gracias, pero no querrás que te vean por ahí con una homicida —respondió con pretendido desenfado, aunque le lloraran los ojos.

Jodie la miró un buen rato.

—Yo no creo que mataras a tu hija, Krissy.

Las lágrimas le rodaron tan de repente por las mejillas que fue como si le hubieran dado un bofetón. Las palabras de Jodie eran como la luz del sol en su piel después de un verano largo y oscuro.

—Vale, entonces —dijo, limpiándose el contorno de los ojos— te doy mi teléfono.

Las dos mujeres quedaron para tomar una copa a la semana siguiente y un café dos días después de eso, y pronto empezaron a verse casi a diario. Por sus conversaciones, Krissy supo que Jodie también había pasado los años de instituto deseando largarse de Wakarusa. Después de graduarse se había mudado a South Bend para hacer el semestre de otoño en Notre Dame y ya no había vuelto. Allí había estudiado Español e Historia del Arte («¡Qué práctico!, ¿no?») y conocido a su marido. Se habían casado a los pocos años de terminar la universidad y, aunque Jodie soñaba con dedicarse a las artes, poco después se quedó embarazada de su primer hijo. El segundo había llegado solo un año después, y para cuando tuvo el tercero, ya era madre a tiempo completo y tenía el cerebro demasiado atestado de horarios de sueño y lactancia para que cupiera nada más.

Con los años, Jodie y su marido se habían ido distanciando cada vez más hasta que ella había tenido la sensación de que eran compañeros de trabajo que se llevaban bien y cuyos turnos coincidían de cuando en cuando. «Aún lo quiero —le dijo a Krissy en una ocasión—, pero hace tiempo que no estoy enamorada de él.» La historia de Jodie le resultaba muy familiar a Krissy e hizo que se compadeciera de su nueva amiga. ¡Sus vidas se habían convertido en pequeñas tragedias!

Jodie trataba a Krissy con una franqueza y una sencillez que le permitían relajarse como hacía muchísimo que no conseguía. La opresión que sentía en el pecho se aflojaba cuando estaba con ella. Se le destensaban los hombros y la mandíbula. Llevaba años forzando sonrisas, fingiendo cordialidad, soportando cumplidos malintencionados. Pero con Jodie se reía. A veces, incluso olvidaba.

Una mañana, unos tres meses después de su primer encuentro casual en South Bend, Krissy estaba en la cocina cuando le entró un mensaje de Jodie en el móvil: «Los niños no duermen en casa este sábado, así que ¡me voy a tomar un descanso! ¿Quieres que cenemos en el hotel y, no sé, que nos hagamos una mascarilla facial en la habitación después?».

Para entonces, Krissy había empezado a tener una reacción pavloviana de emoción cada vez que veía el nombre de Jodie en el móvil, y se sorprendió reprimiendo una sonrisa mientras tecleaba la respuesta: «¡Venga! Yo llevo las mascarillas y vino».

El resto de la semana, cada vez que pensaba en sus planes, Krissy se emocionaba, y cuando llegó esa noche, mientras cenaban en el restaurante del hotel, el ambiente estaba electrizado. Durante los últimos meses, Krissy había notado que surgía algo entre las dos, aunque no sabía bien qué. La última vez que había sentido algo parecido había sido aquel verano de después del último curso en el instituto, no con Billy, sino con Dave. Su amistad con Jodie era como un aleteo, un vértigo, una auténtica chispa. Pero, cada vez que su pensamiento seguía ese curso, su mente se detenía en seco. Ella no era lesbiana, y lo más probable era que así fuese como se sentía una cuando tenía una amiga de verdad. Quizá se había privado de compañía tanto tiempo que ya no era capaz de distinguir eso de un romance.

Esa noche se bebieron una botella de vino entre las dos y, después, achispadas y riendo como bobas, cogieron el ascensor a la planta de Jodie. Cuando se abrieron las puertas con un tintineo, Jodie salió, pero Krissy, que había reparado en que llevaba desabrochado un botón de la blusa, se detuvo.

—Ay, no —dijo, riendo—, ¿lo he llevado así toda la noche?

Al levantar la vista, toqueteándose el botón, vio que Jodie se tapaba los labios con los dedos. Entonces se miraron a los ojos y Jodie soltó una carcajada.

—¡Ay, Dios, que sí! —exclamó Krissy entre risas.

—Ni me había dado cuenta, te lo juro —le dijo Jodie, levantando una mano en señal de inocencia. Pero entonces se les escapó otra carcajada que se convirtió en chillido al ver que se cerraban las puertas del ascensor—. ¡Las puertas! —espetó, y agarrando a Krissy de la mano le hizo cruzar el umbral de un tirón.

Fueron a la habitación de Jodie y entraron dando tumbos, muertas de risa, con los dedos entrelazados. La recia puerta se cerró a su espalda y las dos se derrumbaron contra ella, temblando. Por fin fue remitiendo la risa y recobraron el aliento, con una sonrisa aún en los labios. Llegó el momento en que lo lógico habría sido que se soltaran la mano, pero no lo hicieron, y el momento pasó, y luego pasó otro y otro.

—Mmm... —Jodie se volvió hacia Krissy, con el hombro apoyado en la puerta, la mirada gacha—. ¿Te importa si pruebo...?

No terminó la frase y, de pronto, estaba inclinada hacia delante y besando a Krissy entre la mandíbula y la oreja. Krissy soltó un resoplido. Se le derretía el cuerpo; la cabeza le daba vueltas.

—¿Lo has..., eeeh...? —empezó a decir con voz ronca, jadeando—. ¿Lo has hecho antes? Con una mujer, digo...

Jodie se apartó para mirarla a los ojos. Asintió.

—¿Tú...?

Krissy tragó saliva y negó con la cabeza.

—¿No...? ¿Prefieres que...?

Los ojos de Jodie se pasearon por el rostro de Krissy y se detuvieron en sus labios. Pero a Krissy no le salían las palabras. Se limitó a cabecear afirmativamente y, de pronto, Jodie le había anclado la boca a la suya y a ella le daba igual ser lesbiana o no tener etiqueta para lo que sentía por aquella mujer. La chispa que había entre ellas se había convertido en llama y Krissy se limitó a rendirse.

La siguiente vez que se vieron, para comer en South Bend unos días después, Jodie invitó a Krissy a su habitación y empezaron a besarse en cuanto cerraron la puerta. Para Krissy, la conexión que tenían era magnética y segura a la vez, y cuando, un mes más tarde, Jodie le dijo que la quería, Krissy no dudó en responderle que ella también.

Aunque al principio le preocupaba que Billy descubriera su secreto, vio que le resultaba más o menos fácil ocultarle una aventura, siempre que fuera con otra mujer. Se limitó a decirle la verdad: que había reconectado con Jodie Palmer, del instituto, y se habían hecho amigas. Mientras estuviera en casa cuando él se despertara por las mañanas y hubiera comida en la nevera, él no sospecharía nada. Entretanto, Jace se había convertido en un adolescente volátil, malhumorado a veces, rabioso otras, siempre metido en líos. Krissy, que a menudo se preguntaba si había hecho lo correcto protegiéndolo en el pasado, hacía tiempo que había llegado a la conclusión de que la mejor forma de lidiar con él era ofrecer la mínima resistencia. Por lo visto, si no le hacía preguntas sobre su vida, él no se las hacía sobre la suya. Aun así, Jodie y ella sabían que no todo el mundo iba a estar tan ciego, y procuraban entrar y salir del hotel por separado. Solo se tocaban a puerta cerrada.

Pasaron los años y su aventura fue convirtiéndose en algo sólido. Aunque no vivían juntas, era con Jodie, no con Billy, con quien Krissy compartía su vida. Lo único que no compartía eran sus secretos.

Pero entonces, en 2009, ocurrió algo que lo cambió todo.

Era sábado por la mañana y Billy estaba trabajando en la granja mientras Krissy hacía la colada y limpiaba. Acababa de recoger el correo, había tirado el montón de cartas a la mesa de la cocina y se dirigía a las escaleras para pasar las sábanas de la lavadora a la secadora cuando un sobre le llamó la atención. La dirección del remitente era un apartado de correos. En el centro figuraba su nombre, escrito con una caligrafía perfecta. El corazón empezó a aporrearle el pecho. Hacía años que no veía la letra de Jace.

Cuatro años antes, cuando Jace tenía diecisiete, había bajado un día las escaleras y le había dicho que dejaba los estudios y se iba de casa. No le dijo adónde. A la hora de la comida ya había hecho el equipaje, y al ver alejarse por el camino de la finca aquel coche viejo de su hijo, casi le flojearon las piernas de alivio. No sabía ser madre de aquella extraña criatura espectral, del niño que había asesinado a su hermana. Sin embargo, de forma inesperada, le brotó en el pecho otra emoción que se parecía sospechosamente al remordimiento. No tenía ni idea de cómo podía haberlo hecho mejor, pero tenía la sensación de haber hecho algo mal.

Y entonces, Krissy se encontraba en la cocina, contemplando la caligrafía de su hijo en un sobre. Luego, con una mano temblona, la rescató del montón. La carta que iba dentro estaba escrita a mano con tinta azul.

Mamá:

Cuando me fui de casa, hace unos años, no pensé que fuera a querer volver a hablar contigo ni con papá en mi vida, pero estoy siguiendo una terapia y se supone que tengo que redimirme. Aunque, la verdad, tampoco creo que necesite vuestro perdón. Ni a pesar de todo lo que os hice considero que estemos igualados. Sí, sé que la cagué, pero era un crío. La adulta eras tú; tendrías que haber actuado como tal.

Sé que la pérdida de January fue dura para ti, porque era tu hija, pero también lo fue para mí, y nunca entendí por qué con ella tuve que perder a mi madre. Y, por favor, no hagas como que no sabes de qué hablo: durante once años, ni siquiera me miraste a los ojos. ¿Tengo que decirte lo injusto que es eso? Yo seguía vivo. Pero a ti lo único que te importaba era January.

Sabía que la querías más que a mí mucho antes de que muriera. Todas esas clases de baile para ella mientras a mí me arrinconabas... Y, cuando murió, fue como si yo hubiera dejado de existir. Papá lo hizo igual de mal, no me malinterpretes, pero él nunca me había entendido porque no era como él. Lo tuyo fue distinto. Tenías una oportunidad y la desaprovechaste. Y nada te hace sentir tan mierda como que tu madre no te quiera.

Sé que me acabo de cargar lo de «redimirme»

con esta carta, pero me da igual. No he sido bueno
en toda mi vida, pero creo que tú necesitas mi per-
dón más de lo que yo necesito el tuyo.

J

La carta se le escapó de las manos a Krissy y aterrizó en la mesa, abierta como una herida. Había esperado durante años aquel día, el día en que su hijo rompiera su silencio. Por fin había llegado y ella no sabía cómo reaccionar. No sabía a qué se refería con lo de que «la cagué». ¿Se refería a todas las veces en que se había metido en líos, a la hierba, al incendio del baño del instituto, a cuando se había liado a puñetazos con aquel chico hasta mandarlo al hospital porque le había dicho que en su familia eran todos asesinos? ¿O lo decía porque había asesinado a su hermana? A lo mejor tenía razón, se dijo Krissy. A lo mejor ella necesitaba su perdón, pero de lo que no le cabía la menor duda era de que él también necesitaba el suyo.

Despacio, dobló la carta y se la guardó en el bolsillo de atrás de los vaqueros. Se pasó el día, mientras hacía las tareas de la casa, flotando en una nube, llevándose la mano a los vaqueros, como si la carta de su hijo fuera un ser vivo y pulsátil. Luego, esa noche, después de que Billy se acostara, Krissy se sentó a la mesa de la cocina, bolígrafo en ristre, y empezó a escribir.

Querido Jace:

Gracias por la carta. Me ha costado leerla, pero
me alegro de que me la mandaras. Yo siempre seré

tu madre y, pienses lo que pienses, siempre te querré.

¿Cómo has podido pensar otra cosa si todo lo que hice aquella noche, ¡todo!, lo hice por ti, por protegerte? Pensé que se te iban a llevar a algún reformatorio o, por lo menos, que te iban a tachar de asesino para toda la vida, y eso no lo podía soportar. Es lo peor que he hecho en mi vida y volvería a hacerlo. Por ti.

Reconozco que después ya no supe ser tu madre. Cada vez que te miraba pensaba en lo que le habías hecho a January y se me partía el alma. Me encerré en mí misma, pero no solo por haber perdido a mi hija, sino porque también había perdido a mi hijo. Y, aun así, en todos esos años, nunca dejé de quererte. Así que, por favor, no digas que no cuando mi vida es testimonio del amor que te tengo. He cometido muchos errores, y los lamento, pero entre ellos jamás estuvo el de no quererte.

¿Te puedo llamar algún día? O a lo mejor podríamos quedar... Me encantaría verte. Como mínimo, contéstame, por favor.

Te quiere,

Mamá

A la mañana siguiente, Krissy depositó la carta en el buzón de correos del pueblo y empezó a mirar obsesivamente el buzón de la granja los días siguientes. Estaba tan desesperada por saber qué le contestaría que su ansiedad se convirtió en un malestar físico, tan real como el hambre. Y, aun así, no se esperaba en absoluto lo que él le contestó al fin a la semana siguiente, apenas unas líneas que le pusieron el mundo patas arriba.

Mamá, no entiendo tu carta. ¿Qué hiciste por mí esa noche? ¿Por qué crees que la gente iba a creerme un asesino? No sé qué piensas que le pasó a January, pero no fui yo quien la mató.

22
Margot, 2019

Margot volvió a casa desde Chicago en tiempo récord. Desde el momento en que el nombre de Elliott Wallace le había venido a la cabeza, había conducido a veinticinco kilómetros por hora más de lo permitido hasta Wakarusa. Porque ya estaba: Elliott Wallace era la conexión que había estado buscando. Como sospechoso del caso Polly Limon, era el vínculo entre aquella y January, y más adelante, Natalie Clark. Él era el desconocido sin rostro al que Margot había imaginado toda la vida, el hombre que había entrado en la calle de su infancia y se había colado en la casa de enfrente.

Irrumpió en la casa de su tío y se lo encontró sentado a la mesa de la cocina, tomándose un café y haciendo un crucigrama. Pese a su necesidad imperiosa e imparable de localizar a Wallace, el alivio que le produjo aquel panorama le hizo detenerse en seco.

—Tío Luke —dijo, avergonzada de las lágrimas que le empañaban los ojos. Solo había estado fuera una noche y Pete le había mandado un mensaje la tarde anterior para decirle que se había pasado por la casa y todo estaba en orden, pero, aun así, se le relajó el cuerpo entero al verlo—. ¿Cómo estás? ¿Todo bien?

—Creo que la pregunta es... ¿y tú? —respondió Luke con una sonrisa socarrona mientras bebía un trago de café.

Margot rio. Debía de parecer tan histérica como se sentía. El nombre de Elliott Wallace le repiqueteaba en el cerebro.

—Estoy bien, pero tengo trabajo pendiente. Sé que acabo de llegar, pero... —Meneó la cabeza—. ¿Seguro que estás bien?

—Niña, estás rarísima. Vete a hacer lo que sea que tengas pendiente, anda.

Ella rio otra vez.

—Vale. —Enfiló el pasillo, pero enseguida dio media vuelta y entró en la cocina, le puso una mano en el hombro a su tío y le besó la sien—. ¡Qué bien se está en casa!

Ya en su cuarto, Margot se tiró al suelo, sacó el portátil de la mochila y lo abrió. Mientras arrancaba tamborileó con los dedos en el borde, impaciente. En cuanto lo hizo, abrió su almacenamiento en la nube. Mientras repasaba su larga colección de carpetas, buscando la que llevaba el nombre de Polly Limon, trató de recordar los detalles del caso de la pequeña.

Polly tenía siete años cuando desapareció en el aparcamiento del centro comercial de Dayton, en Ohio, hacía tres años. Según el informe policial elaborado a partir del testimonio de la madre, aquella tarde de otoño volvían las dos al coche después de haber estado de compras. Polly se adelantó corriendo, pero, cuando la señora Limon llegó al coche, su hija no estaba. Denunció la desaparición de inmediato y la búsqueda oficial duró cinco días, hasta que el cadáver de la niña apareció en una zanja a un kilómetro escaso de donde se la habían llevado. La policía informó de abusos sexuales y lesiones craneales, aunque la causa de la muerte fue, en teoría, el estrangulamiento.

A diferencia del caso de January y el de Natalie, la búsqueda de Polly y la posterior búsqueda de su asesino apenas llamaron la atención de la opinión pública. Más o menos en la época de su desaparición, recordaba Margot, se había producido un tiroteo en masa en una escuela de primaria de Columbus, y en las noticias locales y nacionales no se veía otra cosa que el rostro de las siete víctimas de los disparos. Por eso Margot había podido acercarse tanto al caso: todos los demás periodistas estaban a más de cien kilómetros de distancia.

Durante las semanas que pasó cubriendo la noticia fue incapaz de quitarse de la cabeza las similitudes entre el caso de Polly y el de January. Eran más o menos de la misma edad, a las dos las habían encontrado en una zanja y las dos habían sufrido un traumatismo craneal. Dayton no estaba supercerca de Wakarusa, pero sí a menos de cuatro horas en coche. Nunca habían dado con ninguno de los asesinos.

Sentada en el suelo del antiguo despacho de su tío, Margot por fin encontró la carpeta. Hizo doble clic para abrirla y recorrió una serie de subcarpetas hasta llegar abajo del todo, donde encontró la que se llamaba «Elliott Wallace».

El contenido de la carpeta era escaso: un documento de notas y la grabación de la entrevista que Margot le había hecho. Aunque se decepcionó, no se sorprendió. La pista de Elliott Wallace había sido un callejón sin salida instantáneo, tanto en la investigación policial como en la suya. Una vecina de la zona, la madre de otra niña del curso de equitación infantil de Polly, había alertado a los inspectores sobre la posible implicación de Elliott Wallace. Según la mujer, tenía la costumbre de merodear por los establos durante las clases de los niños. La policía interrogó a Wallace en múltiples ocasiones, pero, como no disponían de pruebas que lo vincularan directamente al homicidio, al final lo soltó.

Margot hizo clic primero en el documento de notas, que resultó ser algo más que lo esencial sobre quién era Elliott Wallace o, al menos, quién había sido hacía tres años. En el momento del asesinato de Polly, Wallace tenía cuarenta y ocho años. Aunque era originario de Indianápolis, vivía en Dayton y trabajaba como guardia de seguridad en una urbanización. Sus padres habían muerto y no le quedaba otra familia que una hermana mayor que vivía en Indianápolis, con la que Wallace rara vez hablaba.

Debajo de esa ficha básica, Margot había incluido una foto de Wallace que había encontrado en internet. En ella tenía el pelo rubio ceniciento con raya a un lado, mandíbula afilada y risueños ojos pardos. Pero su rasgo más prominente eran sus orejas, desproporcionadamente grandes y separadas de la cabeza, que le daban el aspecto de un elefante. A pesar de ellas, era, según todos los cánones, atractivo, y al ver la imagen, Margot lo recordó enseguida, sentado enfrente de ella en el salón de la casa de él. Era alto y esbelto, con unos dedos largos que entrelazaba en el regazo y piernas largas que cruzaba a la altura de la rodilla. Durante la entrevista se había mostrado serenísimo y educadísimo.

Al mirarlo de pronto, Margot notó como le ardían el pecho y el cuello. Sintió, en el fondo de su ser, que aquel era el hombre que había asesinado a todas esas niñas, que estaba contemplando el rostro de un asesino.

Con un clic, salió del archivo, seleccionó la grabación y pulsó el botón de reproducción. En cuestión de segundos, el sonido de su propia voz inundó la estancia.

—¿Cuánto tiempo lleva viviendo en Dayton? —se oyó preguntar.

—Pueees…, a ver… —contestó una segunda voz. Elliott Wallace tenía una cadencia suave, casi musical. Chascó la lengua, pensativo—. No mucho. Un año, quizá. En realidad, a estas alturas puede que ya sean dos. Me vine de Indianápolis.

—¿Y está casado? ¿Tiene hijos?

—Ninguna de las dos cosas, por desgracia. Me habría gustado casarme, creo, pero nunca conocí a la mujer adecuada. Salgo con mujeres de vez en cuando, pero, con los años, cada vez es más complicado. Supongo que te aferras más a tus costumbres. —Rio—. Al menos eso me ha pasado a mí.

Margot cerró los ojos para centrarse en las palabras de Wallace. Recordó que entonces le pareció un hombre muy sosegado, muy sereno. Ella lo estaba entrevistando por el homicidio de una niña y, aun así, él conseguía mantener la calma y cooperar. Sin embargo, de pronto Margot detectó cierto tono teatral que en su día, sentada en su salón frente a él, no había advertido. ¿La influía todo lo que sabía de él o había estado ciega entonces?

—La policía le ha interrogado recientemente —siguió sonando su voz en la grabación—. En relación con el asesinato de Polly Limon.

—Así es —contestó Wallace, de pronto muy serio.

—¿Por qué piensan que podría estar implicado?

—Ah... —dijo él con un suspiro—, porque un día fui a los establos donde la niña entrenaba y competía. La verdad es que no le reprocho nada a la madre que dio mi nombre a los inspectores. Soy consciente de que, en los tiempos que corren, la presencia de un hombre adulto solo no inspira confianza, es bastante triste... Por desgracia, ni lo pensé cuando fui. Si pudiera retroceder en el tiempo, no habría ido, y menos ahora que sé que incomodé a esa mujer. Pero lo cierto es que soy fan del deporte. Y de los caballos en general. Visito las cuadras a menudo cuando no hay nadie por allí.

—Y, cuando estuvo en los establos, ¿habló alguna vez con Polly Limon? —se oyó decir Margot.

—Ni siquiera sabía quién era hasta que vi su nombre en las noticias. La cara me sonaba, pero no sé si habría sabido de qué si no hubieran mencionado lo de la equitación. —Wallace suspiró—. Es horrible lo que le ha pasado. Como ya he dicho, no tengo hijos, pero imagino que no hay nada peor que perder uno.

—¿Podría decirme qué estuvo haciendo la noche del martes 3 de mayo? —le preguntó ella. Aunque en el momento actual Margot no recordaba la relevancia de la fecha, dio por sentado que se trababa de la víspera del día en el que se halló el cadáver de Polly.

—Claro. En circunstancias normales no recordaría mi paradero con tanta facilidad, pero, como la policía acaba de preguntarme lo mismo, lo tengo fresco. —Lo dijo con cierta frialdad, una muestra sutil, pero evidente, de lo mucho que le indignaba la pregunta—. Esa tarde trabajé hasta las seis más o menos; luego me fui a casa y me hice la cena. Un plato de pasta normal, nada del otro mundo. Después fui a Barnes & Noble, donde compré un ejemplar de *El corazón de las tinieblas*. Estoy releyendo a los clásicos. Y luego volví a casa, donde pasé el resto de la noche.

—Entonces ¿no tiene coartada para esa noche?

—Bueno, una de las libreras puede dar fe de que estuve en la tienda. Seguro que se acuerda de mí, porque no encontraba *El corazón de las tinieblas* y, mientras me acompañaba a la sección donde lo tenían, tuvimos una charla amistosa sobre las ventajas de leer a los clásicos. Recuerdo que ella era más fan de la novela fantástica. —Hubo un silencio y Margot se lo imaginó sonriéndole—. Como seguramente le habrá dicho esa librera a la policía, estuve leyendo en la tienda bastante tiempo. Hasta las ocho y media, quizá. Puede que más. No me acuerdo. Luego vine a casa, leí un poco más y me fui a la cama. Así que, salvo por la librera, no tengo otra coartada. Una pena —añadió con algo de amargura—. No me gustaría en absoluto verme envuelto en una investigación de homicidio.

Recostada en el futón, con los ojos cerrados, Margot meneó la cabeza. Hasta la coartada le parecía deliberada. Era bastante endeble para resultar improvisada, bastante sólida para garantizar que decía la verdad y, aun así, dejaba el resto de la noche al descubierto.

—¿Y qué me dice de January Jacobs? ¿La conocía?

Margot abrió de golpe los ojos. No recordaba haberle preguntado eso. Se acordaba de comentarle a Adrienne su teoría sobre la relación entre los dos casos, pero no de colarle la pregunta a Wallace. Sentada en la cama, se sintió agradecidísima a su yo más joven.

—¿January Jacobs? —repitió Wallace, sorprendido.

—Eso es.

—A ver, sé de su existencia, claro, como todo el mundo, ¿no?

—¿Llegó a conocerla?

Wallace soltó un bufido.

—Eeeh..., no. —Pero, a pesar de la indignación de su tono, también sonó agobiado—. Perdone, pero ¿adónde quiere llegar con esto?

—¿Ha estado alguna vez en Wakarusa? —le preguntó Margot.

—Waka... —No terminó la palabra—. Yo qué sé. Puede. No estoy seguro.

—¿No está seguro de si ha estado en Wakarusa, en Indiana?

—Tengo cuarenta y ocho años. He viajado mucho en mi vida, así que es posible que sí. Pero la verdad es que no, no estoy seguro. Ahora, sintiéndolo mucho, debo marcharme. Tengo un compromiso dentro de media hora. —Inspiró hondo y la siguiente vez que habló lo hizo con más calma, más sosiego—. Gracias por tomarse la molestia de informar sobre este crimen, Margot, y mucha suerte con su artículo. Espero que atrapen a ese canalla. Y pronto. En mi opinión, alguien capaz de matar de ese modo a una chiquilla inocente merece la horca.

Se oyó un roce de tela, un murmullo de voces apagado mientras se movía el micro, y luego terminó la grabación.

Margot se quedó sentada, apoyada en el futón, con un escalofrío por la espalda. Wallace había pulido sus respuestas sobre Polly hasta hacerlas parecer ensayadas. Había reconocido que visitó los establos donde ella entrenaba y tenía una coartada endeble para la noche de su muerte. Y, cuando Margot le preguntó por January, de pronto se puso nervioso y dio por terminada la entrevista, no sin reconocer primero que había viajado mucho en su vida. A lo mejor él no se acordaba de dónde había estado, pero a ella se le ocurrían varios sitios: Wakarusa, Dayton y Nappanee, las poblaciones natales de January Jacobs, Polly Limon y Natalie Clark.

Entonces Margot no lo había sabido, pero de pronto lo tenía clarísimo: hacía tres años le había estrechado la mano a un asesino, y había estado sentada enfrente de él, escuchando sus mentiras.

La cabeza le iba a mil. No quería cargarse aquella noticia investigándola precipitadamente ni informando de ella demasiado pronto, por lo que aún le quedaba mucho por hacer, pues en aquellos momentos todo lo que tenía eran pruebas circunstanciales que vinculaban a Elliott Wallace con dos de los tres casos. Podía situarlo en Dayton en el momento de la muerte de Polly Limon y él había reconocido en la grabación que había estado en los establos en los que ella solía montar. Aparte de eso, Margot tenía la palabra de Jace Jacobs, que no se había dejado grabar, y que relacionaba a Wallace con January como un amigo imaginario, ¡nada menos! Aunque con eso le bastaba para tener la certeza de que andaba sobre la pista de algo, no era suficiente para empalarlo. Y eso era precisamente lo que Margot quería: rebanarlo y servírselo a la policía en bandeja de plata.

Pero antes de que le diera tiempo a hacer nada oyó un enorme estruendo al otro lado de la puerta. Y luego empezaron los gritos.

23
Margot, 2019

Margot abrió de golpe la puerta de su cuarto y salió corriendo al pasillo.

—¡Cabronazo! —se oía bramar a Luke por toda la casa.

Siguió el sonido hasta la cocina, donde se detuvo en seco, espantada, y todo lo relativo al caso se le borró de la mente. Lo único que pudo registrar fue el aspecto de la cocina. ¿Cuánto tiempo había estado encerrada en su cuarto? No habría sido más de una hora, pero la cocina había quedado irreconocible desde que, poco antes, pasó por delante.

Una de las sillas estaba tirada en el suelo (el origen del estrépito, supuso) y todos los cajones y armaritos estaban abiertos y vacíos, con las cosas tiradas por la encimera. En lo alto de una pila enorme de platos había un montón de guantes de horno y salvamanteles. A su lado había una pila de cubertería, toda la que tenía su tío: cuchillos de carne, cuchillos de mantequilla, tenedores, cucharas soperas, cucharones de servir, cazos... Un montón de objetos diversos del cajón de los trastos, como un Yahtzee digital, un ramillete de lápices, un cepillo de pelo viejo o unas tijeras oxidadas, se habían reubicado en el interior de las tazas. Parecía imposible que aquella cantidad ingente de cosas hubiera cabido alguna vez en la cocina. En el centro de todo, de espaldas a ella, estaba Luke.

—¿Tío Luke...? —le dijo con timidez.

Luke se giró, furioso, con ojos de loco. En las manos llevaba un frasco de pepinillos.

—¡No la encuentro! —espetó.

—Vale, vale —le dijo ella, levantando las manos con ternura—. ¿Qué es lo que no encuentras?

—A ver, ¿tú qué crees? ¡La puñetera mostaza! —Plantó el frasco de pepinillos en la encimera rebosante, apartando de un empujón una bolsa de Fritos y un pulverizador de plástico con limpiador. Levantó un montón de mantelillos de plástico, miró debajo y volvió a dejarlos donde estaban.

Margot repasó rápidamente lo que había en la encimera en busca de la mostaza, pero no la vio en ningún sitio.

—A ver si puedo ayudarte, ¿vale? —le dijo con un nudo en la garganta y el corazón alborotado.

—No sé por qué la vas a encontrar tú si no yo puedo.

Se giró de nuevo, nervioso, y exploró el otro lado de la cocina. Entonces clavó la vista en el horno, se acercó a grandes zancadas, lo abrió, se agachó y miró dentro.

—Pues tal vez tengas razón, pero, por lo menos, puedo ayudarte a buscar.

Mientras Luke cerraba y volvía a abrir los armaritos vacíos que ella tenía a su espalda, Margot se acercó con sigilo a la nevera. Pero la mostaza no estaba dentro. Su tío lo había sacado todo menos un cartón de leche. Y curiosamente, allí, en el estante del centro, estaba el teléfono fijo inalámbrico de Luke. Margot lo sacó con disimulo y lo dejó encima de un montón de platos de cartón.

Luego miró en el congelador y, justo cuando había localizado la mostaza, alojada detrás de un cartón de helado, Luke se dirigió al otro lado de la puerta del congelador y la cerró de golpe. Pero Margot estaba en medio y la esquina afilada de un estante de plástico se le clavó en la mejilla.

La recorrió un dolor punzante. Margot hizo un aspaviento y se llevó una mano a la cara.

Luke bordeó la puerta del congelador, que, después de chocar con Margot, había vuelto a abrirse de golpe.

—¿Rebecca...? —dijo mirando a Margot, con el ceño fruncido y el cuerpo inmóvil.

Margot respiraba entrecortadamente según el dolor iba agudizándose y concentrándose. Tenía la sensación de haberse cortado con un cuchillo y se notaba la mejilla resbaladiza debajo de los dedos. Cuando apartó la mano, se la vio brillante de sangre.

—¿Rebecca...? —repitió Luke, esa vez con voz temblona—. ¿Te has...?

Antes de que pudiera terminar la frase llamaron a la puerta de la casa.

—Joder —dijo Margot entre dientes.

Buscó el papel de cocina y encontró un rollo encajado entre el tostador y la batidora. Arrancó un cuadrado y se lo pegó a la cara dolorida.

Volvieron a llamar a la puerta con los nudillos, más fuerte esa vez.

—¡Va! —gritó Margot mientras se limpiaba la sangre de la cara; luego hizo una pelota con el papel, lo tiró a la basura y fue corriendo a la puerta. Cuando se disponía a abrirla, quien estuviera al otro lado volvió a llamar—. ¡Madre mía! —susurró furiosa, abriendo de par en par—. ¿QUÉ?

Plantado en el umbral, alarmado, estaba Pete.

—Ah, eres tú —dijo Margot, colorada—. ¿Qué haces aquí?

—Eeeh... —Él la miró extrañado—. Eso digo yo.

—¿Qué? —Entonces cayó en la cuenta—. Ay, mierda, que has venido a ver si Luke estaba bien. Perdona, se me ha olvidado escribirte. Ya he vuelto de Chicago.

—Ya lo veo —contestó Pete asintiendo—. Y que estás sangrando.

Margot se tocó el corte con los dedos.

—No es nada.

Pete echó un vistazo a la casa por encima del hombro de ella.

—¿Qué tal si paso un momento? Hoy no estoy de patrulla, así que tengo unos minutos.

—No es buen momento, Pete.

—No, si ya... —dijo él lanzándole una miradita.

Sin esperar respuesta, Pete se coló en la casa. Al ver la cocina, se quedó pasmado, pero cambió de expresión en cuanto vio acercarse a Luke.

—Hola —dijo como si nada—. Soy Pete Finch. —Le tendió la mano, y Luke se la estrechó con delicadeza. Por la sonrisa dispersa que su tío le dedicó a Pete, Margot dedujo que no lo reconocía del día anterior—. Soy amigo de Margot.

—Encantado —contestó Luke, con una vocecilla inusual. Luego miró a Margot—. ¿Niña...? Estás sangrando. ¿Qué te ha pasado?

Margot negó con la cabeza.

—Nada. Estoy bien.

Pete, plantado a su lado, echó un vistazo a la cocina desastrosa.

—Bueeeno... —dijo dando una palmada—. ¿Estabais haciendo limpieza? ¿Os echo una mano?

Margot, Pete y Luke tardaron dos horas en recoger la cocina. Casi todo lo hizo ella, claro, porque era la única que sabía o recordaba dónde iba cada cosa. A lo largo de la tarde mantuvieron los tres una conversación constante y relajada, en su mayor parte formada por anécdotas interminables de Pete sobre detalles de su trabajo. Margot sabía que lo hacía por ella, por entretener a su tío mientras ella limpiaba. En todo ese rato no tuvo claro si estaba más avergonzada o agradecida: avergonzada de haberse enfrascado tanto en el caso como para no enterarse de que su tío estaba desbarrando al otro lado de la puerta; agradecida por la amabilidad de aquel casi desconocido.

Cuando terminaron eran poco más de las cinco y los tres tenían hambre, así que Margot pidió pizza. Aunque puso la mesa para tres, cuando Luke lo vio dijo:

—¿Por qué no os ponéis al día? Yo voy a ver la tele mientras ceno.

Pero, al verlo llevarse dos porciones al salón, enseguida supo que, en realidad, necesitaba un descanso. Se lo veía cansadísimo. Aquellos episodios, por lo visto, tenían ese efecto en él.

Margot vio a su tío dejarse caer en el sofá, encender la tele y darle un mordisco a la pizza, con los ojos clavados en la pantalla. Cuando volvió a mirar hacia la cocina, vio a Pete coger dos cervezas de la nevera.

—¿Una birra? —le dijo él.

—Por supuesto. El abridor está en ese cajón de ahí.

Pete destapó los botellines, le pasó uno a ella y se instaló en la silla de enfrente. Ella bebió un trago largo.

—Está empeorando —dijo después.

Pete paseó la mirada por su rostro y aterrizó en la mejilla inflamada.

—¿Eso te lo ha hecho él?

Margot se había lavado el corte y se había puesto una tirita, pero aún le dolía. Negó con la cabeza.

—Ha sido sin querer.

—¿Puedo hacer algo?

Ella se lo quedó mirando.

—¿En serio? ¿Con todo lo que has hecho esta tarde?

—Ya te lo dije: yo he pasado por esto. Es... duro.

Margot estudió su rostro un momento.

—Pues la verdad es que sí hay algo. —Titubeó—. ¿Podrías localizarme a Elliott Wallace?

—¿Quién es ese?

Margot se lo contó todo y Pete la escuchó con cara de incredulidad.

—¡La hostia! —exclamó cuando ella terminó.

Bajó los ojos a la superficie de la mesa, por la que deambularon, sin ver nada, para terminar posándose en la porción de pizza mordida que llevaba en la mano. La miró extrañado, como si le sorprendiera verla ahí, y luego la soltó en el cartón y se frotó las manos.

—Ya... —dijo Margot—. Aquí hay algo. Lo presiento.

—Sí..., sí..., creo que tienes razón. ¡Joooder!

—Entonces ¿crees que podrías ayudarme a localizarlo? A Elliott Wallace, digo. Recuerdo que vivía en Dayton cuando nos vimos, pero no me acuerdo de dónde y no tengo ni idea de si sigue allí.

Margot sabía que la ubicación del antiguo barrio de Wallace se encontraba probablemente enterrada en algún lugar recóndito de su memoria, pero la casa estaba en una zona residencial de edificios idénticos de una ciudad en la que no había estado nunca más. Además, de eso hacía tres años. Podía haberse mudado.

Pete se rascó la barbilla.

—Localizar a alguien así puede llevar tiempo. Puedo tardar semanas en tener noticias de los sitios con los que debo contactar. Eso, si lo hago por lo legal.

Margot se lo pensó un momento.

—¿Y si no lo haces por lo legal?

Pete soltó una carcajada.

—Sí, eso me llevaría menos tiempo, pero supongo que me pregunto si... ¿En serio eso es lo que quieres hacer ahora?

—¿A qué te refieres? —preguntó intrigada.

—Lo digo porque... —Señaló con la barbilla hacia el salón, a la espalda de ella, donde Luke veía la tele con el volumen a tope—. Con lo que tienes ya encima...

—Sí, claro, pero tengo que trabajar igual.

No le había dicho a Pete que la habían despedido ni pensaba hacerlo. Aunque estuviera dispuesto a saltarse las normas por una periodista con una pista sólida, probablemente no lo haría si supiera que no había una publicación que la respaldara. Por no hablar de la vergüenza que le iba a dar contárselo. Y no había necesidad, con todo lo que llevaba ya a cuestas.

—Ya —dijo él—, pero ¿no podrías trabajar en otro artículo o lo que sea, en uno con el que no tengas que andar persiguiendo a nadie por todo el Medio Oeste?

—Hago todo lo que puedo por él, Pete.

Margot quiso sonar normal, pero el comentario le quedó seco.

—Lo sé, de verdad, pero dejarlo solo por la noche estando así puede ser peligroso.

El pecho empezó a abrasarle de pronto como si tuviera un sarpullido.

—¿Me estás tomando el pelo?

—Escucha, no soy quién para decirte cómo cuidar de los tuyos, pero...

—No, si ya lo pillo —espetó ella, levantándose de la silla tan deprisa que casi la tiró—. Piensas que tendría que quedarme en casa en vez de trabajar.

—Yo... —Pete levantó las manos a la defensiva—. Joder, Margot, que no digo eso.

—Ah, ¿no?

Le entró de pronto una notificación en el móvil, que había dejado en la mesa. Lo cogió instintivamente y miró la pantalla.

—¡Joder!

Era una solicitud de pago de su antiguo casero, Hank, por el importe de mil doscientos dólares, el alquiler de julio. Margot había llamado al subarrendador un montón de veces en los últimos días, pero parecía que se lo hubiera tragado la tierra. No le quedaba otro remedio que pagar ella.

—¿Va todo bien? —preguntó Pete con cautela.

Margot dejó el móvil en la mesa con demasiado impulso.

—Va todo genial. Solo tengo que pagar el alquiler de un sitio en el que ya no vivo, pero, sí, igual debería dejar de trabajar y quedarme en casa con mi tío.

Se sentía imbécil y falsa defendiendo un puesto de trabajo que ya no tenía, pero le dolía la mejilla, lo de Luke la superaba y tenía la sensación de estar a escasos centímetros del mejor reportaje de su vida... si conseguía encontrar tiempo para montarlo.

—Perdona —le dijo Pete, poniéndose en pie—. No pretendía...

—No pasa nada, de verdad, pero creo que debería ponerme a limpiar la cocina.

—Yo... —Suspiró—. Claro. Vale.

Después de que Pete se fuera, Margot metió en la nevera la pizza que había sobrado, limpió la cocina otra vez y le mandó el dinero a Hank. Luego fue a su cuarto a por el portátil y se bajó al sofá con Luke.

Él le dedicó una sonrisa vaga, vacía, y siguió viendo la tele. A Margot se le encogió el corazón. Sabía por qué le había dolido tanto la insinuación de Pete, y no había sido porque le pareciera machista, sino porque era justo lo que ella se decía en sus peores momentos. Trabajaba demasiado. No estaba pendiente de su familia. A fin de cuentas, allí estaba, tras uno de los peores episodios de Luke hasta la fecha, sin poder pensar en otra cosa que en el caso de January. A lo mejor Pete tenía razón. Quizá tendría que buscarse un trabajo de camarera y contratar un cuidador por horas hasta que encontrase algo más lucrativo y a lo que tuviera que dedicar menos tiempo. Y en cambio... En cambio...

El nombre de Elliott Wallace le resonaba provocador en la cabeza. Había estado sentada enfrente de él, había escuchado sus palabras y lo había mirado a los ojos, y él la había engañado. Se había mostrado en todo momento preocupado por el asesino de Polly Limon y se había ido de rositas. Se había librado del asesinato de January y también del de Natalie. Y Margot era la única que sabía que era culpable. Lo sabía en lo más hondo de su ser, con la misma certeza con que sabía que quería a su tío, como la misma con que sabía que lo suyo era el periodismo. Aquel conocimiento tenía peso y densidad. Era sólido como un hueso.

En el sofá del salón, se apoyó el portátil en los muslos y lo encendió. Si Pete no la ayudaba, tendría que pillar a ese cabrón ella sola. Pero ¿por dónde empezaba? Miró distraída el programa que estaba viendo Luke, un documental sobre grandes felinos, mientras intentaba recordar todo lo que Jace le había dicho del «amigo imaginario» de su hermana. Le había dicho que Elefante Wallace jugaba con ella en el parque infantil, ¿no? Que había ido a sus actuaciones...

Se le ocurrió una idea mientras abría la pestaña de Google. Tecleó «January Jacobs + baile» en la barra de búsqueda y luego seleccionó el filtro de imágenes. En circunstancias normales, para encontrar fotos de un caso así, habría ido al estudio de baile de la niña o se habría puesto en contacto con los padres, pero el caso de January era tan famoso que Margot sabía que todas las fotos relacionadas con él se habían propagado por internet desde que se había inventado la red. Y, en efecto, los resultados se materializaron en cuestión de segundos, escupiéndole miles y miles de imágenes. Las primeras quince o así eran la misma, la más famosa del caso: la de January vestida de tema náutico, con el pelo castaño repeinado y los labios pintados de un rojo intenso.

Después había montones de instantáneas similares: January vestida de baile, posando sola y sonriendo con su boquita pintada. Entre ellas había también fotos del caso: Billy, Krissy y Jace en las ruedas de prensa, en el sofá de Sandy Watters, a la puerta de su casa... En todas ellas se los veía serios y asustados. Margot siguió bajando por la pantalla.

La primera foto en la que hizo clic estaba en la duodécima página de resultados. Era una panorámica de una de las actuaciones de la niña, en la que se veía todo el escenario y parte del público. Margot la amplió y examinó las cabezas del público, solo que ampliadas no eran más que borrones. Volvió a la página de resultados.

No tenía ni idea de cuánto tiempo había pasado cuando por fin encontró algo, y hasta que Luke no levantó de golpe la cabeza para mirarla no cayó en la cuenta de que había hecho un aspaviento.

—¿Rebecca...? —le dijo él—. ¿Te encuentras bien?

Ella asintió con la cabeza.

—Sí, sí, estoy bien, perdona.

Le dedicó una sonrisa forzada y se centró de nuevo en la foto del portátil. Estaba sacada, sin duda, en uno de los auditorios donde había bailado January. Ella estaba en el centro de la escena, con un ramo enorme de rosas blancas en los brazos. Detrás había un montón de gente: otras niñas vestidas como ella, mamás y papás, hermanas y hermanos, tías y tíos... Y allí, en la esquina derecha de la foto, minúsculo y borroso, pero reconocible, estaba Elliott Wallace. Estaba solo, con aquella mirada penetrante clavada en la nuca de January.

Lo había encontrado.

Lo miró fijamente, con el corazón desbocado. Le costaba creerlo. Después de que le hubieran dicho tantas veces que se equivocaba (su exjefa, los inspectores Lacks y Townsend...), por fin tenía una defensa.

Pero entonces, mientras contemplaba el rostro del hombre que estaba convencida de que era un asesino, algo le llamó la atención: un manchurrón rojo que le sonaba familiar en el borde de la foto.

—No.

La palabra se le escapó en un susurro.

No era posible. Carecía de sentido. Luke siempre le había dicho que no conocía a Billy ni a Krissy. Y, desde luego, no había conocido a January, con lo que no tenía motivo para ir a verla bailar. Entonces ¿por qué salía en aquella foto que era obvio que se había hecho después de una de las actuaciones de January? Aunque le habían cortado media cara, se veía que era él. Estaba mucho más cerca que Elliott Wallace, y aparecía una oreja, parte de la mandíbula y lo que lo delataba: su pañuelo rojo favorito atado al cuello, el mismo que Margot le había regalado en Navidad hacía un montón de años.

El pulso le retumbaba en los oídos. Margot se volvió a mirar a Luke y se le hizo un nudo en la garganta. Él la miraba con el semblante tan serio e inexpresivo como el de Jace.

—Por cierto —le dijo—, ¿has visto a Margot recientemente?

Margot tragó saliva.

—¿Por qué lo preguntas?

Luke entornó los ojos y la miró casi con recelo; luego se volvió de nuevo hacia la tele.

—Me preocupa. Pregunta mucho por January. Temo que averigüe lo que pasó en realidad.

24
Margot, 2019

Sentada en el sofá, Margot se quedó helada, con la respiración contenida y un hormigueo en las palmas de las manos. Contemplaba el perfil de su tío mientras él miraba la tele fijamente. Lo tenía a solo unos centímetros, pero la distancia que los separaba le parecía un abismo insalvable.

A lo largo de toda su vida, Luke la había enseñado a ser sincera y auténtica. En un pueblo donde a la gente le preocupaban más las apariencias que la verdad, su tío, franco y espontáneo, había sido su salvación. Luke jamás ocultaba quién era, o por lo menos eso era lo que ella siempre había pensado. Por lo visto, se equivocaba. Por lo visto, como todos los habitantes de aquella localidad, también llevaba una máscara. Después de sostener durante años que no conocía a January ni a los Jacobs, allí estaba, en una foto tomada en un espectáculo de la niña.

Margot paseó la mirada de su tío en la foto a su tío en el sofá.

—¿Tío Luke? —Pero lo dijo con un hilillo de voz y él no debió de oírla, porque siguió con los ojos clavados en el televisor. Margot se aclaró la garganta—. ¿Luke? —Él giró la cabeza y enarcó las cejas, y ella vio, por su cara de confusión, que aún no la reconocía. ¿Quién era para él en esos momentos?, ¿su difunta esposa o una desconocida?—. ¿Qué es lo que te preocupa que descubra Margot? —le preguntó.

Él la miró extrañado.

—¿Qué?

—Me acabas de decir que te preocupa que Margot no para de preguntar por January, que temes «que averigüe lo que pasó en realidad». ¿A qué te referías? —Se sentía una traidora, aprovechándose de su estado para sonsacarle información, pero él la había traicionado primero. La expresión de extrañeza de Luke se hizo más visible aún—. ¿Luke? —añadió ella después de un segundo—. ¿De qué hablabas? ¿Qué fue lo que «pasó en realidad»?

—¿Mmm...? —Parpadeó fuerte, meneando la cabeza como si quisiera quitarse las telarañas—. ¿Qué me estás contando?

Justo entonces sonó un rugido fuerte en el televisor y se volvieron los dos a mirar. En la pantalla, un león despedazaba a un animal destripado, con el hocico y la melena pringados de sangre.

—Joder, es que me encanta este programa —dijo Luke—. ¿A ti no?

Pero Margot se había quedado sin habla. Su cabeza era un remolino de versiones contradictorias de su tío: Luke en la actuación de January; Luke diciéndole que no conocía a los Jacobs; Luke temiendo que ella «averigüe lo que pasó en realidad». Con una mano temblorosa, cerró el portátil y se lo metió debajo del brazo. Necesitaba apartarse de él. Cuando se levantó, cayó en la cuenta de que le flojeaban las piernas.

—Ahora vengo —dijo, pero su tío no la oyó o le dio igual, porque siguió viendo la tele mientras ella salía de la habitación.

En cuanto cerró la puerta de su cuarto y echó el pestillo, se derrumbó contra ella y se escurrió hasta el suelo. ¿Qué estaba pasando? Hacía un minuto había relacionado a Elliott Wallace con Polly Limon y January, creyendo que había resuelto el caso, y de pronto... ¿QUÉ? ¿Qué pensaba exactamente que había hecho su tío? Que hubiera ido a ver bailar a January, se dijo, no significaba que la hubiera asesinado. Pero entonces ¿por qué le había mentido todos esos años?

Margot se sentía como si hubieran puesto del revés todo lo que sabía, todo su mundo. Llevada por la súbita necesidad de hablar con alguien, se sacó el móvil del bolsillo trasero, pero, después de mirar la pantalla un instante, lo plantó en el suelo, apretándolo contra la moqueta. Era a Luke a quien llamaba en momentos así.

Se quedó allí sentada, con la espalda pegada a la puerta y la vista perdida en aquel despacho reconvertido en cuarto de invitados. Al cabo de un rato reparó en el antiguo escritorio de Luke. De niña, aquel escritorio era lo único de la casa de sus tíos que no se le permitía tocar. Según Luke, porque ahí tenía sus cosas de trabajo y no quería que se las desorganizara. Pero, pensándolo bien, no recordaba haberlo visto usarlo jamás.

Se levantó, se aseguró de que el pestillo estaba bien echado, se acercó aprisa al escritorio y se instaló en la silla de polipiel del lado opuesto. Encima del escritorio había un ordenador con un teclado conectado, un bote de cristal con bolis, lápices y rotuladores fluorescentes, y un flexo barato. Margot pulsó el botón de encendido del ordenador de sobremesa y, mientras arrancaba, empezó a abrir con sigilo los cajones. En el cajoncito plano de debajo del centro de la mesa, entre clips, notas adhesivas y chinchetas, vio una llavecita dorada.

Cuando estaba a punto de cogerla, el ordenador cobró vida con una sonora campanada y ella se irguió y aguzó el oído para detectar cualquier movimiento en la estancia contigua. ¿Qué haría su tío si la sorprendía husmeando en sus cosas? El día anterior, esa pregunta la habría hecho reír, pero en esos momentos la asustaba.

Devolvió su atención a la pantalla, en el centro de la cual había un cuadrito donde meter la contraseña. Se mordió el carrillo mientras pensaba. Luke había sido contable, un hombre de números, pero también tenía un lado sentimental. Tecleó los dígitos del cumpleaños de su tía, pero el cuadrito se sacudió para mostrar su rechazo, así que probó con la fecha de nacimiento de él y obtuvo idéntico resultado. Borró los números y fue tecleando despacio su propio cumpleaños. Cuando pulsó «Intro», el ordenador emitió un tintineo de satisfacción y Margot vio por fin el escritorio del equipo de su tío. Se le encogió el pecho. Durante la siguiente hora más o menos, estuvo inspeccionando todos los archivos y carpetas que encontró, pero los minutos fueron pasando y no encontraba nada. Decidió cambiar de tercio y se puso a registrar el resto de los cajones de la mesa y, justo cuando estaba a punto de abrir otro, lo oyó: un golpe fuerte al otro lado de la puerta.

Se irguió de pronto, con la mano congelada en el aire y los ojos clavados en la puerta del despacho. El ruido había sido de unos pasos quizá o de un traspié. Se quedó quieta, escuchando, pero no oyó nada más. Con sigilo, se levantó de la silla y se acercó a la puerta y, conteniendo la respiración, pegó la oreja a ella, pero no oyó más que la tele. Eran solo paranoias suyas.

Sentada de nuevo al escritorio de su tío, Margot siguió hurgando en los cajones, aunque el contenido de cada uno de ellos era aún más banal que el del anterior. Había registros y recibos de todas las reparaciones que Luke le había hecho a su coche desde que lo tenía, hasta el más mínimo cambio de aceite. Y lo mismo con la casa: arreglos del tejado y de las tuberías. Entre ellos había un puñado de papelotes varios: una antigua lista de la compra, una convocatoria para formar parte de un jurado en 1999, un fajo de cartas que Margot le había enviado después de irse de Wakarusa, escritas con una caligrafía preadolescente y desastrada...

Por fin llegó al último cajón, el grande de abajo a la derecha, y cuando iba a abrirlo, vio que estaba atascado. Volvió a tirar de él, pero no cedía. Entonces observó la pequeña cerradura dorada y se acordó de la llavecita. Abrió enseguida el primer cajón y sacó la llave.

Con el corazón desbocado, Margot la probó y vio que giraba fácilmente. Sin embargo, cuando lo abrió, se le cayó el alma a los pies. No sabía qué esperaba encontrar, pero dentro no había nada más que un archivo y, al repasar las carpetas, aumentó su decepción: solo eran los expedientes de los clientes de Luke. Tenía sentido, supuso, que los guardara bajo llave. Se derrumbó en la silla enorme. Debería haberse sentido aliviada. No quería que su tío albergara ningún secreto culpable, claro que no, pero necesitaba la verdad, una explicación de por qué aparecía en aquella foto de la actuación de January, y no la iba a encontrar en aquellos documentos.

Entonces observó algo que no había visto antes: parecía haber cierta discrepancia entre la profundidad del cajón por fuera y la del archivo por dentro, un margen de unos siete a diez centímetros. Se levantó de un brinco y sacó el cajón del todo. Luego, procurando moverse con cuidado, retiró la estructura metálica que sostenía las carpetas y pegó la mano al fondo de madera del cajón. Palpó toda la superficie hasta que, por fin, en uno de los rincones, notó que la madera cedía un poco y oyó un chasquido. Se le puso el corazón en la boca. El panel de madera era un doble fondo.

Estaba a punto de quitarlo cuando oyó otro ruido: el mismo golpe seco de antes, un paso suelto o un codazo contra la pared, solo que esa vez parecía que viniera de fuera de la casa.

Se acercó corriendo a la ventana y se asomó por la rendija de los postigos. Debía de ser más tarde de lo que pensaba, porque fuera estaba oscuro y la única fuente de luz era una bombillita. Margot inspeccionó hasta el último centímetro del jardincito trasero de su tío, pero no oyó nada más que el sonido lejano del televisor. ¿Sería Luke el origen de aquel ruido?, ¿estaría deambulando por ahí?

Se dirigió a la puerta del dormitorio, la entreabrió con cuidado y se coló por la rendija. Enfiló el pasillo de puntillas, se detuvo a la entrada del salón y asomó la cabeza, pero Luke no se había movido. Seguía sentado en el sofá, viendo la tele. En la pantalla, las leonas estaban cazando, rodeando a la presa metódicamente. Margot echó un vistazo al resto de la estancia y a la cocina contigua, pero nada parecía fuera de lugar ni daba la impresión de que faltase nada. Y el único sonido que se oía era la voz del narrador del documental explicando que el ñu tenía todas las de perder frente a la manada de leones que lo rodeaba. Margot dio media vuelta y regresó a su cuarto.

Entró, echó el pestillo y suspiró. Se sentía ridícula. No pasaba nada siniestro en la casa. Su tío no tenía ni idea de que ella sospechaba de él. Y por esa misma razón, a lo mejor tampoco había nada que sospechar. Quizá hubiera un motivo del todo inocuo por el que había estado en la actuación de January aquella noche. En quien debía centrarse en esos momentos era en Elliott Wallace, no en su tío. Pero entonces le vinieron a la cabeza las palabras de Luke: «Pregunta mucho por January. Temo que averigüe lo que pasó en realidad». Se frotó la cara con las manos. Estaba hecha un lío.

Tras acercarse de nuevo al escritorio de su tío, se dejó caer en la silla y se inclinó hacia delante para retirar el doble fondo del cajón. Aunque tuviera que centrarse en Wallace, primero necesitaba tachar aquello de la lista. Luke se había tomado la molestia de esconder lo que fuera en aquel cajón. Margot dejó el panel de madera a sus pies, en el suelo enmoquetado, y, conteniendo el aliento, puso toda su atención en el contenido del cajón.

Se quedó paralizada un instante. No podía hacer otra cosa que mirar fijamente, con el corazón desbocado. Entonces metió la mano temblorosa, sacó el montón de papeles doblados y se los puso con mucho cuidado en el regazo.

Los ojos se le llenaron de lágrimas mientras repasaba aquellos programas hechos con escaso presupuesto. Todos ellos tenían la misma imagen en la cubierta: una bailarina con tutú y los brazos levantados por encima de la cabeza formando un delicado arco. Sobre el arco, las siguientes palabras: «La Academia de Baile de Alicia presenta...», y debajo de la bailarina, el título concreto de cada espectáculo: *Festival de Primavera 94*, *Exhibición de Otoño 93*... En todos ellos figuraba el nombre de January.

Margot apretó fuerte los ojos. Su tío, su persona favorita del mundo, era un mentiroso, y puede que incluso algo mucho peor. ¿Qué otra cosa podía explicar que hubiera asistido a los espectáculos de una niña a la que aseguraba no conocer? ¿Y por qué había tenido escondidos bajo llave aquellos programas durante veinticinco años?

ZAS.

Esa vez, cuando Margot oyó el golpe, no le cupo la menor duda. Había alguien fuera. Volvió a meter aprisa los programas en el cajón, recolocó el doble fondo y el armazón metálico del archivo, cerró el cajón de golpe, echó la llave y la dejó donde la había encontrado. Se acercó a grandes zancadas a la puerta, con los puños apretados a los lados.

Salió con sigilo por la puerta, recorrió el pasillo de puntillas hasta la entrada del salón y asomó la cabeza, casi esperando ver que Luke no estaba, pero seguía allí, sentado en el extremo del sofá, de frente al televisor. Margot lo examinó un segundo. ¿Eran imaginaciones suyas o respiraba demasiado rápido? Pero el ruido venía de fuera, o eso le había parecido a ella, y era imposible que su tío hubiera salido y vuelto a entrar sin que ella lo hubiera oído.

Margot se dirigió a la puerta de la calle y la abrió de golpe, pero más allá del escaso resplandor de la luz del porche solo había oscuridad. Se quedó allí plantada, esperando a que la vista se le ajustara, oyendo el golpeteo de las polillas al chocar con la bombilla del techo. Estudió la noche y no vio nada. Aguzó el oído, pero todo estaba tranquilo. Se redujo el flujo de adrenalina en sus venas.

Entonces, cuando se disponía a volver adentro, algo le llamó la atención: un papelito doblado debajo del zapato. Aunque el pie le tapaba algunas de las letras, era obvio que llevaba garabateado su nombre. Margot se agachó despacio y lo cogió con una mano temblona. Volvió a mirar alrededor y desdobló el papel.

La nota estaba escrita con la misma letra que la que le habían dejado en el coche, pero, mientras que la primera podía considerarse una advertencia, «Aquí no estás a salvo», esta otra era una orden. Y con una sola palabra, el mensaje quedaba clarísimo: «¡LÁRGATE!».

25
Krissy, 2009

Era sábado por la noche, Billy ya se había acostado hacía rato y Krissy estaba sentada a la mesa de la cocina con una copa de vino blanco llena hasta arriba. La última carta de Jace le temblaba en la mano y sus palabras la miraban desde el papel: «No sé qué piensas que le pasó a January, pero no fui yo quien la mató».

Aquella frase la tenía loca, como si se le hubiera colado en la cabeza y le hubiera descabalado todo lo que sabía. Bebió un sorbo largo de vino y, por enésima vez en su vida, revivió mentalmente aquella noche terrible: la puerta del sótano abierta, la oscuridad abismal al otro lado... Jace plantado junto al cuerpo sin vida de January; ella, gélida. Y aquellas palabras raras e insensibles que le habían trepado por la espalda como un escalofrío: «¿Jugamos mañana, mamá, solo tú y yo?».

El recuerdo era sólido, como integrado en su ADN. ¿Cómo era posible que Jace lo hubiera olvidado? ¿Mentía? Pero ¿por qué? Ella ya sabía la verdad y lo había protegido. ¿Lo habría enterrado todo en su memoria? Apenas tenía seis años por entonces y su cerebro aún no había madurado. Claro que era imposible no recordar que habías matado a tu propia hermana. A la edad que fuera, eso debía dejar marca, una cicatriz indeleble en el alma.

La sola posibilidad de que Jace no hubiera asesinado a January le hacía sentirse como si le hubieran vuelto la vida del revés, inundada de alivio y de vergüenza a la vez. Por un lado, significaba que su hijo no era un monstruo; por otro, que ella le había dado la espalda sin motivo alguno.

Krissy necesitaba entenderlo. Inspiró hondo, cogió un boli y una hoja en blanco y anotó todos los detalles de lo que recordaba de aquella noche, todo lo que había hecho. Luego le pidió a Jace que hiciera lo mismo. Lo mandó por correo a primera hora de la mañana siguiente y cuando recibió, unos días más tarde, la respuesta de él ni siquiera esperó a entrar en casa para leerla. Rasgó el sobre allí mismo, junto al buzón, y leyó las páginas con el corazón alborotado. Al llegar al final, lo tuvo claro: o Jace mentía o ella había estado equivocada durante quince años.

Ya en la cocina, con manos temblonas, Krissy agarró el teléfono inalámbrico instalado en la pared y marcó el número de Jodie. Billy iba a pasar el fin de semana en una convención de maquinaria agrícola, en Indianápolis, así que daba igual dónde hablara o lo que dijera.

—Uy, uy, uy —dijo Jodie al oír el saludo exaltado de Krissy—. ¿Qué pasa? ¿Qué ha ocurrido?

—¿Puedo ir a tu casa? ¿Ahora?

Krissy echó un vistazo al reloj de la pared de la cocina. Era viernes y Jodie y ella habían quedado en verse esa tarde. El marido y los hijos de Jodie iban a pasar la noche fuera, en unas convivencias del equipo de fútbol o algo así, y su hija tenía una fiesta en casa de alguien. Como Billy tampoco estaba, era una de esas ocasiones poco habituales en que tenía la casa y la noche para ellas. Pero Krissy no debía ir allí hasta las seis y aún eran las cuatro.

—Los chicos ya se han ido —contestó Jodie—, pero Amelia sigue aquí. Déjame que llame a la madre que organiza la fiesta para ver si la puedo llevar antes, ¿vale? Te llamo dentro de un minuto.

En cuanto Jodie la llamó y le dijo que fuera, Krissy agarró la bolsa de fin de semana y se subió al coche. Media hora más tarde estaba a la puerta de la casa de Jodie.

—Hola, adelante —le dijo la otra, abriendo la puerta del todo e instándola a pasar adentro, donde se dieron un abrazo y un beso casi mecánicos—. ¿Qué ocurre?

—Me acaba de llegar una carta de Jace.

—Ah —contestó Jodie, asintiendo con la cabeza.

Aunque Krissy nunca le había hablado del miedo que le daba su propio hijo, Jodie había sido la que la había consolado en los peores momentos de su adolescencia, la que siempre la escuchaba, el hombro en el que había llorado cada vez que Jace se metía en un lío.

—Creo que ha llegado la hora... —Krissy miró al suelo. Cuando volvió a levantar la vista, inspiró hondo y dijo—: ¿Te puedo contar lo que pasó de verdad aquella noche, la noche en la que murió January?

—Ay, Kris, pues claro.

Jodie abrió una botella de vino y se instalaron en el salón con las copas, Krissy en el sofá, Jodie en la alfombra, delante de la mesita de centro. Entonces, por primera vez, Krissy contó la verdad de lo ocurrido aquella noche, hacía quince años. Jodie la escuchó pasmada mientras se lo explicaba todo, desde que la había despertado aquel estrépito hasta que se había encontrado a Jace plantado junto al cadáver de January, y que luego lo había preparado todo para que pareciera que les habían entrado en casa.

—¡Madre mía! —exclamó Jodie cuando Krissy terminó. Lo hizo con tristeza e inquietud, pero sin juzgarla, y Krissy se lo agradeció muchísimo. En el fondo, sabía que Jodie no iba a mirarla de otro modo después de oír el relato de lo sucedido, pero la alivió comprobarlo—. Lo siento muchísimo.

Krissy bebió un trago de vino y cabeceó afirmativamente. Esperaba que revivir aquella noche le produjera un dolor y una rabia infinitos, como le había ocurrido siempre, pero compartirlo con Jodie había resultado purificador. Era como si hubiera llevado el pecho comprimido por un vendaje desde 1994 y, de pronto, por primera vez, se le empezara a aflojar.

—¿Lo sabe Billy? —preguntó Jodie.

—Me vio una mancha de pintura en la manga de la bata esa mañana, pero le dije que me había rozado con la pared. No tengo claro que me creyera del todo, pero, si ha sospechado algo desde entonces, de mí o de Jace, no nos ha dicho nada. Tú eres la primera persona a la que le cuento la verdad. —Meneó la cabeza, pensativa—. Y ahora, con esta carta de Jace, creo... creo que igual me equivoqué. Me dice que él no la mató y..., yo qué sé, me parece que lo creo. No tiene motivos para mentirme, menos aún después de todo lo que hice por protegerlo.

—Eso es cierto.

—Joooder, ¿y si la cagué? ¿Y si la policía no encontró nunca al asesino por mi culpa? ¿Y si en vez de proteger a Jace lo único que hice fue dejar que un... psicópata se librara de una condena por asesinato? —Dio una palmada fuerte en el reposabrazos del sofá—. ¡JO-DER! —Suspiró hondo, frustrada. Luego añadió—: Y eso no es todo.

Jodie la miró.

De pronto, Krissy sentía la necesidad de contarle la verdad, como si fuera un ritual religioso con el poder de purificarla y devolverle la integridad. Cerró los ojos e inspiró hondo.

—Billy no es el padre de los mellizos.

—¿QUÉ? —exclamó Jodie sorprendida.

—¿Te acuerdas de aquel verano, al terminar el instituto, cuando todo el mundo hacía fiestas y más fiestas?

Jodie negó con la cabeza.

—Yo me mudé aquí después de la graduación.

—Ah, es cierto. Pues ese verano, Billy, Dave y yo nos hicimos muy amigos. Quedábamos mucho, pero, de vez en cuando, en ausencia de Billy, Dave y yo nos enrollábamos. Yo no le daba importancia. A ver, sabía que a Billy le molaba, pero no pensaba que lo nuestro fuera en serio ni nada, y aquello solo pasó un puñado de veces. Pero luego me quedé embarazada. Fui a pedirle dinero a Billy para abortar, porque dudaba que Dave lo tuviera, y entonces Billy se me declaró.

—Vaya... ¿Y estás segura de que fue Dave y no Billy quien te dejó embarazada?

Krissy asintió.

—Me vino la regla después de lo de Billy, antes de lo de Dave. Solo pudo ser él. Además, aunque no lo hubiera tenido claro antes de que nacieran los mellizos, lo habría sabido después. Siempre les vi algo que... no tenía nada de Billy.

—Y se parecen a él, a Dave, digo. —Jodie fijó la mirada en el infinito, como imaginándolos a los tres—. Seguramente no habría atado cabos si no me lo hubieras dicho, pero es verdad.

—Por eso me daba tanto miedo. Y por eso ya no somos amigos de Dave. Lo saqué de mi vida por temor a que la gente se percatara.

Krissy se agarró la cabeza con una mano. Aún recordaba la cara de Dave cuando lo había hecho, la expresión de tristeza al entender lo que pasaba.

Era un domingo por la mañana a última hora, cinco meses después de que nacieran los mellizos, y la pequeña familia de cuatro miembros acababa de volver de la iglesia. Krissy se había pasado la noche en vela meciendo a Jace, que no paraba de llorar, mientras Billy dormía, y no quería ir al templo esa mañana, pero Billy la había convencido.

—¿Crees que la gente no se ha dado cuenta de que los mellizos nacieron a los ocho meses de casarnos? —le dijo él—. No podemos permitirnos más errores.

Aquellas palabras habían hecho que a Krissy se le revolviera algo por dentro. Billy tenía razón: sus convecinos ya habrían deducido que los mellizos se habían concebido fuera del matrimonio, pero ninguno parecía sospechar que Billy no fuera su padre biológico. De momento. Y ella debía conseguir que siguiera siendo así, asegurarse de no dar motivos a nadie para cuchichear. Se levantó de la cama, se duchó y vistió a los niños de domingo.

Cuando dos horas después, al terminar la misa, enfilaron el camino de gravilla que conducía a su vivienda, se encontraron a Dave sentado en las escaleras del porche. Aunque no eran más que las once de la mañana, Dave mecía con dos dedos un botellín de cerveza cogido por el cuello y tenía entre los pies las otras cinco cervezas del pack.

—¡Kris! —llamó al verlos, y esbozó una sonrisa—. ¡Jacobs! —Se dio una palmada en una rodilla y se levantó según se acercaban—. ¡Cuánto tiempo!

Al verlo, a Krissy le entró el pánico. Le parecía peligroso incluso que se acercara a los bebés. Empezaban a tener la carita más definida, y últimamente, cada vez que los miraba veía a Dave: en el pelo ondulado, en la barbillita chata..., algo que ni Billy ni ella tenían. Ni siquiera tenía claro si la gente se percataría de la semejanza, pero, si Dave estaba ahí a todas horas, siempre al lado de las criaturas, era mucho más probable que lo vieran.

Billy, que iba al lado de Krissy, se alegró de verlo.

—¡Dave! —le dijo, apretando el paso, y dejó atrás a Krissy, que iba empujando una sillita gemelar—. Joder, tío, ¿dónde te metes? —le soltó al llegar al porche, dándole un abrazo a su amigo.

Dave se encogió de hombros.

—Por ahí —contestó—. Sois vosotros los que habéis desaparecido —añadió, mirando a Krissy de reojo. Había llamado unas cuantas veces en los últimos meses para pasarse a ver a los mellizos, pero Krissy siempre le decía que tenían jaleo. Billy andaba liadísimo con la granja; ella, con los críos. No era mentira, solo una media verdad, y, a juzgar por la cara de Dave, él ya lo sabía. Solo esperaba que él pensase que era por remordimiento, por haberse acostado con él—. Pero tranquilo, que no me voy a cabrear con estos dos pequeñajos por aquí —dijo guiñando un ojo, mientras miraba a la sillita.

Se agachó a dejar en el porche el botellín a medias y luego se acercó de unas zancadas y se le iluminó la cara al ver a los mellizos uno al lado del otro. January estaba dormida, con el vestidito rosa hecho un gurruño por la cintura, y aquella carita de angelote. A su lado, Jace miraba fastidiado

—Hola, colega —le dijo Dave, ofreciéndole un dedo índice doblado que el niño ignoró—. Son lo mejor del mundo, ¿verdad?

Krissy sonrió, pero los nervios le habían hecho un nudo en la garganta. Miraba alternativamente a Billy y a Dave, convencida de que su marido terminaría descubriendo la verdad, pero él se limitaba a reír.

—No dirías eso si tuvieras que vivir con ellos...

Dave sonrió y miró a Krissy de reojo.

—¿Puedo cogerlo en brazos? Si entramos, me

puedo quedar un rato. He traído birra de sobra para todos.

Billy iba a contestar, pero ella se le adelantó.

—Es la hora de la siesta. Lo siento. Además, llevo muchísimo retraso con todo. Tengo que limpiar y hacer la cena. —Se volvió hacia Billy y le puso una mano en el hombro—. Y te iba a preguntar si te venía bien arreglar de una vez el fregadero... La factura del agua nos va a subir una barbaridad.

Billy parpadeó extrañado. Ella pudo percibir una pizca de desconcierto por debajo de su frustración, pero contaba con que el sentido del decoro le impidiera discutir, o al menos discutir delante de otra persona. Como era de esperar, él fingió una sonrisa y dijo:

—Vale. —Se volvió hacia Dave—. Lo siento, tío. Igual en otra ocasión...

Dave esbozó aquella sonrisa suya tan fácil.

—No hay problema. —Pero, cuando miró a Krissy, ella detectó un destello de amargura en cuanto él vio lo que pasaba. Por fin había pillado la indirecta: debía mantenerse al margen. Se le revolvió el estómago de remordimiento y miró a otro lado enseguida—. Quédate la cerveza —le dijo Dave a Billy, dándole una palmada en el hombro—. Igual la necesitas más que yo.

Y dicho eso, dio media vuelta y se fue.

—Creo que Billy y él se han visto unas cuantas veces después de eso —le dijo Krissy a Jodie—. Y nos lo hemos encontrado en el pueblo, claro, pero ya está.

—Bebió un trago de vino y de pronto se le ocurrió algo—. Me parece que se lo tengo que contar.

Jodie, sentada enfrente, se la quedó mirando.

—¿A quién?, ¿a Dave? ¿Que es el padre de los mellizos?

—Sí.

—¿Por qué?

—He guardado este secreto más de veinte años y ahora es cuando empiezo a entender el daño que ha causado.

—Pero, Kris, ¿qué crees que vas a conseguir con eso? —contestó la otra, negando con la cabeza.

—No sé... —dijo Krissy, pasándose la mano nerviosa por el pelo—. Es que... —Le estaba costando explicar, incluso explicarse, aquella repentina necesidad de purgar todas las mentiras que había llevado dentro tanto tiempo—. Si Jace y yo nos hubiéramos sincerado antes, si yo hubiera conocido su versión de los hechos, es muy posible que... —Resopló—. Supongo que pienso que Dave merece saberlo. Además, Jace está madurando y, después de ser tanto tiempo casi desconocidos el uno para el otro, ha acudido a mí. Esta es mi oportunidad de arreglar las cosas, de compensar todas mis cagadas. Puedo ayudarlo a relacionarse con su padre, ¡con su padre de verdad!

Jodie le estudió el semblante.

—¿Se lo vas a contar también a Billy?

—No, no tiene sentido contarle algo que solo le va a producir tristeza. Pero Dave..., él tiene derecho a saberlo.

Jodie la miraba angustiada.

—No me gusta —le dijo, mordisqueándose el labio inferior—. Creo que no deberías decírselo.

—¿Por qué no?

—A ver, sé que Dave y tú os llevabais muy bien, pero eso era hace años. Ahora no lo conoces.

—¿Y eso qué tiene que ver?

—Kris, míralo así: eras amiga de ese tío, te acostaste con él y luego lo sacaste de tu vida sin explicaciones; lo privaste de su mejor amigo. Entiendo por qué lo hiciste, pero ¿cómo crees que se va a sentir cuando le digas que llevas veinte años mintiéndole? Te comportas como si le fuera a encantar enterarse, con veinte años de retraso, de que tiene un hijo y una hija a los que ni siquiera llegó a conocer, pero ¿y si no es así? ¿Y si se cabrea?

Krissy miró fijamente a su pareja, la mujer a la que amaba más de lo que nunca había amado a nadie, aparte de a sus hijos. Sabía que Jodie solo quería protegerla, pero ella ya había tomado la decisión: le iba a contar la verdad a Dave.

26
Margot, 2019

Margot estaba plantada a la puerta de la casa de su tío, con el papelito temblándole en la mano y todos los mensajes de aquel caso dándole tumbos por la cabeza: «Esa zorra ha muerto», «No será la última», «¡LÁRGATE!»...

Lo inteligente, lo sabía, sería llevar aquella nota a comisaría de inmediato. Una notita en el coche podía haber sido una broma de mal gusto, pero una segunda nota dejada en el porche de su tío... Tendrían que tomársela en serio. Y aun así...

Miró a su espalda por el hueco de la puerta abierta, a su tío, aún sentado en el sofá. Al hacerlo, le pareció que él la miraba también y después desviaba los ojos hacia la tele. ¿La estaba vigilando o eran imaginaciones suyas?

No podía ser él quien le estaba dejando las notas, ¿no? Para empezar, la letra no se parecía a la suya, aunque, mirándola bien, era difícil saberlo. Estaba todo en mayúsculas y parecía garabateado con prisa. Además, era imposible que él le hubiera dejado la primera nota. Se la había encontrado en el parabrisas del coche cuando estaba en casa de los Jacobs, y Luke ni siquiera sabía que iba a ir allí. Pero entonces cayó en la cuenta, sobresaltada, de que sí sabía que estaba allí. Antes de ir a la iglesia le había dicho que se iba a acercar a entrevistar a Billy.

Pensó en aquel fajo de programas de las actuaciones de January, en lo que él le había dicho hacía una hora sobre «lo que le pasó en realidad» a la pequeña.

Allí de pie, a la puerta de la casa aquella noche calurosa de julio, Margot dobló la nota por la mitad y se la metió en el bolsillo trasero. Hasta que no averiguara qué demonios sucedía con su tío, no iba a ir a la policía.

—¿Tío Luke...? —dijo después de cerrar la puerta y echar el cerrojo. Él apartó la vista del televisor—. Son más de las once. Vámonos a la cama.

Margot lo cerró todo mientras él se preparaba, y luego fue a su cuarto a asegurarse de que se había lavado los dientes y se había puesto el pijama.

De nuevo en su habitación, después de darle las buenas noches, algo tensa, Margot se recostó en la puerta y apretó los puños. Se clavó las uñas en las palmas de las manos hasta que le dolió, y apretó un poco más. Todo aquello debía tener una explicación. Debía haber una alternativa razonable a la historia que se estaba cociendo en su cabeza. Su tío era un buen hombre. No era como Elliott Wallace. Él jamás le haría daño a nadie, no podría, y menos aún a una niña de seis años. Y, aun así, por primera vez en todo el tiempo que llevaba allí, esa noche echó el cerrojo a la puerta del dormitorio.

A la mañana siguiente, mientras hacía café, Luke entró en la cocina con cara de haber envejecido diez años durante la noche. Ella se sentía igual. Los episodios de su tío, el caso, las notas..., todo le estaba pasando factura.

—Buenos días, niña.

—Buenos días —contestó ella con una sonrisa tensa—. ¿Qué tal has dormido?

Lo que en realidad quería preguntarle era qué sabía de January, pero no le salían las palabras. Era obvio que estaba lúcido esa mañana, como la mayoría de las mañanas, pero ¿qué efecto tendría una acusación suya en su precario estado? Peor aún: ¿cómo afectaría a su relación?

La sobresaltó una vibración en el bolsillo trasero. Se sacó el móvil y miró la pantalla: Pete. Vaciló. No le apetecía hablar con él. Aún estaba molesta por la facilidad con la que le había dado un golpe bajo. Rechazó la llamada.

Estaba cogiendo dos tazas para el café cuando volvió a vibrarle el móvil. Pete de nuevo. Esa vez contestó.

—Pensaba que me estabas evitando —le dijo él.

Ella soltó una mezcla de suspiro y carcajada.

—Tenía el móvil en otra habitación —contestó, echando café en una de las tazas. Se la pasó a su tío, que se la llevó a la mesa de la cocina.

—Ya... —Por el tono, Margot supo que tampoco él se había repuesto de lo del día anterior—. Bueno, ¿cómo estás?

—Bien, ¿y tú?

—Bien. Mira, te llamo porque he localizado a la

hermana de Elliott Wallace. —Al oír el nombre, a Margot le dio un vuelco el corazón. Después de haberlo echado prácticamente a patadas el día anterior, no pensaba que Pete fuera a seguir ayudándola. Se apartó de Luke, que había empezado a hacer sus crucigramas—. A él me está costando encontrarlo —añadió Pete—, pero seguiré intentándolo. Entretanto, he pensado que te podía interesar la dirección de ella. Se llama Annabelle Wallace y vive en Indianápolis.

—¡Madre mía, Pete, te debo una, en serio!

—Tranquila.

Le dictó la dirección y ella la anotó en un trozo de papel de cocina.

—Gracias. Y, oye, lo de anoche...

—No te preocupes. No tendría que haberte dicho cómo vivir tu vida.

—Vale, bueno, lo siento. Y gracias otra vez.

Se despidieron y Margot estaba a punto de colgar cuando se le ocurrió algo.

—¡Espera, Pete! —Miró de reojo a Luke, pero parecía absorto en su crucigrama. Aun así, salió de la cocina, se metió en su cuarto y cerró la puerta—. ¿Ha averiguado alguien de comisaría algo sobre quién pudo haberme dejado la nota en el coche?

—La verdad es que sí. Uno de los chicos trajo ayer a unos chavales, tres críos que terminan la secundaria el año que viene. No confesaron ni nada parecido, pero tienen antecedentes de mierdas de esas. El agente les dijo que, como volviera a suceder algo así, se les iba a caer el pelo de verdad. ¿Por qué? —preguntó, de pronto alarmado—. No te habrán dejado otra, ¿no?

—No —contestó ella demasiado rápido—. Solo era por curiosidad.

—Ah, vale. Por cierto, no me he topado con esa mujer a la que me describiste. Confío en que, en el fondo, no fuera nada, pero obviamente, si la vuelves a ver, denúncialo enseguida.

—Ya. Gracias otra vez, Pete.

Cuando colgó, en vez de volver a la cocina a por café, se cambió de ropa. Quería salir para Indianápolis lo antes posible. Prefería dejar a Luke solo por las mañanas, cuando estaba más lúcido y era más independiente, pero sobre todo, su necesidad de resolver aquel caso empezaba a ser imperiosa. Demostrar la culpabilidad de Elliott Wallace no significaba solo asegurarse un notición ni entender lo ocurrido en la casa de enfrente hacía tantos años, ni siquiera llevar a Wallace ante la justicia. Lo que más deseaba en esos momentos era, sencillamente, asegurarse de que su tío no tenía nada que ver con la muerte de January, de que aún era el hombre al que ella conocía y al que quería.

De vuelta en la cocina, guardó su taza y se echó el café en un termo.

—Me voy un rato —le dijo a Luke—. Vuelvo esta tarde.

Intentó sonreír, pero no lo consiguió del todo y, sin mirarlo a los ojos, salió aprisa de la casa.

Tres horas después estaba llamando a la puerta de la casa de Annabelle Wallace. La vivienda de la hermana de Elliott, un edificio de ladrillo rojo de dos plantas en las afueras de Indianápolis, era como el doble de grande que la casa donde vivía Elliott cuando Margot lo había entrevistado hacía tres años. Aunque el domicilio de Annabelle no era nuevo ni mucho menos, parecía bien cuidado, con su césped y su paisajismo perfectos.

A los pocos segundos de llamar, se abrió la puerta y apareció una mujer de cuarenta y muchos, vestida con vaqueros ajustados y una blusa blanca. Margot supo enseguida que aquella mujer era Annabelle Wallace. Tenía los mismos ojos pardos que Elliott y el mismo pelo rubio ceniciento, pero, sobre todo, la reconoció por las orejas, exageradamente grandes y despegadas de la cabeza en el mismo ángulo pronunciado que las de su hermano.

Dedicó a Margot una sonrisa forzada, de cortesía.

—¿Puedo ayudarte en algo?

Margot le respondió con una sonrisa mucho más cálida.

—Hola, soy Margot Davies. ¿Eres Annabelle?

—Sí.

—Encantada de conocerte. Perdona que me presente así, sin avisar, pero, en realidad, ando buscando a tu hermano, Elliott.

—¿Qué ha hecho esta vez? —Margot estaba a punto de contestar, pero Annabelle levantó una mano para pedirle silencio—. No, da igual. No me interesa. Y lo siento, pero no te puedo ayudar. Hace años que no hablo con Elliott.

—Ah, vale. —Margot miró al suelo, como fingiendo que lo meditaba. Al levantar la vista puso cara de ingenua, o eso pretendía—. En ese caso, ¿estarías dispuesta a hablar conmigo? Solo unos minutos. Soy periodista. Saber un poco más de tu hermano me ayudaría a encontrarlo.

Se la estaba jugando al usar aquello como cebo. Sabía por experiencia que, cuando proclamaba que era periodista, la gente se sentía intrigada o se ponía a la defensiva. Para alivio suyo, por lo visto, Annabelle era de las primeras.

—Vaya, periodista. ¿En qué estás trabajando? ¿Y qué tiene que ver mi hermano con eso?

—Bueno, soy periodista de sucesos y estoy cubriendo varios casos distintos ahora mismo. ¿Has oído hablar de Polly Limon?

Margot estudió con detenimiento el rostro de Annabelle en busca de algún indicio de reconocimiento, pero se la quedó mirando pasmada.

—¿Quién?

—Era una niña de Dayton, en Ohio. También estoy escribiendo sobre January Jacobs.

Al principio, Annabelle se mostró sorprendida al oír el nombre de la niña; luego, confundida, y después, poco a poco, su expresión se fue transformando en una de rabia.

—Perdona, pero ¿insinúas que mi hermano es..., que tuvo algo que ver con la muerte de esa niña? Porque, si es así, estás muy equivocada.

Margot mantuvo una expresión neutra, pero, por dentro, daba saltos de alegría. Por fin, la mujer le había proporcionado la munición perfecta. Cuando volvió a hablar, usó el tono más comprensivo del mundo.

—Se han encontrado pruebas nuevas en relación con el caso de January. Alguien ha declarado que tu hermano asistía a las actuaciones de baile de la niña, que iba al parque infantil en el que ella jugaba, lo que indica que podría estar relacionado con su muerte. —No era del todo mentira, aunque la única persona que sabía de aquellas pruebas y sospechaba de Wallace era ella. Y posiblemente Pete, si creía en su corazonada—. No significa que sea culpable ni nada, pero eso da igual. Esto podría convertirse en una caza de brujas. Eso es lo que pretendo impedir.

Annabelle estudió a Margot con el ceño fruncido un buen rato. Luego se miró el reloj, una pieza de plata muy elegante. Por fin suspiró.

—Tengo cita con el dentista dentro de una hora.

—Seré breve —contestó Margot—. Lo prometo.

Entró con Annabelle al recibidor y después al salón, a la vez bonito y anticuado. Una moqueta de color verde oscuro suavizaba los suelos de madera, y el sofá en el que le sugirió que se sentara estaba tapizado con un estampado floral pasado de moda que hacía juego con las recias cortinas. En lo alto de la repisa de la chimenea, enfrente de Margot, había una colección de fotos en marcos plateados y dorados. En la más grande, una familia de cinco personas, todas vestidas de azul pastel, estaban sentadas en las dunas de una playa, y su pelo rubio brillaba al sol.

—Gracias por hablar conmigo —dijo Margot mientras la otra se instalaba en uno de los sillones, frente a ella—. Sé que no tienes mucho tiempo, así que vayamos al grano. Pareces convencida de que tu hermano no tuvo nada que ver con la muerte de January. ¿Cómo estás tan segura?

Annabelle cruzó las piernas y tomó una bocanada de aire tranquilizadora.

—Elliott es... —Negó con la cabeza—. No es así. No haría una cosa así.

Margot mantuvo una expresión neutra, pero sabía que las palabras de Annabelle no valían nada: nadie era objetivo sobre su propia familia.

—En ese caso, ¿cómo es tu hermano?

Annabelle frunció los ojos.

—Me has dicho que crees que es inocente, ¿no? ¿Eso es lo que intentas demostrar?

Margot asintió con la cabeza. No le gustaba mentirles a los entrevistados, pero Annabelle no soltaría una palabra si sabía lo que Margot pensaba en realidad de su hermano.

—Ya... Vale... Bueno, Elliott es... ¡Yo qué sé! ¿Cómo se puede resumir a una persona?

—¿Cómo era de pequeño? —A Margot siempre le había parecido que aquel era un buen punto de acceso cuando se pretendía que alguien divulgase algo de su familia. Era lo bastante inocuo como para conseguir que la gente hablara al tiempo que tenía el potencial de resultar de lo más revelador.

—Bueno... —Annabelle miró la mesita de centro y después al infinito mientras recordaba—. De niño, Elliott era muy peculiar en muchas cosas. A mí no me dejaba entrar en su cuarto, por ejemplo, ni tocar sus juguetes; claro que tampoco tenía muchos. —Levantó la vista—. Nuestra madre era ama de casa y nuestro padre profesor de Química de instituto. No éramos pobres, pero tampoco ricos, desde luego. Creo que a Elliott siempre le pareció que nuestros padres no lo hicieron bien del todo. Siempre hablaba de una vida mejor y más grande.

—¿Os llevabais bien?

Meneó la cabeza.

—No, la verdad es que no. Es cuatro años mayor que yo y nunca le parecí lo bastante interesante o lista, algo que me dejaba muy claro. Siempre estaba hablando de libros y de películas, de arte y de cultura. A mí lo que me preocupaba era sacar buenas notas y ser animadora. Luego fui a la universidad y conocí a Bob. Entretanto, Elliott ya había dejado la universidad y estaba haciendo... La verdad, no sé qué. Pero aún hablábamos por teléfono de vez en cuando, ya sabes, y yo siempre lo invitaba a casa por Navidad. No vino nunca, salvo una vez. Se quedó unas cuantas noches y yo pensaba que todo iba de maravilla, hasta que, después de que se fuera, descubrí que me habían desaparecido los pendientes de diamantes y que le había vaciado la cartera a Bob.

—Vaya... ¿Por eso perdisteis el contacto?

—Eso fue más bien la gota que colmó el vaso. Desde que me casé con Bob, hace treinta años, Elliott estuvo usándonos de banco. Se pasaba meses sin llamar, y cuando lo hacía, fingía que era para ponernos al día, pero luego, inevitablemente, sacaba a colación que estaba arruinado y que necesitaba dinero para esto y aquello. Bob siempre me decía que yo era demasiado blanda, que cedía demasiado pronto, pero...

Encogió un hombro.

—Lo último que sé de él es que era guardia de seguridad —dijo Margot—. Que tenía un trabajo fijo sin esposa ni hijos que mantener. No podía tener muchos problemas económicos, ¿no?

Annabelle enarcó las cejas.

—¿Guardia de seguridad? —Soltó una carcajada aguda—. A lo mejor un tiempo, supongo. Pero Elliott es así: se le da muy bien conseguir trabajo y no tan bien conservarlo.

—¿Por qué crees que es?

—Suele caer bien a la gente cuando lo conoce. Puede ser muy... carismático. Y, cuando se vuelca contigo, es como si no hubiera nada más en el mundo. Además es apasionado, siempre está metido en algún proyecto. Pero enseguida se aburre. Es inquieto. De niño, cada vez que se le ocurría una idea genial mostraba un gran entusiasmo, se enfrascaba en ella una semana, dos como mucho, y al final se hartaba y pasaba a otra cosa.

»En el trabajo, me imagino que se le darán bien las entrevistas, pero lo de trabajar todos los días de nueve a cinco... Lo aborrecería enseguida. Le pasaba lo mismo con los sitios. Cuando dejó los estudios no paraba de mudarse. Vivió unos meses en Dakota del Norte, luego en Illinois, después en Nebraska. Era imposible seguirle la pista.

Cuando Margot empezó a entender mejor a Elliott Wallace, le hirvió la sangre de pensar que la forma en que abordaba los empleos y los lugares de residencia era la misma en que trataba a las niñas pequeñas: tan pronto estaba obsesionado y entusiasmado como se deshacía de ellas.

—¿Cuál es el último sitio en el que recuerdas que haya vivido? —preguntó.

—Mmm... —Annabelle miró al techo—. La última vez que hablamos estaba en Wisconsin, creo. No recuerdo la ciudad. Pero eso fue hace seis años. Te aseguro que ya no está allí.

Margot asintió. Eso también lo sabía ella.

—¿Y no tienes ni idea de dónde podría estar?

Annabelle profirió una mezcla de carcajada y resoplido.

—La verdad es que podría estar en cualquier parte. —Se miró el reloj—. Perdona, pero debería ir abreviando, que me tengo que marchar. Espero haberte sido de ayuda, porque mi hermano no se merece que lo arrastren por el fango. Igual no es perfecto y puede convertirse en chivo expiatorio fácil de la opinión pública por ser diferente, pero no es un asesino, te lo aseguro.

Por la cara que ponía Annabelle, a Margot le quedó claro que creía lo que decía. Ella, en cambio, estaba más convencida que nunca de la culpabilidad de Elliott. A fin de cuentas, el carisma y la inteligencia eran dos rasgos distintivos de los asesinos en serie, y Wallace los tenía en abundancia. Le vino a la cabeza un instante su tío Luke, listo y encantador, pero desechó la idea enseguida y pensó en algo más que preguntarle a aquella mujer, cualquier cosa que pudiera llevarla hasta el hombre al que consideraba un homicida.

—Una última cosa: me has dicho que Elliott siempre te estaba pidiendo dinero... ¿Le mandabas un giro a algún apartado de correos o algo así?

Negó con la cabeza.

—No, si estaba cerca o de paso, se acercaba y se lo daba en efectivo, pero en general se lo transfería directamente a su cuenta.

—Ajá. ¿Y para qué te decía que necesitaba el dinero?

Margot se estaba agarrando a un clavo ardiendo, pero el dinero podía dejar rastro. Si Wallace lo había pedido prestado para pagar un alquiler o algo así, al menos tendría por dónde empezar.

—Ah, pues para muchas cosas —contestó Annabelle con un manotazo al aire—. Una vez era para una factura médica que no podía afrontar; otra era para comprarles regalos de Navidad a mis hijos, y lo hizo, por cierto. Yo siempre intentaba negarme cuando me lo pedía, pero terminaba cediendo. Era más fácil así. Dios, si todavía le estoy pagando el trastero después de tantos años... Justo por eso mi marido dice que soy demasiado blanda con él. Dejaría de pagarlo, pero no sé lo que tiene Elliott allí y no quiero que se lo tiren sin más. Ya te he dicho que ni siquiera de niños me dejaba tocar sus cosas; si me deshiciera de lo que sea que guarda ahí, seguramente se pondría como un basilisco. Además, es mi hermano.

—¿Dónde tiene el trastero?

—En una población pequeña de la que no habrás oído hablar: Waterford Mills. Creo que le gusta tener una especie de campamento base, porque como se muda tanto, ya sabes...

—Claro.

Margot esbozó una sonrisa discreta, pero por dentro estaba dando saltos de alegría, porque sí que había oído hablar de Waterford Mills. Era un pueblecito a menos de quince kilómetros de Wakarusa, y si buscaba trasteros allí, se apostaba todo el dinero que le quedaba en el banco a que no había más que uno.

—Bueno, me marcho, que llego tarde a mi cita —dijo Annabelle—, pero voy a darte mi teléfono por si surge algo. Como digo, mi hermano y yo ya no tenemos trato, pero él no se merece esto. Si lo que quieres es ayudarlo, cuenta conmigo para lo que sea.

Margot cabeceó afirmativamente sin entusiasmo. En el fondo, Annabelle le daba pena: defendía a ciegas a un hombre depravado porque la alternativa, albergar la idea de que su propio hermano pudiera ser un asesino, era demasiado insufrible.

Se le revolvió un poco el estómago al recordar las veces que se había tenido que convencer en las últimas horas de que su tío era buena persona. Pero no era lo mismo. Creía que Wallace era culpable porque las pruebas lo habían llevado hasta él, no porque su culpabilidad implicara la inocencia de su tío. Aun así, mientras se levantaba y le daba las gracias a Annabelle por última vez, la idea que la asaltó con una fuerza inesperada fue: «Mejor tu familia que la mía».

Resultó que Margot estaba en lo cierto respecto a Waterford Mills: en el pueblito solo había un guardamuebles y, de vuelta a Wakarusa, se desvió para echar un vistazo. La instalación era pequeña, igual que la localidad en la que se encontraba, y disponía de un centenar de trasteros, más o menos. Margot recorrió en el coche el perímetro de la finca, señalado por una alambrada alta, y se detuvo a la entrada, cerrada con una cadena y un candado gruesos. Sujeto a la cancela había un cartel que rezaba: «TRASTEROS DE WATERFORD MILLS», y un teléfono debajo. Margot apagó el motor, sacó el móvil y llamó.

—Sip... —contestó una voz ronca después de unos cuantos tonos.

—Eeeh..., hola. ¿Estoy llamando a...?

—¿Los trasteros de Waterford Mills? Sip.

—Genial. Me llamo Margot Wallace. Soy la sobrina de uno de sus clientes, Elliott Wallace. Eeeh..., llamo porque mi tío falleció hace unas semanas y estoy ayudando a mi familia a organizar todas sus cosas. —Era una mentira fácil de tumbar si el tipo con el que hablaba llamaba a Annabelle para confirmarlo o hacía una búsqueda rápida de Elliott en Google y descubría que, en realidad, no había muerto, pero Margot sabía que la gente solía creerse lo que le decían. Además, aunque le pillara el farol, no iba a estar peor que hacía un minuto—. Sé que tiene alquilado un trastero en sus instalaciones —continuó—, pero no sé qué número es. ¿Le importaría mirármelo?

Margot no quería jugársela más, pero, con el nombre correcto del propietario y una historia creíble, dudaba que a aquel tipo le importase darle el número del trastero, sobre todo en una localidad pequeña como aquella. Y, en efecto, la voz ronca le dijo:

—Sí, claro. ¿Cómo me has dicho que se llama?

—Elliott Wallace.

Poco después, el hombre volvió al teléfono y le dio el número del trastero de Wallace. Ella lo anotó en el móvil, le dio las gracias por su tiempo, colgó y llamó enseguida a Pete.

—¿Margot...? —dijo él—. Hola, ¿qué pasa?

Por el tono, supo que las medio disculpas mutuas habían suavizado sus diferencias al menos en lo que a él respectaba, algo que ella agradecía.

—He encontrado una pista que nos lleva a Wallace —contestó ella sin preámbulos—. Hay que pedir a la policía estatal una orden de registro de un trastero de Waterford Mills.

—Bueno, bueno, bueno, para el carro. ¿De qué me estás hablando?

Margot se obligó a inspirar hondo y le contó lo que Annabelle le había dicho sobre el trastero de su hermano.

—Ahí dentro hay años de cosas de Wallace —dijo cuando terminó—. ¿Y si ha guardado algo incriminatorio? Sería lógico: a los asesinos en serie les gusta aferrarse a los trofeos de sus víctimas, pero Wallace se mueve demasiado para llevarlo todo consigo en cada mudanza. ¿Y si lo tiene escondido en el trastero?

—Vale..., pero espera, Margot. Lo único que tienes contra ese tío es que fue uno de los sospechosos del caso de Polly Limon. Ningún inspector le pediría una orden de búsqueda a un juez por algo así.

—Eso no es cierto. También tengo...

—Sí, claro —la interrumpió él—, también tienes un recuerdo de hace veinticinco años de un fumeta que asegura que January tenía un amigo imaginario al que llamaba Elefante Wallace.

Margot resopló.

—Wallace asistió a un espectáculo en el que bailó January. Tengo una foto que lo demuestra. Eso no es una coincidencia. Está relacionado con las niñas muertas, ¡con las dos!

—Lo sé, y estoy de acuerdo contigo. Solo te digo que nadie va a aprobar una orden de registro con lo que tienes. Lo siento.

Margot cerró los ojos.

—Es la solución a este caso, Pete, lo presiento.

—Vale, vale, pues sigue investigando. Yo haré lo que pueda por aquí. Oye, tengo que colgar, pero te cuento si descubro algo.

En cuanto colgaron, Margot dejó furiosa el móvil en el asiento del copiloto y soltó un gruñido de frustración que se convirtió en un grito. Agarró el volante y lo sacudió con fuerza. ¡Estaba tan convencida de que Wallace era la clave del caso...! Pero ¿cómo iba a demostrarlo?

Soltó el volante, dándole un último manotazo, y se desmoronó en el asiento. Estuvo así sentada un buen rato, con la respiración tranquila, serenándose. Luego, por fin, se incorporó y giró la llave del contacto. Cuando llegó a casa, ya estaba anocheciendo y el cielo encapotado era de un gris metálico. Una vez más había dejado a su tío solo demasiado tiempo. Una vez más se le revolvió el estómago de remordimiento, y aunque empezaba a acostumbrarse a aquella sensación, le dolió igual.

Aparcó delante de la casa y recorrió el césped

seco hasta el escalón de entrada, pero, cuando fue a girar el pomo de la puerta, vio que no cedía. Y entonces fue cuando recordó que no había hecho la copia de la llave. Iba a hacerlo, ya estaba a medio camino de la ferretería la otra mañana, pero le había entrado la llamada de Linda con la pista sobre Jace y se le había ido el santo al cielo. Y luego, los días siguientes le había caído tal alud de revelaciones que la copia de la llave se le borró por completo de la cabeza.

Sacudió el pomo de nuevo, pero siguió sin ceder. Llamó, esperó. Nada.

—Mierda —protestó por lo bajo—. ¡Tío Luke, soy yo, Margot! —Aguzó el oído, pero la casa estaba en silencio absoluto—. Joder. —Volvió a llamar, más fuerte esa vez—. Tío Luke, ¿me abres?

Paró para escuchar y, en esa ocasión, oyó unos pasos que se acercaban. Soltó un suspiro de alivio, pero, cuando se abrió la puerta de par en par unos segundos después, se le cortó la respiración. La adrenalina le recorrió el cuerpo tan rápido que fue como si una corriente eléctrica le surcara las venas. Se le nubló la vista y se mareó.

Delante tenía a Luke, a su tío queridísimo, su persona favorita en el mundo, y él llevaba en las manos un fusil inmenso con el que le apuntaba a la cara.

27
Krissy, 2009

Con las manos temblonas, Krissy abrió la puerta de su casa, entró corriendo y cerró enseguida. Tenía la sensación de que la seguían, la perseguían, pero sabía que lo único que la acosaba era la verdad.

Pese a las protestas de Jodie, había quedado con Dave y, después de hacerlo, ya no tenía tan claro que hubiera sido buena idea. Si todo lo que Jace le había dicho en su carta le había puesto la vida patas arriba, Dave se la había reventado por completo. De pronto entendía el daño que había hecho guardando aquellos secretos tantos años, comprendía cuánto dolor y cuánta rabia había engendrado.

Quería, ¡necesitaba!, arreglar las cosas.

Tiró el bolso junto a la puerta y fue corriendo a la cocina, donde tenían un bloc y bolígrafos. Le habría gustado poder llamar a Jace, pero él aún se negaba a darle su número, así que apartó bruscamente una silla y se sentó a la mesa de la cocina a escribirle. Y al posar el bolígrafo en el papel se dio cuenta de que no sabía por dónde empezar; no sabía qué decir. Había condenado al ostracismo a su propio hijo durante quince años por un asesinato que no había cometido. ¿Cómo iba a disculparse por eso en una carta? Y, además de la disculpa, estaba lo que tenía que explicarle, lo que sentía la necesidad de contarle. Era demasiado.

Inspiró entrecortadamente y le garabateó una nota:

Jace:

Lo lamento todo. Lo voy a arreglar.

He averiguado algo sobre tu padre. No es quien tú crees.

Te pongo aquí mi teléfono otra vez para que me llames... ¿Quedamos y te lo explico todo?

Te quiero,

Mamá

En cuanto escribió su número de teléfono, se levantó aprisa y hurgó en el cajón de las porquerías en busca de un sobre y un sello, pero no encontró ninguno.

—¡Joder! —espetó, y cerró de golpe el cajón.

Se acercó a la mesa, agarró la carta y volvió corriendo a la puerta de la calle. Iría a casa de Jodie y la mandaría desde allí. De todas formas quería ver a su pareja, hablarlo con ella, que alguien la ayudara a decidir qué hacer a continuación. Metió la carta en el bolso, del que sobresalía como una bandera blanca de rendición, y se le encogió el estómago al ver el nombre de Jace.

En realidad, tenía tal opresión en el pecho que pensó que le iba a dar un infarto, pero enseguida identificó los síntomas. No era ajena a las manos aterradoras del pánico, que le trepaban por el cuello y le impedían respirar. Necesitaba las pastillas. Iría a por ellas y se marcharía.

En la planta de arriba, abrió bruscamente el armarito del baño y agarró dos frasquitos, uno de Valium y otro de somníferos. A Jodie no le hacía mucha gracia que se empastillara, pero ese día se iba a tener que aguantar. Le temblaban tanto las manos que necesitó cuatro intentos para quitarles el tapón de seguridad a los ansiolíticos y, cuando lo consiguió, se echó dos pastillitas blancas en la palma de la mano, se las metió en la boca y se las tragó con un poco de agua del grifo.

Mientras corría el agua, algo la sobresaltó y le hizo cerrar el grifo de inmediato. Le había parecido oír un ruido, como el chasquido de un picaporte, el crujido de una bisagra. Se quedó muy quieta, con el corazón alborotado mientras estiraba el cuello para escuchar. Permaneció inmóvil uno, dos, tres segundos interminables, pero no oyó nada más. La casa estaba en silencio.

Se miró a los ojos en el espejo y vio las secuelas que su encuentro con Dave le habían dejado. Estaba pálida y demacrada, y tenía los ojos rojos de llorar. Y, para colmo, de pronto se había vuelto paranoica. Se refrescó la cara con agua fría, se secó con la toalla y se agarró fuerte al canto del lavabo, obligándose a serenarse. Y entonces, cuando estaba a punto de marcharse, lo oyó: otro ruido en las entrañas de la casa, unos pasos.

Krissy se quedó helada y miró de reojo el reloj de la mesilla a través de la puerta abierta del baño. En números rojos refulgían las 11.13 de la mañana, con lo que la persona que estaba en la casa no podía ser Billy. Tardaría al menos una hora más en volver de la convención. Aguzó el oído sin moverse. Dejó de respirar, incluso. Pero la casa vieja se había quedado muda. ¿Serían imaginaciones suyas?

Bajó aprisa las escaleras. Tanto si eran imaginaciones suyas como si no, quería salir de allí cuanto antes. Al llegar a la puerta, agarró el bolso, metió dentro los frasquitos de pastillas y se lo colgó del hombro, pero, cuando fue a sacar las llaves, ya no estaban en el bolsillito del bolso. Se quedó quieta, extrañada. Habría jurado que las había metido allí antes. Hurgó por el fondo del bolso, desesperada, pero no consiguió encontrarlas, y entonces fue cuando oyó una voz familiar a su espalda.

—¿Buscas esto?

Un escalofrío le recorrió la espalda. Se giró enseguida, con el pecho encogido de miedo.

—H-hola.

Pretendía fingir una sorpresa agradable, pero le salió un tartamudeo nervioso.

El rostro de aquel hombre, que en su día había conocido tan bien, le resultó ajeno de pronto; la rabia lo deformaba. Ella dejó de mirarlo a la cara para posar los ojos en las llaves que él llevaba en la mano, y luego contempló el salón, de donde acababa de salir él. En algún rincón oscuro de su cerebro, Krissy registró que era allí, en el salón, donde siempre habían guardado las armas, expuestas en una vitrina sin llave.

Procuró esbozar una sonrisa, pero le salió floja, vacilante.

—¿Qué haces aquí?

El hombre dio los dos pasos que lo separaban de ella y se llevó la mano a la parte posterior de la cinturilla del pantalón. Krissy giró rápidamente para abrir la puerta, pero ya era demasiado tarde. Con el rabillo del ojo, vio el destello de un arma, notó el frío cuando esta entró en contacto con su sien.

—No tendrías que haberme mentido —dijo él, y de pronto todo se convirtió en un blanco cegador.

28
Margot, 2009

El pánico se apoderó de Margot mientras contemplaba el cañón del fusil de su tío. Era como si le hubiera explotado un petardo en el pecho y le estuviera mandando chispas por todo el torrente sanguíneo. Se le nubló la visión y no conseguía que los pulmones se le llenaran de aire.

—¿Qué quieres? —gruñó Luke entre dientes.

—¿T-tío Luke...? —contestó ella con un hilo de voz—. Por favor... Baja el arma. Soy yo, Margot, tu sobrina.

El único problema era que no sabía si le apuntaba con un arma a la cabeza en aquellos momentos porque no la reconocía o porque sí. De pronto la aterraba la posibilidad de que su tío la hubiera pillado, de que supiera que había descubierto demasiadas cosas que él pretendía ocultar. No le cabía la menor duda de que su tío la quería y, aun así, con todo lo que había averiguado sobre él en las últimas veinticuatro horas, era consciente de que, en el fondo, no lo conocía. Le había ocultado cosas durante más de veinte años, y no tenía ni idea de hasta dónde estaba dispuesto a llegar por protegerlas.

—¿Qué haces aquí? —espetó Luke de nuevo—. ¿Qué quieres?

No había bajado el arma, ni un centímetro, y la expresión de su rostro le produjo otro escalofrío de pánico a Margot. Ojalá no hubiera decidido hurgar en el caso de January. Ojalá no supiera nada de la relación de su tío con la pequeña de la casa de enfrente; ojalá no hubiera visto su rostro en la foto del espectáculo de baile ni el montón de programas guardados bajo llave en su escritorio. Si hubiera ido a Wakarusa solo a cuidar de su tío en vez de a buscar explicaciones sobre un caso de homicidio de hacía veinticinco años, tal vez no estaría allí en esos momentos, en el lado equivocado del arma de Luke.

Tragó saliva.

—¿T-tío Luke...?

Luke se recolocó el fusil en el hombro. Su tío nunca había sido aficionado a la caza, pero en el pueblo todo el mundo tenía un arma, y Margot sabía cómo funcionaba la suya gracias a las clases que él mismo le había dado hacía mucho tiempo. Tenía un fusil monotiro, lo que significaba que, si quería matarla, no hacía falta que lo amartillara ni nada. Bastaría con que apretara el gatillo.

Se obligó a inspirar hondo.

—Tío Luke... —Esa vez su voz sonó más clara, más firme—. Soy yo, Margot, tu sobrina. —Le vio un destello en los ojos, un indicio de aturdimiento, como si ella le hubiera dicho algo que no le acabara de cuadrar—. De niña pasaba las tardes en tu casa —siguió—. Hacía los deberes en la mesa de la cocina. Tú me preparabas quesadillas para merendar. —Luke frunció despacio el ceño y ella detectó en sus ojos un atisbo de memoria, como si le hubiera despertado un recuerdo enterrado hacía tiempo—. Unas... unas Navidades, cuando tenía cinco años, te regalé un pañuelo rojo, y todavía te lo pones. Y... —Margot se devanó los sesos en busca de algo, lo que fuera, que le reactivara la memoria—. Los viernes por la noche pedíamos pizza y jugábamos a los barcos. Me enseñaste a apañármelas sola, y de ti aprendí todas las palabras difíciles que sé. —Luke aún le apuntaba con el arma, así que siguió—. Tú me animaste a que cumpliera mi sueño de ser periodista. Me enseñaste a ser sincera, a decir siempre la verdad. —La paradoja de aquello le produjo una punzada en el pecho, pero parecía que estaba funcionando. La rabia del rostro de su tío iba transformándose en otra cosa—. Me llamo Margot —dijo ella por enésima vez—, pero tú sueles llamarme «niña».

Y entonces, por fin, la cara de confusión de su tío desapareció, como si se le hubiera encendido la luz en la cabeza y la viera de pronto.

—¿Niña...?

Aflojó el agarre del fusil y lo miró como si lo viera por primera vez. Horrorizado, toqueteó el arma nervioso y se le escapó de las manos.

Margot se abalanzó, con una pierna dentro de la casa y la otra fuera, y atrapó el fusil en el aire, antes de que cayera al suelo. Apuntó enseguida hacia abajo y entró en la casa. Luke retrocedió instintivamente.

No había descargado el arma de su tío desde que tenía unos quince años, cuando él se la había llevado al campo para disparar a unas latas vacías de Coca-Cola, pero recordaba cómo se hacía. Vació la recámara y luego el cargador, se guardó las balas en el bolsillo y dejó el arma en el suelo, metida por debajo de un sillón.

Cuando se volvió hacia su tío, se le encogió el pecho. Tenía los ojos clavados en la puerta abierta, como si viera el rostro aterrado de Margot por la mirilla del arma. Le caían lágrimas por las mejillas y le temblaban las manos. Ella se le acercó despacio y él se volvió a mirarla.

—Lo siento, niña —le dijo lloroso—. Lo siento mucho. No sé qué me está pasando.

Al ver a su tío tan destrozado le dieron ganas de llorar, pero se contuvo. No iba a dejar que él supiera lo mucho que la había asustado; no quería causarle más dolor. Con cariño, le puso una mano en la espalda y, para sorpresa suya, Luke se dejó abrazar. Su tío era casi treinta centímetros más alto que ella, con lo que no pudo llorarle en el hombro, pero lo hizo de todas formas, temblando entero.

—Tranquilo —le dijo ella, masajeándole la espalda—. No pasa nada.

Se le hacía raro ser ella quien consolara a su tío, que siempre la había consolado a ella. Y se le hacía aún más raro abrazar al hombre del que aún sospechaba. Porque, aunque tuviera la convicción de que había sido Elliott Wallace el asesino de January y de Polly, y seguramente de Natalie Clark, eso no justificaba que Luke hubiera ido a ver bailar a January ni que hubiera guardado los programas ni mentido respecto a todo ello.

Era la misma sensación complicada que Annabelle Wallace debía de haber tenido esa tarde. A pesar de todo lo que su hermano había hecho a lo largo de los años, aun sabiendo que lo acusaban de asesinato, Annabelle lo había defendido porque era de su familia. Si resultaba que Margot estaba equivocada y Luke al final era un asesino, lo odiaría. Lo sacaría de su vida y siempre que pensara en él se llenaría de rabia. Y, aun así, seguiría siendo su tío. Pese a toda aquella rabia y aquel odio, sabía que jamás podría dejar de quererlo.

Se quedaron los dos así un buen rato: Luke inclinado sobre ella; Margot dolorida por el peso de su cuerpo. Y luego, por fin, se fue tranquilizando y cesó el llanto.

—¿Qué te parece si hoy nos acostamos pronto? —propuso ella—. Ve a prepararte, anda.

Le reventaba tener que tratarlo como a un crío y sabía que a él tampoco le gustaba, pero estaba demasiado destrozado para que le importase. Se irguió, asintió y se limpió los mocos con el dorso de la muñeca igual que un niño pequeño. Luego ella lo acompañó a su cuarto y esperó fuera a que se lavara los dientes y se diera una ducha. Sentía la necesidad de arroparlo, pero se quedó junto a la puerta mientras él se metía en la cama. Esperó a que estuviera instalado para apagar la luz y, mientras cerraba la puerta de la habitación, empezó a oír su respiración relajada.

Cerró con cuidado, se acercó aprisa a la puerta de

la casa, salió y fue hasta la acera. En cuanto le pareció que estaba bastante lejos de la vivienda de su tío, se dejó llevar; toda la determinación y la fortaleza que le habían permitido superar la última media hora se desmoronaron por fin.

Se contrajo como si le hubieran dado una patada en el estómago y enterró la cara en las manos temblorosas. Había contenido las lágrimas demasiado tiempo. No había llorado aquel primer día cuando Luke la miró y vio a otra persona. Tampoco había llorado cuando la despidieron ni cuando le dejaron aquellas dos amenazas por escrito. No había llorado al ver a su tío en esa foto del espectáculo de January. Pero de pronto le brotaron todas aquellas lágrimas acumuladas. Empezó a hipar.

Vagamente, entre sollozos, Margot oyó el murmullo del motor de un coche a lo lejos. Unos segundos después advirtió que el sonido se hacía cada vez más intenso. No quería que la viera así nadie, ni siquiera en la oscuridad de la noche. Wakarusa era tan pequeño que quienquiera que pasara por allí la iba a reconocer, así que se volvió de espaldas a la carretera y se limpió las lágrimas de los ojos. Estaba tan preocupada, tan disgustada, que apenas se dio cuenta de que el vehículo se detenía a unos centímetros de ella, ni oyó siquiera el ruido de la puerta al abrirse.

De pronto había alguien a su espalda; una mano le tapaba la boca, un brazo le rodeaba el pecho y el mundo empezó a darle vueltas; se la llevaban a la fuerza en plena calle. Trató de zafarse, pero le habían inmovilizado los brazos a los lados. Quiso salir corriendo, pero no tocaba el suelo con los pies y lo rozaba a ciegas. Intentó gritar, pero ni siquiera podía respirar. Y luego se la llevaron a rastras por la acera hasta la parte trasera del coche.

29
Margot, 2019

Margot cayó de bruces al asiento trasero de un monovolumen y uno de los reposabrazos se le clavó en el estómago y la dejó dolorida, sin respiración. La puerta se cerró de golpe y ella se giró bruscamente para abrirla, pero, al tirar de la manija, esta se limitó a hacer clic. Buscó nerviosa el seguro y, para espanto suyo, descubrió que no había. Se abalanzó sobre el lado opuesto, pero la otra puerta también estaba cerrada. Y entonces su secuestrador, que vestía una sudadera con capucha de color azul oscuro, abrió la puerta del conductor. En cuestión de segundos, se instaló al volante y giró la llave de contacto.

—¿Qué cojon...? —gritó Margot, pero no terminó la frase porque el coche arrancó de golpe y ella se estampó contra el respaldo del asiento del conductor.

Aunque eso la aturdió un momento, se recuperó enseguida y empezó a trepar hacia el asiento delantero. No tenía otro plan que agredir a su secuestrador donde pudiera, en los brazos, los hombros, la cara..., lo que fuese con tal de evitar que se la llevara adonde fuera que se dirigiesen.

Pero, antes de que ella pudiera alcanzarle ninguna parte del cuerpo, el tipo le dio un codazo en la boca. Se le fue la cabeza hacia atrás y un dolor lacerante le atravesó el rostro.

—¡Cabrón! —le gritó ella, llevándose una mano a la boca.

La lengua le sabía a sangre. El labio le dolía.

—Perdona —dijo él, y fue entonces cuando Margot cayó en la cuenta de que, en realidad, no era «él». Su secuestrador era una mujer.

La mujer dio un volantazo y Margot salió disparada hacia la derecha. Terminó en el lado opuesto del vehículo, intentando suavizar el golpe con las manos. Al hacerlo, le vio la cara de perfil, y no le sorprendió en absoluto descubrir que se trataba de la mujer de pelo caoba que había visto por primera vez a la puerta de Shorty's hacía unos días y una eternidad.

—¡Eres tú! —exclamó, y el labio ensangrentado le dolió con el movimiento.

—Sí, y cálmate, anda.

Margot la miró indignada mientras se sentaba como podía en el asiento que tenía a la espalda.

—Me has estado vigilando, me has encerrado en un coche en marcha, me acabas de dar un codazo en la cara ¿y ahora me pides que me calme, joder?

—Espera —espetó la mujer—. Dame un minuto más y te prometo que resolveré todas tus dudas.

Margot frunció el ceño. ¿Lo que quería era hablar?, ¿o lo decía solo para que no volviera a atacarla? Inspeccionó nerviosa el interior del coche, con la cabeza a mil. Podía intentar doblegarla otra vez, pero tan pronto como se le pasó la idea por la cabeza reparó en el escaso daño que le había hecho. La mujer no la había dormido con cloroformo ni le había atado las muñecas ni la había dejado inconsciente. Ni siquiera le había vendado los ojos. Para ser una secuestradora, no daba mucho miedo precisamente.

Antes de que a Margot le diera tiempo a analizar aquello o a decidir qué hacer, la mujer dio otro volantazo y la carretera asfaltada se convirtió en un camino de tierra, cuyas piedrecitas crujían bajo los neumáticos. Margot echó un vistazo por la ventanilla y vio que el desvío que habían tomado separaba el maizal que quedaba a un lado de un bosquecillo que crecía al otro. La única luz era la de las estrellas y la luna. La mujer pulsó un botón del reposabrazos y las cuatro puertas emitieron un chasquido enérgico. Se volvió a mirar a Margot.

—Ya está: he quitado el seguro. No te tengo prisionera. Solo quiero hablar.

Margot agarró la manija; tiró y la puerta se abrió con un chasquido. Se quedó unos segundos allí sentada, mirando fijamente la ranura de noche que se veía entre la puerta y el marco, y luego volvió a cerrarla. Después se volvió hacia la mujer que conducía el vehículo.

—Si solo querías hablar, ¿para qué coño me secuestras?

—Perdona. Intentaba protegerte. Necesito que escribas ese artículo y yo puedo ayudarte, pero aquí no estás a salvo. Además, la verdad, no pensaba que fueras a venir conmigo de otro modo. Sé que me has visto seguirte.

Margot meneó la cabeza.

—¿De qué intentas protegerme? —La mujer se mordió el labio inferior—. ¡Madre mía! Me dices que me estás protegiendo porque estoy en peligro, ¿y luego ni siquiera me quieres contar qué peligro es ese?

La mujer levantó las manos en señal de rendición.

—Te lo voy a contar, te lo voy a contar, pero hasta ahora no has hecho ni caso de mis advertencias y dudo que eso vaya a cambiar. Al menos hasta que entiendas algunas cosas. Tienes que saber quién soy y por qué sé lo que sé; si no, no me vas a creer.

A Margot no le había cabido duda en ningún momento de que aquella mujer era la que le había enviado esas notas amenazadoras, esas «advertencias», pero eso se lo confirmó. Llena de rabia y de frustración, la miró a la cara. Aquella mujer la había aterrado durante días ¿y de pronto quería que la escuchara con calma? Claro que la puerta seguía abierta y lo único que le había hecho era destrozarle el labio. El pánico empezó a remitir y la curiosidad ocupó su lugar.

—Vale... ¿Quién eres?

—Me llamo Jodie Palmer. Krissy Jacobs era mi... amiga.

Margot frunció los ojos. La forma en que lo dijo le hizo sospechar que no era del todo cierto.

—Mira, ¿Jodie? Eres tú la que me ha metido a la fuerza en el asiento trasero de un coche y eres tú la que quiere hablar, así que ¿por qué no empiezas por contarme la verdad?

Jodie titubeó.

—Si lo hago, esto no puedes publicarlo.

—Vale, confidencialmente, entonces.

—No, no solo eso. Esto no se puede saber. De ninguna manera.

Margot estudió el rostro de la mujer, a la vez fiera y algo asustada, y asintió.

—Te doy mi palabra.

—Muy bien. —Jodie cogió aire con dificultad—. Krissy Jacobs y yo tuvimos una relación.

—Un momento, ¿qué?

De todo lo que podía haberle dicho, aquello era lo último que se esperaba.

—Estuvimos juntas cinco años.

Jodie le contó a Margot los detalles: que Krissy y ella se habían criado juntas en Wakarusa, que años después se habían reencontrado en un bar de South Bend y que habían estado juntas hasta la prematura muerte de Krissy.

—Ella no mató a January —añadió Jodie cuando terminó—. Krissy y yo nos lo contábamos todo, y la noche de la muerte de su hija la destrozó. La quería. Jamás la habría asesinado. La razón por la que la policía sospechó de ella fue...

Margot levantó una mano para ponerle freno.

—Ya sé lo que hizo Krissy esa noche. Sé que no mató a January.

—Ah, ¿sí?

—Jace me lo contó. Me habló de las cartas, me lo dijo todo. Pero no entiendo: ¿para qué me perseguías si lo que querías era decirme que Krissy era inocente? ¿Por qué no me abordaste directamente?

—No podía.

—¿POR QUÉ?

—Para empezar, porque ni siquiera sabía si quería hacerlo. Sabía que el pueblo entero te diría que Krissy había asesinado a su hija, y tenía que ver si te lo creías o seguías investigando. Luego vi la rueda de prensa de la tele, la de Natalie Clark, y te oí preguntar aquello, lo de que por qué la policía no buscaba la posible relación entre el caso de Natalie y el de January. Entonces quise ponerme en contacto contigo, pero, bueno, lo cierto es que no me fiaba de ti. Aún no. Y tampoco podía ir a la policía porque... —Meneó la cabeza—. Sigo con mi marido. Tenemos tres hijos. Sabía que, si iba a la policía, el pueblo entero lo sabría en cuestión de días.

—¿Qué tiene que ver Natalie Clark con Krissy y contigo? —Entonces se le ocurrió algo—. Espera..., la mañana siguiente a la rueda de prensa fue cuando apareció aquella pintada en el granero de los Jacobs... ¿La hiciste tú? —Jodie vaciló, luego frunció el ceño—. Fuiste tú, ¿a que sí?

—Intentaba ayudar. El asesino de January sigue suelto, lo que significa que, sea quien sea, se podía haber llevado a Natalie. Nadie barajaba siquiera esa posibilidad, salvo tú, y nadie te tomaba en serio. Pensé que os ayudaría a atar cabos a la policía y a ti. Claro que estaban tan convencidos de la culpabilidad de Krissy que no fueron capaces de ver una pista aunque se la pintaran con espray en letras de medio metro de alto —añadió con amargura.

Pese a la confusión general, Margot sintió una pizca de orgullo: ella estaba en lo cierto. La autora de la pintada del granero había querido relacionar la muerte de January con la de Natalie Clark. Puede que la forma de hacerlo resultara retorcida y equívoca, pero había mantenido a Margot en la senda correcta. Aun así, buena parte de lo que Jodie decía seguía sin tener sentido.

—Dices que no quisiste abordarme porque no te fiabas de mí... ¿Por qué? Soy una periodista de fuera. Yo era la única que estaba haciendo todas las preguntas que, por lo visto, tú querías que se hicieran, la única que, a tu juicio, iba por el buen camino.

Jodie agachó la mirada, indecisa.

—No me fiaba de ti porque... sabía quién eras.

—¿Que sabías quién...? ¿Cómo? ¿A qué te refieres?

—Precisamente por eso he estado intentando protegerte. Quiero que escribas el artículo, que ayudes a atrapar al asesino de January y de Natalie, que exoneres a Krissy..., pero, para eso, tienes que estar viva, y eso lo tienes difícil ahora mismo. —La miró de pronto a los ojos y le sostuvo la mirada—. Al menos mientras sigas en casa de tu tío.

Margot se quedó de piedra.

—¿Mi tío? ¿Qué tiene que ver él con esto?

—Todo. Por eso me ha costado confiar en ti, por tu apellido. —Jodie hizo una pausa, y cuando volvió a hablar lo hizo con ternura, con compasión—. Luke Davies es un asesino, Margot. Estás viviendo con un asesino.

30
Margot, 2019

La acusación de Jodie paralizó a Margot. Aunque la sospecha le hubiera rondado la cabeza desde que había visto el rostro de su tío en aquella foto, oírselo decir en voz alta a una auténtica desconocida fue como una cuchillada: «Luke Davies es un asesino, Margot. Estás viviendo con un asesino».

«¡NO! —le dieron ganas de decir—. No, te equivocas.»

Luke le había dado un hogar, un refugio de sus padres. La quería más que nadie, y ella a él.

«No es un asesino. Es mi tío —quiso soltarle—. El asesino es Elliott Wallace.»

Pero no le salían las palabras. Se quedó pasmada, con la cabeza gacha y el pensamiento acelerado, mirando un punto del suelo del coche.

—Lo siento, pero es cierto —le dijo Jodie al cabo de un momento—. Mató a Kris...

Se le quebró la voz y Margot levantó de golpe la cabeza. Estaba convencida de que Jodie iba a terminar aquella frase con el nombre de January. Abrió la boca y volvió a cerrarla enseguida; luego meneó la cabeza.

—¿Cómo?

—Que tu tío asesinó a Krissy.

—¡No! —protestó ella—. Krissy Jacobs se quitó la vida. Mi tío apenas la conocía.

Margot lo sabía porque el propio Luke se lo había dicho, cada vez que le había preguntado por el caso de January.

—¿Por qué la iba a matar?

—Tu tío conocía muy bien a Krissy. Era el padre de sus hijos.

Margot se quedó helada cuando las palabras de Jodie le calaron en la conciencia y empezó a procesarlas. ¿Deliraba aquella mujer? ¿Estaba mal de la cabeza? ¿O mentía sin más? Y, aun con todo, a la par que albergaba aquel recelo, no fue capaz de descartar del todo la afirmación de Jodie.

—¿Podrías... empezar por el principio?

—Sí, claro. —Jodie inspiró hondo y empezó—. Krissy, Billy, tu tío y yo nos criamos juntos aquí. Creo que ahora todo el mundo lo llama por su nombre de pila, pero entonces todos lo conocíamos como Dave.

El apodo, le explicó Jodie, era una abreviatura del apellido, algo que, por lo visto, hacían de vez en cuando: Katy Zook, por ejemplo, era Zoo. Luego siguió informando a Margot de todo lo que Krissy le había contado hacía diez años: que durante el verano de después del último año de instituto, Luke, Krissy y Billy se habían hecho muy amigos; que Krissy se había quedado embarazada de los mellizos y Billy se le había declarado, pero que era Luke, no Billy, el padre de las criaturas; y que, para proteger su secreto de Billy y del resto del pueblo, Krissy había sacado a

Dave de su vida. Y luego, un día, veintiún años después, tras recibir una carta de Jace, decidió contarle la verdad a Luke. Veinticuatro horas más tarde, Krissy estaba muerta.

—Así que ya ves —continuó Jodie—: le contó a tu tío la verdad, pero para él era demasiado tarde. Jace ya era mayor y se había ido de casa, y January estaba muerta. Krissy no solo le había mentido durante más de veinte años, sino que, además, le había arrebatado su única oportunidad de ser padre. —Margot recordó el cuarto del bebé en casa de su tío, ese que siempre había estado vacío—. Y perdió la cabeza —añadió Jodie—. Yo se lo advertí, pero ella confiaba en él.

Margot cayó de pronto en la cuenta de que se estaba tocando la mejilla, palpándose distraída la zona dolorida de debajo donde se le había clavado la puerta del congelador. Se llevó la mano al regazo.

—Pero el arma que le encontraron en la mano... era de ella, de los Jacobs —señaló—. La tenía en un estuche en el salón.

Jodie asintió.

—Ya te he dicho que Dave... Luke los conocía. Antes de que nacieran los niños iba a su casa a todas horas. Sabía perfectamente dónde guardaban el arma, y también que la vitrina nunca estaba cerrada con llave.

Margot negó con la cabeza.

—No, no, Luke no habría hecho una cosa así.

—Sé que cuesta creerlo, pero...

—No —repitió Margot, y esa vez lo dijo con dureza—. No es eso. O sí, pero no es solo eso. Luke no mató a Krissy cuando se enteró de que era el padre de los mellizos, porque no fue entonces cuando lo supo. Ya lo sabía.

Margot había reparado en eso en cuanto Jodie le reveló el secreto de Krissy, porque fue entonces cuando todo lo que había descubierto sobre su tío en las últimas veinticuatro horas de pronto tenía sentido. Explicaba por qué Luke iba a las actuaciones de baile de January, por qué guardaba el programa de cada una de ellas. Si Jace hubiera hecho alguna actividad extraescolar, Luke habría ido a sus eventos también. Su tío no tenía una obsesión perversa con January. La quería, igual que a Jace, como un padre.

Aquello explicaba incluso que Luke le hubiera dicho a Margot que no conocía a los Jacobs. Le estaba guardando el secreto a Krissy, no por evitar los chismorreos ni por no ofender a Billy, sino por proteger a su mujer, Rebecca, que llevaba años intentando quedarse embarazada, y a su sobrina, Margot, que era una cría y ya se sentía abandonada por sus propios padres. Margot ignoraba cómo le habría sentado enterarse de pronto de que los dos críos de la casa de enfrente eran hijos del hombre al que ella consideraba un padre.

Sintió un alivio inmenso. Su tío sabía que era el padre de los mellizos, claro que sí. Debía de ser evidente. Aunque Krissy también tuviera relaciones con Billy por entonces, si se había acostado con Luke ese verano y nueve meses después había dado a luz, Luke debía de saber que había un cincuenta por ciento de probabilidad de que los mellizos fueran suyos. Y pensándolo bien, Margot hasta les veía el parecido. No era mucho, porque predominaban los rasgos de Krissy, pero tanto Jace como January tenían un hoyuelo en la barbilla que a Margot le recordaba a su tío, y también estaban los rizos castaños de los tres.

Margot le explicó todo aquello a Jodie, que la escuchaba ceñuda y con la mirada perdida.

—Vale... —dijo cuando Margot terminó—. Pero, aun así, Krissy le contó a tu tío la verdad y, en cuestión de horas, estaba muerta. Eso no es coincidencia. Aunque ya hubiera deducido que era el padre de los mellizos, no sabemos cómo fue aquella conversación entre Krissy y él. Ella le ocultó la verdad durante más de veinte años. Es la única explicación lógica.

Pero la acusación ya no se sostenía para Margot. Estaba convencida de que Luke no había matado a Krissy por no contarle la verdad, porque él ya la sabía. Y tampoco había asesinado a January; él la quería.

«Me preocupa —le había dicho Luke a Margot la noche anterior—. Pregunta mucho por January. Temo que averigüe lo que pasó en realidad.»

Más que parecerle un indicio siniestro de culpabilidad, Margot entendía de pronto que su tío no pretendía más que proteger a la cría que era entonces. Durante mucho tiempo, todos los adultos de su entorno le habían dicho que la muerte de January había sido un accidente. A Luke le preocupaba cómo le sentaría a aquella Margot de seis años enterarse de que a su mejor amiga, en realidad, la habían asesinado. Como había hecho toda la vida, su tío había pensado en su bienestar. Por primera vez en las últimas veinticuatro horas, Margot notó que se le relajaban los hombros.

—¡Margot!

Miró a Jodie intrigada.

—¿Me has oído? Digo que es la única explicación.

—Jodie... Sé que piensas que lo que dices es verdad, pero se basa todo en una sola coincidencia. No es más que una conjetura. No tienes pruebas, ¿no? No puedes demostrarlo.

—No necesito demostrarlo. Conocía a Krissy y sé que no se suicidó.

Margot no respondió. A fin de cuentas, ¿qué le iba a decir? Entonces se le ocurrió algo.

—Un momento... ¿Hiciste la pintada del granero de los Jacobs para implicar de algún modo a mi tío en el asesinato de January porque pensabas que había matado a Krissy?

No habría tenido mucho sentido, porque la pintada del granero no señalaba a Luke, pero Jodie estaba desesperada y la desesperación siempre llevaba a la gente a hacer cosas absurdas.

—¿QUÉ? —protestó Jodie, negando con la cabeza—. No, ya te lo he dicho. Pretendía ayudarte a relacionar las muertes de January y Natalie Clark. En eso no te miento.

Margot la miró a los ojos y, al cabo de un segundo, decidió que la creía.

—Entonces ¿piensas que el asesino de January sigue suelto, que es algún desconocido?

Jodie asintió con la cabeza.

—Eso era lo que pensaba Krissy. Después de que

Jace le contara lo ocurrido aquella noche, Krissy empezó a creer que la historia que ella se había inventado era, en realidad, lo que había sucedido, solo que, en su afán de proteger a Jace, había destrozado de tal modo la escena del crimen que no se pudo demostrar nada.

Margot se quedó quieta un buen rato. El hombre al que Jodie describía era, por supuesto, Elliott Wallace. Aparte de Pete, parecía que aquella mujer era la única persona de todo el país que creía la teoría de Margot de que Wallace estaba detrás de la muerte de January. Y Jodie había sido íntima de Krissy, sabía más de los Jacobs que prácticamente nadie. Además, tenía motivos para querer atrapar al que le había arruinado la existencia al amor de su vida.

Se fue forjando una decisión en la cabeza de Margot. Quizá fuera una torpeza confiar en aquella mujer, pedirle ayuda. Aunque Jodie creyera que el asesino de January seguía suelto, también pensaba que su tío era un homicida.

Por múltiples razones, Pete habría sido mucho mejor aliado y, sin embargo, era Jodie la que había demostrado que no le importaba saltarse las normas.

Y para lo que Margot quería hacer necesitaba a alguien así.

—Creo que sé cómo exonerar a Krissy —dijo Margot—. Porque sé quién asesinó a January. Y a Natalie Clark. Y a esa niña de Ohio, Polly Limon. Se llama Elliott Wallace. Y me parece que sé cómo encontrarlo.

31
Margot, 2019

Dos horas después, Margot y Jodie aparcaban a la puerta del guardamuebles de Waterford Mills. Era poco más de medianoche y la única luz que impedía que la oscuridad fuese absoluta era la de una vieja farola. Margot contempló las pequeñas instalaciones por la ventanilla del coche y luego se volvió hacia Jodie, al volante.

—¿Seguro que no te importa hacer esto?

Antes, desde el asiento trasero del monovolumen de Jodie, Margot le había contado todo lo que sabía de Elliott Wallace, desde la entrevista que le había hecho hacía tres años hasta la forma en que había sonsacado el número de trastero.

—Quiero colarme —le había dicho—. Ese hombre se mueve mucho, y sería lógico que guardase ahí las cosas que no quiere que se pierdan. Además, si quisiera protegerse de una posible orden de registro de su domicilio, lo normal sería que guardara cualquier objeto incriminatorio en un sitio más difícil de relacionar con él. Lo malo es que no sé cómo saltarme el sistema de seguridad. Son candados de esos gruesos en los que hay que meter una clave.

Jodie había cerrado los ojos mientras se decidía. Luego por fin los abrió y dijo:

—Nosotros tenemos cizallas en el garaje. Es increíble el tipo de cosas que pueden llegar a cortar.

Así que habían ido a casa de Jodie, en South Bend, y ella se había colado con sigilo por la puerta principal y había salido a los pocos minutos con una cizalla inmensa en una mano y dos gorras de béisbol en la otra.

—Por las cámaras —había dicho, dándole una a Margot.

—Buena idea.

Después, Margot había buscado en el móvil la tienda veinticuatro horas más próxima y le había pedido a Jodie que se pasara por allí. Con la gorra puesta, entró y salió poco después con dos linternitas y una caja de guantes de látex.

—Para no dejar huellas —le dijo a Jodie cuando esta la miró intrigada.

—Buena idea.

No tenían la certeza, claro, de que, si conseguían acceder al trastero de Wallace, fueran a encontrar nada allí. Y, aunque lo hicieran, meterse en ese trastero era delito, con lo que Margot solo podía informar a la policía de sus hallazgos de forma anónima. Pero tenía la sensación, en más de un sentido, de que se le agotaba el tiempo. Su tío estaba empeorando y quería quitarse todo aquello de en medio para centrarse en su salud. Quería crearle una rutina y atenerse a ella, proporcionarle un entorno equilibrado. Quería volver a tener un trabajo estable, con un horario normal y seguro médico. Quería ganar lo suficiente para poder permitirse un cuidador a largo plazo. Y, además de todo eso, quería que Elliott Wallace pagara por todo lo que había hecho. Y no iba a quedarse esperando a que la policía siguiera sus protocolos y le diera tiempo a Wallace de escaparse o, peor aún, de secuestrar y asesinar a otra niña.

Sentada en el coche de Jodie, Margot se volvió hacia ella, que miraba fijamente la gorra que sostenía en las manos.

—¿Jodie...?

En el trayecto a Waterford Mills, Jodie se había mostrado callada, resuelta, pero, de pronto, empezaba a ser consciente de lo que estaban a punto de hacer. Inspiraba hondo por la nariz y soltaba el aire despacio por la boca.

Jodie miró de reojo a Margot.

—¿Y si vuelves a llamar al gerente mañana? Te dio el número del trastero. Igual te deja entrar.

—No va a dejar entrar en un trastero a una completa desconocida. Además, en mi carné ni siquiera figura el nombre que le di por teléfono.

—Vale... Pero sigo pensando que si fueras a la policía...

—Ya he ido. No hay pruebas suficientes para conseguir una orden de registro. Esta es la única forma de hacerlo. —Jodie frunció el ceño—. Oye, no hace falta que me acompañes —le dijo—. Espérame en el coche si lo prefieres. Es que... necesito que alguien me lleve a casa.

Y era verdad: no le hacía ninguna falta una cómplice para colarse en el trastero. Pero, si Jodie entraba con ella, podía ayudarla a controlar las cámaras.

Y lo más importante: una vez dentro, si había otra persona con la que revisar las cosas de Wallace, tardarían la mitad de tiempo.

—Joder —protestó Jodie—. Vale. Venga, vamos.

—¿Seguro?

Jodie asintió.

—Como todo lo que dices sea cierto, ese tío ha asesinado a tres niñas. Le arruinó la vida a Krissy. Si podemos demostrarlo...

No terminó la frase, pero se encasquetó la gorra.

—Gracias —le dijo Margot con una sonrisa poco convincente.

Con la gorra aún puesta, se metió las linternas y dos pares de guantes de látex en el bolsillo de los vaqueros, agarró la cizalla del asiento, bajó del coche y cerró la puerta. Jodie la siguió, se unió a Margot por el otro lado y se acercaron las dos a la alambrada.

Quizá por primera vez en su vida, Margot agradeció lo provinciano que era aquel poblacho del Medio Oeste, porque los trasteros de Waterford Mills no eran precisamente una modernidad. Aunque la verja tenía entre dos metros y medio y tres metros de altura, no había alambre de espino en la parte superior, con lo que se podía trepar por ella, y aunque había visto una cámara de seguridad instalada en la esquina de un trastero cercano, no tenía claro que funcionara de verdad. Los nervios la tenían sofocada, aun así. Si la pillaban, no solo perdería la pista de Wallace, sino que tendría que enfrentarse a una denuncia y todo aquello por lo que tanto se había esforzado se le escaparía entre los dedos.

Margot miró a través de la valla el trastero de Wallace.

—Ese es el suyo —dijo, señalándolo con la barbilla—. El setenta y cuatro. El tercero por la derecha. —Jodie asintió agarrotada—. Trepo yo primero —propuso Margot, agachándose a meter las linternas por uno de los orificios de la malla metálica—. Luego me tiras la cizalla y saltas tú.

—Espero ser capaz —contestó la otra mirando de reojo lo alto de la valla.

—Claro que sí.

Aunque Jodie anduviera rozando los cincuenta, tenía el típico aspecto de alguien que corría y hacía pilates de forma regular.

—Tú eres bastante más joven que yo, Margot —replicó, lanzándole una miradita.

—No vas a tener problema.

Margot volvió a echar un vistazo alrededor por si había alguien, pero no vio más que prados desiertos. La noche estaba tranquila y silenciosa. Inspiró hondo, se agarró a la malla metálica lo más alto que pudo, hincó la puntera del pie en ella y se impulsó.

La alambrada se bamboleó bajo su peso, pero Margot se mantuvo firme y, al cabo de un momento, la malla se estabilizó. El metal se le clavaba en la piel, y sujetarse solo con los dedos y las punteras de los zapatos era mucho más complicado de lo que esperaba, pero, después de unos cinco minutos o así, llegó arriba, pasó una pierna por encima y se descolgó por el otro lado. Por último, saltó a la hierba descuidada, y agradeció pisar de nuevo suelo firme.

Se agachó a recoger las linternas y volvió a guardárselas en el bolsillo, pero justo cuando lo hacía oyó que se acercaba un vehículo. A través de la valla le vio la cara de espanto a Jodie. A Margot se le salía el corazón del pecho mientras aguzaba el oído, con los pies clavados al suelo. Entonces comprobó que el ruido del coche se oía menos. Esperó a que se extinguiera y soltó un suspiro.

—Vale, tírame la cizalla —dijo.

—¡La madre del cordero! —masculló Jodie por lo bajo, meneando la cabeza, y, después de lanzarle la herramienta, empezó a trepar por la valla también. Le costó más que a Margot, pero al final lo consiguió. Al llegar al suelo, recobró el aliento mientras Margot cogía la cizalla, y después se dirigieron las dos, raudas pero sigilosas, al trastero setenta y cuatro.

—Muy bien —dijo Margot en voz baja cuando se detuvieron delante de la puerta inmensa del trastero. Miró alrededor, procurando mantener la cabeza gacha por si se había equivocado con las cámaras—. ¿Vigilas tú?

Como había visto cuando fue a estudiar las instalaciones hacía unas horas, la puerta del trastero de Wallace estaba, igual que todas las demás, cerrada con un candado. Mirándolo bien, le pareció imposible que una simple herramienta pudiera romper aquel arco metálico tan grueso, pero no tenían alternativa.

Encajó la cizalla alrededor del metal y apretó el mango rápido y fuerte. Puso todo su empeño, pero el metal era muy grueso y las hojas de la herramienta no lo penetraban. Siguió apretando, cada vez más, hasta que le temblaron los brazos. Finalmente, viendo que ya no podía más, se rindió y retiró la cizalla. Le pareció que ni siquiera había arañado el metal, pero, al examinar el arco, entre jadeos, detectó dos hendiduras minúsculas a ambos lados.

—Joooder —exclamó—. Parece que sí está funcionando.

Volvió a intentarlo.

—Trae —le dijo Jodie cuando Margot soltó la cizalla—. Vamos a turnarnos.

Margot le pasó la herramienta a Jodie, que la encajó de nuevo en el arco y apretó el mango hasta que le temblaron los brazos. Cuando por fin se rindió, Margot vio que las hendiduras eran más profundas. Se fueron turnando, haciendo progresos cada vez mayores hasta que por fin, al quinto intento de Margot, mientras apretaba el mango, el candado se partió y cayó al suelo.

Miró a Jodie y vio que una amplia sonrisa se dibujaba despacio en sus labios.

—Lo hemos conseguido —dijo Jodie.

Margot soltó una carcajada socarrona.

—Espero que haya merecido la pena. —Entonces volvió a oírse el motor de un coche a lo lejos—. Mierda —susurró furiosa—. Entra, rápido.

Quitó aprisa el pestillo y abrió la puerta metálica de un tirón. Las bisagras chirriaron muchísimo y Margot puso cara de angustia, porque el vehículo cada vez se oía más. Cuando la rendija de la puerta era lo bastante ancha para pasar, entraron corriendo y Margot cerró la puerta de un tirón y las sumió a ambas en una oscuridad tan absoluta que no se veían ni su propio cuerpo. Se quedaron allí plantadas, inmóviles, oyendo el coche a lo lejos, mientras la respiración acelerada de las dos le retumbaba a Margot en los oídos. Al final, el ruido del motor se perdió en la noche. Margot exhaló. Le estaba dando la paranoia. No había nadie visionando la imagen de las cámaras. Nadie sabía que estaban allí.

Se sacó las linternas del bolsillo de los vaqueros, las encendió y alumbró el espacio que tenían delante. Por fin podían ver. Le pasó una linterna a Jodie y exploraron las dos el trastero.

Margot no sabía qué esperaba exactamente, pero la banalidad de las cosas de Wallace le decepcionó. Había una cómoda de madera, un sofá antiguo, una lámpara y pilas y pilas de cajas de cartón sin etiquetar. Revisar todo aquello les iba a llevar horas.

—Vamos a repartirnos el trabajo —le dijo a Jodie, mirándola de reojo—. Yo empiezo por aquí.

—Yo por allí —contestó Jodie, señalando con la cabeza una colección de cajas amontonadas al fondo del trastero.

—Ay, que se me olvidaba —añadió Margot sacándose los guantes de látex del bolsillo y pasándole un par a Jodie. Se los calzaron las dos y se fueron en direcciones opuestas.

Margot se detuvo delante de una de las cajas más pequeñas, al pie del sofá de cuadros. Sosteniendo la linterna con una mano, levantó las solapas con la otra y dejó al descubierto una colección de libros antiguos. Al verlos se acordó de la entrevista que le había hecho a Wallace hacía tres años, en la que él le había dicho que estaba leyendo a los clásicos. Cogió una de las ediciones de bolsillo de arriba, un ejemplar maltrecho de *Moby Dick*, y pasó las páginas con el pulgar.

Examinó deprisa el resto de los libros, buscando cualquier cosa que pudiera haber escondida entre sus páginas, pero no encontró nada ni siquiera mínimamente incriminatorio, salvo un ejemplar estropeadísimo de *Lolita* que le revolvió el estómago, pero que no iba a servir para demostrar nada.

—¿Has encontrado algo? —le dijo Jodie en voz baja desde la otra punta del trastero.

—No, solo libros. ¿Tú?

—Nada, ropa.

Anduvieron hurgando las dos entre las cosas de Wallace un par de horas, espantadas cada cierto tiempo por algún ruido lejano. Cada vez que eso ocurría se miraban, cada una en su extremo del trastero, y permanecían inmóviles, aguardando. Margot apretaba los puños a los lados del cuerpo, con el corazón en la boca, imaginando que la puerta se abría de golpe y aparecían el gerente de voz ronca, la policía o el propio Elliott Wallace, pero no vino nadie.

Y entonces, cuando Margot empezaba a pensar que todo aquello había sido inútil, abrió la última caja de cartón y se quedó pasmada.

—¡La hostia! —susurró, mirando el contenido. Se quedó paralizada un buen rato. Luego parpadeó, carraspeó y, aun así, cuando gritó al otro extremo del trastero, apenas le salió un graznido—. ¡Jodie, ven!

—¿Has encontrado algo? —Margot la oyó ponerse de pie y acercarse corriendo, abriéndose paso con cuidado entre el laberinto de objetos—. ¿Qué has...? —Pero, cuando se situó al lado de Margot y se asomó al interior de la caja, la pregunta se convirtió en un aspaviento. Se llevó la mano a la boca y las siguientes palabras que dijo sonaron apagadas y débiles—. ¡MADRE MÍA!

32
Margot, 2019

Margot y Jodie se quedaron la una al lado de la otra, contemplando desde arriba el interior de la enorme caja de cartón que había entre las dos, a la vez heladas y mudas, hasta que por fin Margot se obligó a tomar una bocanada de aire.

—Mira los nombres.

—Sí.

Por el hilillo de voz con que respondió, Margot supo que Jodie estaba llorando.

En la caja había una colección perfectamente dispuesta de recipientes de plástico, de unas cuatro o cinco capas de profundidad, todos ellos del tamaño de una caja de zapatos, con la tapa blanca y un nombre escrito en negro. Los cuatro primeros eran: Natalie, Hannah, Mia y Polly.

—¡Madre mía! —repitió Jodie—. Es él.

Margot asintió con la cabeza, sin apartar la vista de la pila de recipientes que tenía delante. No estaba segura de qué había en ellos, pero solo de ver los nombres de aquellas niñas escritos de forma tan arrogante, tan posesiva, le produjo náuseas, tristeza y rabia, todo a la vez. Tragó saliva.

—¿Podrías sostener en alto la linterna? Necesito hacer una foto.

Después de fotografiar la caja, Margot introdujo en ella una mano temblorosa y agarró el recipiente en el que ponía Natalie, agradeciendo los guantes de látex. No quería que sus huellas quedaran por allí. Puso la cajita de Natalie encima de las otras y levantó la tapa. Al ver lo que había dentro, se le llenaron los ojos de lágrimas.

No era justo que la vida de una niña quedase reducida al contenido de aquella cajita, a aquel surtido aleatorio de cosas. Había un cepillo con pelos castaños aún enredados en las púas al lado de una botella de agua de color morado forrada de pegatinas de mariposas con purpurina y NAT garabateado en ella con letra de niña pequeña. Debajo había un montón de horquillas de mariposas y, a un lado, un puñado de fotos.

Al sacarlas, Margot vio que la primera era de Natalie Clark, cuyo rostro conocía bien por las noticias. En ella llevaba unas mallas de color morado y una camiseta blanca, y estaba balanceándose en unas barras del parque infantil, colgada de los brazos, con las piernas en el aire y la carita arrugada de concentración. A Margot se le encogió el corazón. Cuando le dio la vuelta a la foto, sin embargo, la tristeza se transformó en rabia. Con la misma caligrafía esmerada de los nombres de las cajas, se había escrito «Natalie Clark, cinco años, 2019». Elliott Wallace se consideraba coleccionista, tanto de clásicos de la literatura como de niñas pequeñas.

—¡Menudo cabronazo! —exclamó Jodie.

—Sí —fue lo único que se le ocurrió a Margot.

Pasó a la siguiente foto, que se había hecho en el mismo parque infantil. En aquella, Natalie llevaba unos vaqueros cortos y una camiseta de color verde fosforito. Bajaba por un tobogán. En el dorso estaban también el nombre, la edad y la fecha.

Margot repasó el resto de las fotos, una a una, y las imágenes se fueron entremezclando en una especie de bruma. Estaba claro que Wallace había dedicado tiempo a espiar a la niña, robándole instantáneas y coleccionando subrepticiamente cosas que ella se iba dejando por el suelo. La meticulosidad con que lo había hecho le produjo un escalofrío a Margot.

Cuando terminó de mirar las imágenes, las dejó donde estaban, sacó el móvil, hizo una foto del contenido de la caja y volvió a taparla.

—Aquí habrá una docena de cajas —advirtió Jodie—. Una docena de niñas. —Margot asintió con la cabeza—. ¿Crees... crees que están todas muertas?

—No sé. Espero que no.

Mientras Jodie sostenía la linterna, Margot inspeccionó con cuidado el resto de las cajas de tapa blanca. Según lo iba haciendo, cayeron las dos en la cuenta de que estaban apiladas en orden cronológico, porque las fechas de las fotos iban descendiendo. Además, cuanto más se retrotraían en el tiempo, menos objetos y fotos había. Por lo visto, Wallace había ido evolucionando, haciéndose más paciente y más meticuloso con cada víctima.

Margot hizo fotos de lo que había en cada caja

mientras, con el móvil, Jodie buscaba en Google el nombre correspondiente. Enseguida descubrieron que las niñas eran todas de la zona del Medio Oeste: Sally Andrews, de Dakota del Norte; Mia Webster, de Illinois; Hannah Gilbert, de Nebraska..., todos ellos, sitios en los que Annabelle Wallace le había dicho que Elliott había vivido.

—A esta no hace falta que la busques —le dijo Margot a Jodie cuando llegaron a la caja de Polly—. Se llama Polly Limon. Era de Ohio. La asesinó él.

Según las búsquedas de Jodie, y como en el caso de Polly y Natalie, de la mayoría de las otras chicas se había denunciado su desaparición y habían sido encontradas a los pocos días, muertas. Todas por estrangulación o traumatismo craneal a consecuencia de un golpe con un objeto contundente, y todas presentando también indicios de agresión sexual.

Sin embargo, con algunas de las búsquedas de Google no obtuvieron noticias angustiosas ni necrológicas descorazonadoras, sino más bien resultados corrientes de niñas normales, aún vivas. Leah Henderson, originalmente de Wisconsin, se encontraba en esos momentos en su segundo año de universidad en una escuela local. Becca Walsh, de Dakota del Sur, formaba parte de la banda militar de su instituto. Al parecer, Wallace no había logrado su objetivo con todas las niñas.

Cuando llegaron a la penúltima caja, vieron que siete de las catorce pertenecían a niñas que habían sido asesinadas, y el resto había sobrevivido.

Margot cogió la que llevaba el nombre de Lucy,

pero no era en esa en la que estaba interesada. Quería ver el nombre de la que estaba debajo, aunque ya supiera lo que iba a poner.

Como esperaba, al levantar la de Lucy se encontró la de January. Cuando vio en la caja el nombre de la niña de la casa de enfrente, de la que en su día había sido su mejor amiga, de la que ya sabía que era su prima, notó que se le escapan las lágrimas. Después de tantos años haciéndose preguntas, obsesionándose, estudiando el rostro de todos los hombres con los que se cruzaba, por fin había encontrado al que buscaba. Y por fin tenía pruebas para demostrar lo que ese hombre había hecho.

33
Margot, 2019

A la mañana siguiente, a Margot la despertó el timbre del móvil. Se dio la vuelta en el futón y buscó a ciegas el aparato, palpando la minúscula mesilla de noche. Cuando sus dedos toparon con la carcasa de plástico del dispositivo, lo agarró y miró la pantalla con un ojo entornado. Era Adrienne.

Procuró sonar despierta cuando contestó, pero su agotamiento debía de ser evidente, porque las primeras palabras de su exjefa fueron:

—Ay, perdona, ¿te he despertado?

—No, no —contestó ella aclarándose la garganta—. Es que estoy cansada.

—No me extraña —le dijo Adrienne con una sonrisa en la voz.

La noche anterior, después de documentar la totalidad de la perversa colección de Elliott Wallace, Margot y Jodie habían salido a escondidas del trastero, saltado la valla y tomado rumbo a Wakarusa. Mientras Jodie conducía, Margot buscó el número de denuncias anónimas de la Policía Estatal de Indiana y se lo contó todo: la ubicación del guardamuebles de Waterford Mills, el número del trastero de Wallace y las pruebas incriminatorias que habían encontrado dentro.

Jodie la había dejado en casa de Luke, y Margot se había pasado el resto de la madrugada escribiendo un reportaje sobre Elliott Wallace en el que lo relacionaba con las ocho niñas de todo el Medio Oeste que habían sido secuestradas y asesinadas a lo largo de los últimos veinte años. Hacia las seis de la mañana, Margot le envió el borrador a Adrienne y se desplomó en la cama.

—Cuando he acabado de leer tu artículo —le dijo Adrienne— he buscado a Wallace en internet. Seguro que estás al tanto, pero la policía ya lo ha detenido.

—Ah, pues no lo sabía. ¡Qué bien!

La noticia le produjo a Margot una agradable sensación de satisfacción personal. Sabía que las pruebas de aquel trastero bastarían para que cualquier fiscal de cualquier parte sentara a Wallace tranquilamente ante un jurado. Llevaría tiempo, pero terminaría en la cárcel por lo que había hecho, y todas las niñas del Medio Oeste estarían un poquito más a salvo.

—Y tu reportaje... —prosiguió Adrienne—. A ver, Margot, seguro que ya lo sabes, pero es fantástico.

Se lo dijo con una especie de arrepentimiento que reveló que su exjefa era consciente de lo incómodo de la situación: hacía apenas unos días la había despedido por querer investigar aquel asunto y, de pronto, le interesaba lo que había escrito sobre él.

—Gracias.

—En serio, este trabajo es..., bueno, es lo mejor que he leído tuyo. Convences al lector de la culpabilidad de Wallace sin llegar a decirlo explícitamente. Y la estructura, que empieces por Natalie Clark y vayas retrocediendo en el tiempo, desvelando a las otras víctimas para terminar con esa especulación sobre January... Eso es periodismo del bueno.

—Gracias.

Adrienne vaciló un instante.

—Vale, sí, supongo que ahora es cuando me tengo que disculpar.

—Sería de agradecer —contestó Margot, en tono de broma.

Aún le fastidiaba que la hubieran despedido, desde luego, pero en los últimos días había llegado a la conclusión de que a lo mejor Adrienne la había aguantado más de lo que merecía. Y debía reconocer que, si no la hubiera despedido, no habría tenido tiempo de investigar lo de January. Ni habría encontrado a Wallace.

—Pues lo siento —contestó Adrienne—. De verdad. Eres una periodista extraordinaria y me arrepiento de no haberte defendido más. Por suerte para mí, has sabido defenderte sola. Deduzco que por eso me has mandado el artículo a mí y no a otro periódico... ¿Porque quieres que lo publiquemos?

—Y recuperar mi antiguo empleo.

La idea le había ido calando a Margot en la cabeza a lo largo de las cuatro horas que había tardado en escribir el reportaje. A pesar de su ego herido, creía que *IndyNow* era la publicación más adecuada para su artículo. Wallace era de Indianápolis e *IndyNow* era el periódico de mayor tirada y más respetado de la ciudad, probablemente el mejor de todo el estado. Y, aunque había fantaseado con la posibilidad de llevarse el reportaje, junto con su currículum, a algún diario como el *Times*, sabía que quería quedarse en Wakarusa con su tío y trabajar en un periódico que sirviera a la comunidad. Además, salvo por los recientes acontecimientos, le gustaba trabajar con Adrienne. Era una buena redactora jefa y la ayudaba a mejorar.

—Será un placer tenerte de nuevo en plantilla —contestó Adrienne.

—Y quiero un aumento de sueldo.

Margot le indicó la cantidad que había pensado, una con la que podría pagar las facturas de su tío además de las suyas.

—Creo que se podrá arreglar.

—Y trabajar desde aquí, desde Wakarusa, y disponer de más tiempo y de más autonomía para mis artículos. Me gustaría cubrir la detención de Wallace y el juicio, tomarme mi tiempo, hacerlo bien.

—Que trabajes en remoto no va a ser un problema, y le comentaré a Edgar todo lo demás, pero seguro que accede. Has demostrado de lo que eres capaz cuando dispones de tiempo para hacerlo.

—Vale. Pues... genial. —Cerró los ojos y se serenó. Aunque hubiera ido a por todas sin remilgos, en el fondo le aterraba pedir lo que quería—. Ya me contarás qué te dice Edgar. Entretanto, voy a intentar conseguir más testimonios para el artículo de mañana.

Margot había incluido citas de sus entrevistas con Annabelle y Elliott Wallace, pero quería hablar también con Townsend, Jace y Billy, darles la oportunidad de valorar los últimos acontecimientos.

—Eso suena genial —respondió Adrienne—. Te puedo añadir unos comentarios yo también. Bueno, si quieres, claro —añadió algo incómoda—. El reportaje está fenomenal así, pero hay tiempo y queremos que este se haga viral.

Margot sonrió.

—Me encantará ver tus comentarios.

Cuando colgaron, Margot se puso un pantalón de chándal y salió de su cuarto. Desde el pasillo vio a Luke en su sitio de todas las mañanas, sentado a la mesa de la cocina, con un café y un crucigrama delante. Al verlo se detuvo en seco, con un súbito nudo en la garganta. Después de un montón de días sintiéndose distanciada de su tío, por fin lo recuperaba, y aunque él le hubiera contado mentiras y ocultado secretos, como todo el pueblo, ya sabía por qué lo había hecho. Puede que no fuera perfecto, pero era un hombre bueno.

Haberlo puesto en duda, haber llegado a sospechar que pudiera ser ¡un asesino! la hacía sentirse superculpable. Pues claro que su tío no había matado a nadie. January había sido la primera víctima de Elliott Wallace y, aunque Jodie no quisiera creerlo, Krissy se había suicidado, como habían pensado todos siempre. A Margot no le extrañaba tanto. Krissy había perdido a una hija, luego a su marido y después a un hijo. No a todos los habían asesinado, pero Elliott Wallace le había arrebatado a Krissy toda su familia, y el dolor de todo aquello se le había hecho insufrible.

Mientras miraba a Luke, le rondaban por la cabeza un millón de preguntas. Quería preguntarle cuándo había caído en la cuenta de que era el padre de Jace y January, cómo había sido verlos crecer de lejos. Había muchísimas cosas que quería contarle sobre Elliott Wallace y lo que le había sucedido a January. Y quizá algún día hablaran de todo aquello, pero, de momento, solo quería sentarse enfrente de él y tomarse un café.

—Buenos días, niña —le dijo Luke en cuanto entró en la cocina.

—Buenos días.

—Te has levantado muy tarde. ¿Estás bien?

Ella sonrió.

—Sí, es que tenía trabajo.

—¿Y qué tal?

—Bien, muy bien. —Se acercó a la cafetera—. Oye, tío Luke, ¿te apetece que hagamos algo esta noche? Algo juntos, no sé.

Luke sonrió.

—Estaría genial.

—Vale, guay —dijo ella. Luego se sirvió el café y le dio un trago.

—Oye, niña... —Margot levantó la vista—. Que me alegro mucho de que estés aquí.

A Margot se le hizo un nudo en la garganta.

—Sí, y yo.

Dedicó el resto del día a repasar la noticia y conseguir más testimonios. Sabía que, cuando saliera el periódico a la mañana siguiente, todo Indiana tendría algo que decir sobre la detención de Wallace, pero nadie dispondría de algo tan detallado como ella, y cuando terminó el artículo se sintió más orgullosa de él que de ninguna otra cosa que hubiera escrito antes. Hacia las seis de la tarde le mandó a Adrienne la versión definitiva; luego imprimió una copia, se la metió en el bolsillo trasero de los vaqueros y, tras despedirse de Luke bajo promesa de que volvería pronto y cargada con una pizza, salió a la luz menguante del atardecer.

Cinco minutos después, Margot estaba en la casa de los Jacobs, llamando a la puerta de Billy.

A Margot, encontrar a Elliott Wallace le había permitido cerrar el asunto de January, le había producido cierta sensación de paz, pero para Billy, y ella lo sabía, lo de Wallace era bastante más complicado. Aunque le permitía explicarse cosas que sin duda llevaba tiempo preguntándose, también le producía un pesar nuevo: el de saber que a su única hija la habían acosado en su propia localidad de residencia y que un hombre muy depravado se la había llevado de su propio domicilio. Cuando Margot le había dado la noticia por teléfono hacía un rato, Billy se había desmoronado, y ella quería obsequiarlo con la oportunidad de leer los detalles antes que nadie y en privado.

Al cabo de un momento, oyó pasos y se abrió la puerta con un chirrido. Por la ranura de entre la puerta y el marco, Margot vio asomar los ojos azules de Billy. Cuando él registró su rostro, abrió la puerta de par en par y le dedicó una amplia sonrisa.

—Margot...

Ella sonrió también.

—Hola, Billy. Perdona que te moleste. Me he acercado porque quería darte esto. —Se sacó del bolsillo la copia impresa del artículo y se la ofreció—. Es el reportaje que se publica en el diario de mañana.

—Ah —contestó él, vacilando un instante; luego aceptó las páginas apretando los labios.

—Gracias por hablar conmigo el otro día —le dijo ella, dándole un momento para que se recompusiera—. Y por tu testimonio.

No iba a echarle en cara que hubiera intentado encubrir la verdad sobre su familia en aquella primera entrevista, porque lo hacía por proteger a Krissy, y ella a su vez había intentado proteger a Jace. Y, aunque los dos hubieran entorpecido sin quererlo una investigación que habría llevado a la policía hasta Wallace hacía un montón de años, Margot comprendía perfectamente la necesidad natural de proteger a los tuyos.

Billy levantó la vista de las páginas, con los ojos empañados de lágrimas.

—No —dijo negando con la cabeza—, gracias a ti, por todo. —Ella cabeceó. Aquel instante se le hizo a la vez descomunal e insignificante—. ¿Te...? —Se aclaró la garganta—. ¿Te apetece un café? Sé que es casi la hora de cenar, pero... —Se encogió de hombros, algo incómodo.

—Un café me parece genial.

Margot cruzó el umbral, entró en aquella casa que conocía tan bien y siguió a Billy por el pasillo forrado de fotos familiares. Como periodista, siempre había creído que conocer la verdad era una de las cosas más importantes del mundo, pero según iba repasando las imágenes de los hijos de Billy, de los que no había sido el padre biológico, y de su mujer, que había querido a otra persona, Margot se preguntó si a veces no sería preferible creer una mentira. De nada servía que Billy se enterara de la verdad sobre su familia. Solo serviría para destrozarlo.

Entraron en la cocina, donde él ya tenía una cafetera hecha. Cogió de un estante una taza de cerámica antigua, la llenó de café y luego se rellenó la suya.

—¿Leche o azúcar...?

—Leche sí, por favor.

Se sentaron juntos a la mesa de la cocina, y Margot no pudo evitar que la vista se le fuera a aquellas paredes blancas en las que se habían escrito esas palabras tan terribles hacía tantos años. De pronto le resultaba paradójico que la pintada se hubiera hecho por amor más que por odio.

Billy, sentado enfrente de ella, carraspeó de nuevo.

—Me alucina que hayas desentrañado el misterio. Después de tantos años. No eras más que la cría de la casa de enfrente. Yo vivía aquí y ni siquiera fui capaz de verlo. —Una emoción repentina le encendió el rostro—. Tendría que haberlo visto.

Margot se lo quedó mirando. Aunque había dormido un total de cuatro horas en el último día y medio, Billy parecía más agotado que ella.

—¿Sabes...? —le dijo con ternura—. Wallace mantenía la distancia cuando espiaba a las niñas, sobre todo con January. Era la primera vez que lo hacía y se andaba con cautela.

La caja de plástico que llevaba el nombre de January era la más vacía de todas. Wallace había guardado unos cuantos programas de espectáculos de baile (el paralelismo con Luke le había producido un escalofrío a Margot), pero, aparte de eso, no había conservado ninguna de las pertenencias de la niña. Además, el montón de fotos de su caja era pequeño. Mientras que tendría más de una veintena de instantáneas de Natalie Clark, solo guardaba cinco de January, todas ellas hechas desde lejos. Aunque había establecido contacto suficiente con January como para que ella le dijera su nombre a Jace, Margot tenía claro que, cuando la espiaba, aún no sabía cómo ser el depredador en el que se había convertido después. Por eso el asesinato de la niña de los Jacobs había sido tan distinto de los otros siete.

Margot lo había repasado un centenar de veces, intentando imaginar lo que debía de haber ocurrido esa noche, y había llegado a la conclusión de que Wallace había entrado por la puerta, que no estaba cerrada con llave, con la idea de salir por ella con la niña de la mano, pero el plan se le había torcido por el camino. A lo mejor, como Krissy había supuesto, January se defendió o chilló, y a Wallace le entró el pánico. O le había dado un golpe en la cabeza, seguramente con algún arma que llevaba encima, y había dejado el cadáver al pie de las escaleras del sótano, o se habían peleado en la cocina, él la había tirado por las escaleras y la niña se había abierto la cabeza con el suelo de hormigón.

Por eso January era la única de sus víctimas que no había sufrido agresión sexual antes de su muerte. Y eso hizo que Wallace cambiase de *modus operandi*. Después de January, empezó a llevarse a las niñas de los parques infantiles y los aparcamientos, donde era más fácil abandonar el plan si algo se torcía.

—Yo creo que, sobre todo en el caso de January, habría sido difícil darse cuenta de que algo iba mal hasta que fue mal —dijo Margot.

Quizá exageraba (después de todo, Wallace había establecido contacto con January en múltiples ocasiones), pero sentía lástima por el hombre que tenía sentado enfrente. Se lo habían arrebatado todo y ella quería devolverle algo, librarlo de parte del sentimiento de culpa con el que había convivido los últimos veinticinco años.

—¿Tienes hijos, Margot? —le preguntó él. Ella negó con la cabeza—. Pues, cuando los tengas, lo entenderás. Tu obligación como progenitor es protegerlos y... yo no supe hacerlo. Les fallé.

Hipó y soltó un sollozo. Apretó un puño, lo envolvió con la otra mano y se lo acercó a los labios, como si quisiera contener con ello la emoción.

—No puedo ni imaginarme lo duro que debe de ser. Siento haber sacado el tema.

Billy meneó la cabeza.

—No me queda mucho en el mundo, pero tú me has dado respuestas y has llevado a ese capullo ante la justicia, y encima has exonerado a Krissy. Te estoy muy agradecido.

A Margot se le hizo un nudo en la garganta. Le complacía haber atrapado a Wallace y resuelto el misterio de la muerte de January, pero aún había muchas cosas que quería saber sobre todo lo demás. Quería preguntarle a Billy si alguna vez había mirado a los mellizos y había visto en ellos el rostro de otro hombre, si en algún momento había tenido la sensación de que su amor por Krissy no era correspondido, ya fuera durante aquel verano en que ella se había estado acostando con Luke o, años después, cuando se había liado con Jodie. Pero, claro, eso no se lo podía preguntar. Así que contestó:

—Y yo te agradezco este café. Llevo días sin dormir. —Billy rio—. De todas formas, debería irme. Tengo que ir a por la cena para mi tío y para mí. —Hizo una pausa—. Pásate cuando quieras. Sé que los dos fuisteis amigos hace tiempo.

Le parecía una pena que aquella amistad se perdiera, sobre todo cuando Billy no tenía a nadie más en el mundo y Luke cada vez estaba menos en él. Pero su propuesta le oscureció la mirada a Billy un segundo.

—Igual lo hago —contestó con una sonrisa forzada—. Bueno, gracias por venir, Margot.

Ella le exploró el semblante, pero aquella oscuridad se había esfumado por completo e hizo que Margot se preguntara si no la habría imaginado.

Desanduvieron el camino por la casa, haciendo crujir el suelo de madera a su paso, y al enfilar el pasillo forrado de fotos, una de January llamó la atención de Margot. En ella, la niña tendría cinco o seis años, quizá solo unos meses antes de su muerte. Estaba subida al columpio de neumático que Margot recordaba del jardín trasero de los Jacobs, muerta de risa, con los ojitos apretados y la boca muy abierta. Pero lo que le llamó la atención a Margot fue lo que llevaba en la mano: estrujado entre los dedos y la cuerda del columpio había un trozo de tela, de color azul claro, con copos de nieve blancos.

A Margot le vino a la memoria aquel recuerdo de hacía tanto tiempo, de aquel día que se había asustado y se había pegado a un árbol. January se le acercó y le puso un copo de nieve en la mano, y los bordes de la tela azul claro estaban deshilachados como si la hubieran rasgado. «Cuando tengo miedo —le había dicho January—, estrujo esto y me hace valiente.» Mientras miraba la foto, Margot apretó el puño y se rozó con las uñas las cicatrices en forma de medialuna de la palma.

Billy, que ya había llegado a la puerta de la calle, se volvió a mirarla.

—¿Qué es esto? —preguntó ella, señalando la foto.

Él forzó la vista.

—Ah, ¿lo que lleva en la mano? Es su mantita de bebé. O lo que quedaba de ella. Yo se la daba cuando tenía miedo y le decía que, si la estrujaba, la haría más valiente. Creo que le dije que la mantita poseía una magia que le daba poderes. —Rio, y el recuerdo le ablandó la mirada—. Era una cosa nuestra, algo que solo sabíamos los dos.

Margot sonrió, pero algo, un recuerdo, le rondaba la cabeza. Y entonces la asaltaron las palabras de Jace: «Recuerdo lo tranquila que parecía —le había dicho Jace sobre January, muerta, al pie de la escalera del sótano—. Como si durmiera. Y llevaba en la mano un trocito de su mantita de bebé».

—Como la noche en que murió —dijo Margot casi sin pensarlo.

En cuanto las palabras escaparon de su boca, reparó en su error.

January había muerto de un golpe fuerte en la cabeza, con lo que habría sido imposible que se aferrara a la mantita mientras lo que fuera la mataba; alguien tenía que habérsela puesto en la mano después de muerta, antes de que la encontraran Jace y Krissy.

Margot se quedó de piedra, con el corazón desbocado.

En su interior brotó una sospecha, a partir de la cual fue forjándose algo sólido y fuerte. Con la cabeza a mil, todas las piezas del asesinato de January empezaron a encajar. Era la única víctima que no había sufrido agresión sexual, la única a la que habían asesinado en su casa. Margot había dado por sentado que aquello era porque Elliott Wallace había evolucionado como homicida, pero ¿y si January había sido una de las niñas a las que había espiado, pero no había llegado a matar? Alguien le había puesto la mantita en la mano después de muerta, antes de que Jace la encontrara, y aquello no era el proceder perverso de un pedófilo, sino un acto de amor.

Pensó en aquel destello de oscuridad que había detectado en el rostro de Billy al mencionarle a Luke. Fue tan fugaz que había pensado que a lo mejor eran imaginaciones suyas, pero no. Aquello, de pronto lo entendía, era odio. Billy odiaba a su tío Luke. Y Margot creía saber por qué: sabía lo de la aventura de Luke con Krissy, que Luke era el padre de los mellizos.

¿Se había equivocado en todo? ¿Estaba, como le habían reprochado muchos, tan convencida de la relación entre el caso de January y los de Natalie y Polly que no había caído en la cuenta de las grandes diferencias que había entre ellos?

¿Habría sido Billy, y no Elliott Wallace, quien había asesinado a January hacía años? Pero ¿por qué?

Aunque el porqué daba igual en esos momentos. Margot acababa de poner de manifiesto que sabía algo que no debía saber. ¿Lo había oído Billy? ¿Lo entendía?

Se le llenó la cabeza de pensamientos de supervivencia: «Finge, que no note que sospechas. Vete». Forzó una sonrisa mientras volvía la cabeza de la foto a Billy, que estaba allí plantado junto a la puerta abierta, con la mano en el pomo.

—Qué mona —dijo Margot, dando un paso adelante.

Pero Billy la miraba raro.

—¿Cómo has dicho?

Margot dio un paso más hacia la puerta abierta, a solo medio metro de distancia. Saldría con tranquilidad y, cuando ya estuviera fuera, lejos de la vista de él, echaría a correr hacia comisaría.

—Ah, que está monísima en esa foto —contestó ella sonriente pero tensa—. Gracias de nuevo por el café.

Pero justo antes de que ella llegara a la puerta, Billy la cerró y suspiró.

—No es eso lo que has dicho.

Margot consiguió soltar una risita de supuesta sorpresa.

—Uy, perdona, pero me tengo que ir.

Él negó con la cabeza, sin mirarla a los ojos. Le había cambiado el gesto. Margot le miró los hombros inmensos, los gruesos antebrazos, aquella musculatura endurecida por años de trabajo en una granja, y deseó que abriera la puerta sin más.

—Me parece que sabes bien lo que has dicho. Y que... —Vaciló, pasándose una mano por el pelo y sujetando fuerte el pomo de la puerta con la otra—. Y que sabes lo que significa. Te lo noto en la cara.

Margot meneó la cabeza.

—Perdona, pero no sé de qué me hablas.

—Yo la quería, ¿sabes? —le dijo con el rostro deformado—. Fue un accidente. —A Margot se le cayó el alma a los pies. La puerta estaba cerrada y él había confesado; no la iba a dejar salir de allí. Como para confirmarlo, añadió—: Lo siento, pero no te puedo dejar marchar. —Y entonces echó el cerrojo.

El pánico se apoderó de ella. Se quedó allí plantada, temblando, con la cabeza descontrolada. Debía salir de aquella casa, pero ¿cómo? Billy le tapaba la puerta. Podía echar una carrera a la puerta de la cocina, pero lo tenía muy cerca ya para eso. Si lo intentaba, él le daría alcance y podría con ella. Retrocedió un pasito. Necesitaba tiempo para distanciarse de él y luego echar a correr.

—En serio, no sé de qué me hablas —dijo Margot con un hilo de voz.

—Deja de fingir. Por cómo me miras, se nota que lo sabes. Así fue como me miró Krissy cuando se enteró.

Margot se quedó helada. Aunque el miedo la atenazaba, aquello la despistó un momento. ¿Krissy también lo había descubierto? Krissy, que había muerto de un disparo en la cabeza con una de las armas de Billy. Krissy, a la que Billy había encontrado muerta, no en ningún sitio privado, sino en el camino de acceso a su finca. «Conocía a Krissy —le había dicho Jodie— y sé que no se suicidó.»

—¿También...? —Margot tragó saliva—. ¿También la mataste a ella?

—No me quedó otra —respondió Billy—. Se enteró de lo que había hecho y sabía que no lo iba a dejar estar. Se lo iba a contar a Jace... Le encontré en el bolso una carta en la que se lo decía.

Margot iba retrocediendo despacio cuando lo que dijo Billy la desconcertó. ¿Una carta? En ninguna de las cartas que Jace había recibido de Krissy esta había implicado a Billy, y lo último que ella le había escrito a su hijo había sido...

—La nota de suicidio... Pero eso no era más que una disculpa a Jace. No decía nada de ti.

—El principio era una disculpa, pero había más. Le decía que había descubierto algo sobre mí.

Margot miró desesperada por el pasillo mientras intentaba deducir lo que había ocurrido. El día en que Krissy había muerto, cuando se reunió con Luke para decirle que era el padre de los mellizos, él debió de contarle algo sobre la muerte de January. Margot ni se imaginaba lo que podía ser, pero sin duda había llevado a Krissy a la verdad sobre su marido. Ella lo había escrito en una carta para Jace y Billy debió descubrirla, y luego había arrancado el final incriminatorio y dejado solo las primeras líneas, para que pareciese una nota de suicidio.

—Como es obvio, no podía permitir que le contase a nadie lo que yo había hecho —terció Billy—. Así que...

Pero Margot ya había oído suficiente. No sabía exactamente lo que Billy le había hecho a January, pero le había pegado un tiro a su mujer por saber menos. Debía salir de allí. Con el corazón aporreándole el pecho, retrocedió un paso más, se volvió y echó a correr. Cuando lo hizo, Billy fue tras ella, con paso rápido y firme. Margot se metió en la cocina y fue directa a la puerta de servicio, pero, al girar el pomo, vio que no cedía.

—¡NO! —susurró furiosa mientras toqueteaba el pestillo, oyendo acercarse los pasos rápidos de Billy.

Su cuerpo le pedía con desesperación que huyera, pero el pestillo no funcionaba. Por fin consiguió hacerlo girar y abrió la puerta de golpe, pero nada más hacerlo, una mano inmensa le pasó por encima de la cabeza y la cerró de un portazo.

El cuerpo de Billy se estampó contra Margot, que salió disparada hacia un lado y cayó con fuerza al suelo de la cocina. Un dolor intenso estalló en su hombro y en su cabeza. Quiso ponerse en pie, pero Billy le dio alcance enseguida; alargó la mano y la cogió por el pelo. A ella se le llenaron los ojos de lágrimas.

Luego, él empezó a arrastrarla y ella se defendía con patadas, puñetazos, manotazos en los brazos, pero la agarraba demasiado fuerte y no tardó en detenerse delante de una puerta cerrada. Billy la abrió y quedó al descubierto el sótano de la casa, como una boca muy abierta que gritara. Y de pronto, aun estando centrada en forcejear, arañarlo y gritarle, una parte oscura de su cerebro recordó a January, hacía un montón de años, muerta al pie de aquella misma escalera, asesinada por aquel mismo hombre.

Margot pensó en Krissy, en Natalie, en Polly, en todas las niñas de las cajas de Elliott Wallace y todas las mujeres del mundo que se habían visto solas y atrapadas en algún cuarto con hombres como él o como Billy, hombres que, de un modo u otro, se deshacían de las mujeres. Para muchos, aquellas mujeres no tenían nombre ni rostro, no eran más que números en una triste lista cada vez mayor. Estaba dispuesta a hacer cualquier cosa, se dijo Margot mientras Billy la arrastraba hacia la puerta del sótano, por impedirle que la convirtiera en una de ellas, en otra mujer olvidada y añadida a una lista.

Epílogo
Billy, 1994

Todo había comenzado con una llamada telefónica.

O, a lo mejor, todo había comenzado hacía años, en el verano del 87, el día en que había salido por primera vez con Krissy Winter y Luke Davies, pero, cuando recordaba su vida, era esa llamada lo que Billy habría querido evitar.

El teléfono sonó dos veces antes de que Dave lo cogiera.

—¿Jacobs? —dijo después de que Billy se identificara—. ¿Qué pasa? ¿Todo bien?

Billy se apartó el auricular de la oreja y lo miró atónito. Siempre que Dave oía que era él quien llamaba se inventaba alguna excusa y colgaba, pero esa noche la voz de Dave sonaba distinta; sonaba pastosa, húmeda.

—Todo bien. Estaba viendo la tele. —Billy vaciló un instante. Después de tanto tiempo sin hablar con su amigo, le costaba hacerlo—. Me ha dado por pensar en aquella noche, la del campo de fútbol y el herbicida. —Rio—. ¿Te acuerdas?

—¿Cómo iba a olvidarlo? Dios, mira que éramos imbéciles por entonces.

—Sí —coincidió Billy, aunque no era así como se sentía él precisamente. Quería a Krissy y a los niños, desde luego, pero el matrimonio y la paternidad no eran lo que había imaginado. Para él, aquel verano había sido el mejor momento de su vida—. Bueno, que he pensado en darte un toque. Hacía mucho que no hablábamos.

—Sí.

Billy paseó la mirada por la cocina, donde estaba plantado junto al teléfono fijo. A lo mejor había sido un error ponerse en contacto con Dave; tal vez debería colgar sin más antes de que la situación resultara aún más violenta. Pero justo cuando iba a hacerlo, Dave dijo:

—Oye, ¿te apetece ir a dar una vuelta en coche, como en los viejos tiempos? Tengo media docena de cervezas y no me las voy a beber yo todas.

Billy volvió a mirar el auricular con incredulidad. No solo se trataba de una invitación insólita, puesto que hacía años que Dave y él no salían juntos, sino que era casi medianoche. Pero le dio igual. Krissy y los niños hacía rato que se habían acostado, y se merecía divertirse un poco. Una sonrisa asomó despacio a su rostro.

—Me parece genial.

Diez minutos después, Dave y él salían del pueblo en el coche, dejando atrás maizales interminables. Las farolas eran cada vez menos y estaban más separadas, y la única luz adicional era la de la luna finísima. Dave estaba muy callado, cosa rara en él. Cada vez que Billy empezaba una conversación («¿Te acuerdas del señor Yacoubian, nuestro profesor? Dios, qué mal me caía» o «¿Te acuerdas de aquella fiesta en el maizal, cuando Robby O'Neil se peleó con Caleb Shroyer?»), Dave se limitaba a asentir con la cabeza.

Pero entonces, al tomar el desvío hacia un camino de tierra que separaba un maizal de un bosquecillo, Dave dijo:

—¿Qué tal los niños?

Billy le dio un sorbo a la cerveza.

—Ah, bien. —Pero Dave estaba aparcando el coche y volviéndose hacia él, claramente a la espera de que continuara—. Ajá —prosiguió Billy—. Los bailes de January van bien. Va siempre brincando por la casa y ensayando algún movimiento.

Dave sonrió, pero tenía la mirada perdida y triste.

—Margot a veces me habla de ella. Parece que se llevan bien.

—¿Quién?

—Mi sobrina, Margot. —Hizo una pausa—. Vive en la casa de enfrente de la tuya, tío.

—Ya, ya. —Adam Davies, su vecino de enfrente, era tan distinto de su viejo amigo que a veces a Billy le costaba recordar que estaban emparentados, pero conocía a la sobrina de Dave. January y ella siempre andaban correteando juntas por la granja—. Necesito otra cerveza —dijo, inclinándose para soltar una lata del anillo de plástico—. ¿Quieres una?

—Claro, ¿por qué no? —Pero lo dijo con cierto retintín. Dave aceptó la cerveza de Billy y la abrió—. Y Jace, ¿qué tal?

—¿Eh?

—Que qué tal le va a Jace —dijo, vocalizando el nombre del niño como si Billy no lo reconociera.

—Ah, sí, bien. Los dos bien. —Le dio un trago largo a la cerveza, contemplando por la ventanilla el maizal del otro lado. De noche, la cosecha parecía negra. No le apetecía hablar de su hijo, al que no entendía. Ni siquiera le apetecía hablar de January. Solo quería beber y bromear con su amigo como en los viejos tiempos—. Pero ¿tú qué tal?, ¿eh? ¿Estás haciendo algo divertido últimamente?

Dave guardó silencio un momento. Entonces, Billy oyó un sonido ahogado procedente del asiento del conductor y giró enseguida la cabeza para mirarlo, pasmado. Dave, al que Billy no había visto llorar jamás, se tapaba la boca con un puño y tenía los ojos cerrados con fuerza. Con el pecho agitado, hipaba.

—Joder, tío —le dijo Billy—, ¿estás bien?

Pero Dave no podía hablar. Seguía con los ojos cerrados y el puño pegado a la boca. Al final, se tranquilizó y abrió los ojos, que, por suerte, seguían secos, y mirando al horizonte, dijo:

—Rebecca ha tenido otro aborto.

Billy tragó saliva. No tenía ni idea de qué decir. La palabra *aborto* le produjo un escalofrío por todo el cuerpo. Le costaba creer que Dave le hubiera contado algo tan íntimo.

—Joder, tío. Lo... lo siento.

—Ha sido hace unas horas. No estaba de mucho, pero... —Meneó la cabeza—. Ha sido horrible.

Billy frunció el ceño según iba digiriendo las palabras de Dave. ¿Rebecca había abortado esa misma noche? Había dado por sentado que ya habrían pasado al menos unos días, pero de pronto todo tenía sentido. Por eso Dave había hablado con él por teléfono. Por eso le había propuesto que dieran una vuelta: no porque le apeteciera verlo, sino porque necesitaba un puto hombro en el que llorar. Sin embargo, en los últimos seis años, cada vez que Billy había necesitado un amigo, Dave no había estado allí. Le habría venido bien ir a dar una vuelta aquella noche en que Krissy y él habían llevado a January al hospital con cuarenta de fiebre. Habría estado genial poder tomarse una birra con su amigo después de que Jace montara una rabieta porque no quería subirse al tractor con él. Pero, en todos aquellos casos, Dave no estaba disponible. Billy notó que toda la compasión que había sentido se le endurecía en el pecho.

Bebió un trago de cerveza.

—Vaya, qué putada.

Dave, sentado a su lado, se quedó de piedra. Levantó despacio la cabeza.

—¿«Qué putada»? ¿Mi mujer tiene un aborto y me dices que «qué putada»?

Billy notó que la indignación se le propagaba como un incendio. Era él quien tenía derecho a cabrearse, no Dave.

—Lo de los niños es complicado, tío. En el fondo habéis tenido suerte: así os da tiempo a prepararos.

Dave se quedó inmóvil, con los ojos clavados en los de Billy. Luego, para sorpresa de su amigo, soltó una carcajada. Pero no era como las que soltaba en el instituto, pícara y divertida, sino seca y amarga.

—Vaya, lo tuyo es increíble, Jacobs. Sabía que a

veces podías ser un imbécil, pero no tenía ni idea de que fueras tan capullo —le soltó, negando con la cabeza—. ¿Que en el fondo hemos tenido suerte? Tú eres el tío con más suerte del puto planeta entero y te la refanfinfla.

—Ya... —replicó Billy. Tenía un trabajo que no se terminaba nunca, una mujer nerviosa y descontenta, y un hijo que, por lo visto, lo odiaba. January era su única alegría, pero ya intuía la adolescente en la que se iba a convertir. Dentro de unos años dejaría de correr a sus brazos cuando él entrara por la puerta—. Soy el tío con más suerte del puto planeta entero.

—¡Dios! —bufó Dave—. No tienes ni puta idea, ¿no?

Billy se quedó planchado.

—¿De qué me hablas?

Dave lo miró un segundo y después meneó la cabeza.

—Olvídalo.

—No, ¿a qué te refieres?

—Te he dicho que lo olvides.

Pero una sospecha oscura como un nubarrón se había levantado en el pensamiento de Billy.

—No —insistió con dureza—, dime a qué coño te refieres.

—Da igual, Billy. —Dave giró el volante y encendió el motor—. Vamos a dejarlo por hoy.

—Dave, si sabes algo de mi familia, tengo derecho a que me lo cuentes, joder. ¿Vale?

Dave suspiró.

—Pues igual tienes razón. Igual ya va siendo hora de que lo sepas. —Cerró los ojos un buen rato.

Cuando volvió a abrirlos, se giró hacia Billy—. ¿Nunca te ha extrañado que Krissy me apartase de vosotros después de que nacieran los mellizos? ¿No te has parado a pensar en por qué? —Miró a Billy para ver su reacción, pero el otro guardó silencio—. Los mellizos... —añadió Dave—. ¿No te has dado cuenta de que se parecen a mí?

Cinco minutos después, Billy bajaba del coche de Dave sin decir ni una palabra y cerraba de un portazo. Ni se inmutó cuando el crujido de los neumáticos en la gravilla fue extinguiéndose. Plantado delante de su casa, contempló la ventana oscura del dormitorio en el que, durante siete años, había dormido al lado de Krissy, la mentirosa de su mujer adúltera. La rabia le inundaba el cuerpo.

Pensó en aquella noche, hacía tanto tiempo, en que había hincado una rodilla en el suelo y le había ofrecido el anillo de su abuela. Tenía tantas esperanzas entonces, a punto de ser padre y el marido de la mismísima Krissy Winter, nada menos. Pero de pronto entendió que el que ella hubiera aceptado su proposición de matrimonio no había sido más que una mentira. Pensaba que lo quería, pero, en realidad, se había estado acostando con su mejor amigo. Creía que era amor, pero solo lo había utilizado.

Billy subió despacio los escalones del porche y cruzó la puerta de la casa, abriendo y cerrando los puños a los lados. Ya dentro, echó un vistazo a la casa, a oscuras y en silencio, al pasillo forrado de fotos familiares, todas ellas mentiras. Su domicilio entero era una mentira, su vida entera lo era. Todo por culpa de ella, de aquella zorra, aquella puta, aquella fulana.

Camino de la cocina, de pronto, se detuvo. Había oído algo. Pasos, suaves y lejanos. Miró alrededor y clavó la vista en la puerta del sótano. Estaba abierta, y era raro. Nunca dejaban la puerta del sótano abierta de par en par. Volvió a oír ruido: pasos que procedían de lo más profundo de la casa, seguidos del chirrido agudo de la puerta de la secadora. Sintió una nueva oleada de rabia. Krissy. Por lo visto, la zorra de su mujer no estaba durmiendo, y Billy empezó a albergar una repentina fantasía.

¿Y si Krissy rodaba por las escaleras del sótano? ¿Y si se abría la cabeza con el frío suelo de hormigón? ¿Y si se desangraba allí abajo, gimiendo de dolor, sin que nadie la oyera porque los niños y él dormían profundamente dos plantas más arriba? Seguramente iría tan colocada de somníferos y de vino que a nadie le iba a extrañar que se saltara un escalón sin querer en la oscuridad.

Cerró los ojos y se lo imaginó. No tenía más que pegarse a la pared de la cocina, esconderse detrás de la puerta abierta del sótano, esperar a que ella subiera la escalera y darle con la puerta en las narices. Y entonces la oiría rodar por los peldaños, podría acuclillarse a su lado mientras moría y verle la cara cuando ella se diera cuenta de lo que él había hecho y por qué. «No deberías haberme mentido —le diría él—. No deberías haberme utilizado. No deberías haber sido tan puta.»

En la oscuridad de la cocina, Billy se quitó la

imagen de la cabeza. No podía hacer eso. Era absurdo. Además, ¿de verdad quería que muriera Krissy?, ¿o solo quería darle una lección, asustarla? Si conseguía acobardarla, se dijo, no volvería a ponerle los cuernos. A lo mejor hasta dejaría de quejarse de la vida que llevaban. Puede que incluso le agradeciera de verdad la vida que llevaban, la casa que tenían, el dinero que ella usaba para comprarse ropas, pastillas y vino. Igual así ponía más entusiasmo en hacer la cena, o en maquillarse, o en besarlo en la boca cuando llegaba a casa por las noches.

Billy oyó otro chirrido de la puerta de la secadora y luego, sin pedirles a sus piernas que lo hicieran, avanzó con sigilo y se encajó en el espacio que quedaba entre la pared y la puerta abierta del sótano. Escuchó atentamente los pasos de su mujer, que empezaba a subir la escalera. Y, de pronto, allí la tenía, en lo alto, poniendo un pie en el rellano.

Con una imagen de Krissy en la cabeza, arrepentida, suplicándole que la perdonara, prometiéndole que sería mejor esposa, agarró fuerte el pomo de la puerta y la cerró con todas sus ganas. Se oyó un fuerte estruendo, como de un martillo contra la madera, cuando la puerta chocó con ella. La oyó rodar por las escaleras y aterrizar con un chasquido abajo. El silencio que se hizo después le resultó ensordecedor.

Billy se quedó plantado en la oscuridad, asiendo aún el pomo de la puerta, paralizado. Le costaba creer lo que había hecho. El pánico le empezó a bullir en el estómago. Abrió la puerta y la rodeó con cautela, pero algo no cuadraba. El cuerpo que había al final de la escalera era demasiado pequeño. Lo miró extrañado, con el cerebro a cámara lenta. Krissy no llevaba ese camisón. Ni tenía el pelo tan claro. Cuando por fin lo entendió, se contrajo. Se le revolvió el estómago. Era January. Era su pequeña.

—¡NO!

El pánico le nublaba la visión mientras bajaba la escalera hasta ella. Quería moverse rápido, pero era como si avanzara bajo el agua: el aire que lo rodeaba era viscoso. El cuerpecito de January tenía un aspecto raro, con las extremidades en ángulos extraños y el rostro relajado. Alargó una mano y le acarició suavemente una mejilla.

—¿January...? —le dijo con timidez.

La niña ni se inmutó.

—¿January...?

Nada.

—Nooo —dijo por lo bajo, llevándose una mano a la boca. La bilis le subió a la garganta—. No, no, no.

Temblando, se agachó, cogió en brazos el cuerpecito y lo acunó como si fuera un bebé.

—January, despierta. Lo siento. Papá se ha equivocado. Lo siento.

Pero el cuerpo seguía lacio; el rostro, inexpresivo. De no ser por la posición imposible del cuello, podría haber parecido que dormía.

—¡January! —le espetó con brusquedad—. ¡Despierta!

La sujetó más fuerte, zarandeando el cuerpo, intentando que abriera los ojos.

Y entonces lo vio: un parpadeo. Le dio un bote el

corazón. Soltó un sollozo. Estaba viva. Estaba viva, estaba viva, estaba viva. Su pequeña gimió y giró un poco la cabeza en sus brazos.

—Muy bien —le dijo Billy con voz temblorosa—. Muy bien.

Miró de reojo las escaleras. Debía llegar al teléfono de la cocina para pedir una ambulancia, pero no sabía si convenía moverla. ¿Sería peor? La miró a los ojos. La cría ya los había abierto despacio y lo miraba confundida.

—¿Papi...?

—Chis, no hables, mi niña. Te voy a dejar aquí un segundo, ¿vale? No te va a pasar nada. Voy a buscar ayuda.

Con más cuidado que nunca, Billy depositó el cuerpecito en el suelo, con los brazos y las piernas estirados.

Se irguió, pero justo cuando se disponía a subir a toda prisa las escaleras, oyó la vocecilla de January que decía:

—Me has hecho daño, papi.

Billy se quedó de piedra. Una sensación gélida lo recorrió de la cabeza a los pies. Ella lo sabía. Sabía lo que había hecho. Se quedó allí quieto un buen rato y luego se volvió hacia la niña y se arrodilló a su lado.

—No, no, January, eso no es verdad —le dijo despacio—. No digas eso.

January empezó a gimotear, asustada.

—Sí lo es.

—¡NO!, no digas eso.

Ella abrió mucho los ojos, aterrada.

—¿Dónde está mami?

—Chis, calla —le susurró él furioso.

Pero la cría había empezado a llorar y gritaba cada vez más.

—¡Quiero que venga mami!

Billy le agarró con fuerza la carita.

—¡Calla!

La niña empezó a chillar.

—Mam... —Pero Billy le tapó la boca con la mano.

En ese momento, ella giró un poco la cabeza y Billy de pronto vio en el rostro de su hija la forma de los ojos de Krissy, el ángulo de la barbilla de Dave, y recordó que, en el fondo, January no era hija suya, no lo era de verdad. Y se le quedó la mente en blanco. Se oyó decir, como de lejos:

—Calla, calla, calla.

Desconectado de su cuerpo, vio cómo sus manos le estrujaban la cabeza a January, cómo le cerraban los ojos y la obligaban a mantenerlos cerrados para que ella dejara de ver, para que él ya no viera más a Krissy. Y luego, mirando a otro lado, le levantó la cabecita y se la estampó contra el suelo. Con un solo golpe bastó para que la niña dejara de moverse.

Billy se quedó acuclillado, inmóvil, junto a su cuerpo, respirando entrecortadamente. Desde muy lejos, desde debajo del agua o a través de capas y capas de cristal, oyó llorar a alguien, y entonces se notó las lágrimas en la mandíbula.

—¡Ay, Dios!

¿Qué había hecho? Miró a January y se le revolvió el estómago. ¿Qué le había hecho a su pequeña querida? Luego, muy despacio, se puso en pie mientras se forjaba en su cabeza otra pregunta: ¿qué iba a hacer?

Contempló la oscuridad del sótano, sintiéndose como si estuviera en la boca de un monstruo. No quería dejar a January allí abajo, entre sus fauces, pero empezaba a entender que no le quedaba otra. Ya no podía pedir una ambulancia. No podía llamar a la policía. Era demasiado sospechoso que se hubiera encontrado a January en plena noche poco después de que la cría hubiera muerto. Debía poner distancia entre el cadáver y su persona. Necesitaba que pareciera un accidente. Cuando Krissy y él se levantaran por la mañana y se encontraran a January muerta al pie de las escaleras, la única suposición lógica sería que, sonámbula, había rodado por las escaleras. Sería horrible y creíble.

Se volvió hacia las escaleras sin mirarla. Dio un paso, luego otro, y fue entonces cuando lo vio: el trozo de mantita en las escaleras del sótano. Así que por eso estaba January en el sótano esa noche. Nunca dormía sin su mantita, pero Krissy la había metido en la lavadora ese día. Lo recordaba porque la niña había tenido una rabieta por eso a la hora de la cena. Debía de haberse despertado en plena noche e ido a buscarla.

Billy subió con sigilo los escalones para cogerla y se la puso al lado. No podía dejarla así, fría y sola. Le había regalado aquella mantita el día en que había nacido. Siempre le decía que la haría valiente si la estrujaba lo bastante fuerte. Era algo que solo sabían ellos dos, su pequeño secreto. Se agachó a colocarle el trocito de tela con dibujos de copos de nieve en una de las manitas lacias. Sabía que era una bobada inútil. Sabía que no la iba a necesitar donde estuviera en esos momentos, pero... ¿quién sabía?, a lo mejor, solo a lo mejor, le podía dar algo de paz.

Billy le dio la espalda a January y empezó a subir la escalera, con la cabeza alborotada pensando ya en lo que le depararía el día siguiente, preparándose para el numerito de su vida.

Agradecimientos

Ante todo, gracias a Alex Kiester y Jenny Chen, que me han ayudado a escribir y corregir esta novela. Han dedicado muchas horas a dar vida a mi idea y, sin ellos, esta obra no se habría hecho realidad. Agradezco en especial su labor a mi agente literaria, Meredith Miller, de UTA, que ha hecho posible que mi sueño de ser escritora se hiciera realidad.

Esta novela tampoco habría resultado tan auténtica si no le hubieran aportado sus conocimientos sobre tantos asuntos mi mejor amiga, Brit Prawat, que se crio en Wakarusa y me ha ayudado a que el pueblo pareciese real; mi colega Delia D'Ambra, que me ha ayudado a dar forma al papel de periodista de Margot; mi amigo Steve Dubois, que ha aportado su experiencia como veterano de las fuerzas del orden, y Brooke Henion, que ha trabajado como mediadora y asesora de víctimas de trata de personas.

Me gustaría darle las gracias también a mi marido, Erik Hudak, que me ha ayudado y apoyado en todo momento durante este proceso. Ha habido momentos en que los días se me hacían interminables mientras intentaba rematar la novela a la vez que llevaba mi empresa y organizaba múltiples espectáculos (todo ello embarazada), pero él me ha dado fuerzas y me ha permitido cumplir mis sueños.

Y, por último, quisiera darles las gracias a mis padres: mi madre, Lisa, fue quien me inculcó el amor por la novela negra desde muy pequeña, y mi padre, David, fue quien me enseñó a contar una buena historia.